Arno Strobel

SPY – Highspeed London

W0356480

Von Arno Strobel sind im
***Loewe Verlag* bisher erschienen:**

Abgründig
Schlusstakt
SPY – Highspeed London
SPY – Hotspot Kinshasa
SPY – Operation Himalaya

ARNO STROBEL

SPY

HIGHSPEED LONDON

BAND 1

Loewe

FSC
www.fsc.org
MIX
Papier aus verantwortungsvollen Quellen
FSC® C083411

ISBN 978-3-7855-8841-3
3. Auflage 2020
© 2019 Loewe Verlag GmbH, Bindlach
Dieses Werk wurde vermittelt durch die Literarische
Agentur Thomas Schlück GmbH, 30161 Hannover.
Umschlagfotos: ESB Professional / Shutterstock.com, Conrado / Shutterstock.com
Umschlaggestaltung: Michael Dietrich
Printed in the EU

www.loewe-verlag.de

Für Laura,
Christine und
Alexander

1

Es war ein Sonntag wenige Tage vor seinem dreizehnten Geburtstag, der Dominiks Leben völlig auf den Kopf stellte.

Er war auf dem Weg zur Kletterhalle, und während er durch die Adamstraße im Berliner Stadtteil Spandau schlenderte, nahm er sich vor, dass er heute zum ersten Mal den roten Weg an der Kletterwand versuchen würde. Zwölf Meter, zweithöchster Schwierigkeitsgrad. Nur für Profis. Wäre Dominik schon fünf Zentimeter größer gewesen, hätte er die Tour längst versucht – und auch geschafft, das wusste er. Er war geschickt und er war flink, nur mit der Körperlänge haperte es noch ein wenig.

Gerade malte er sich aus, wie er den Überhang im oberen Drittel überwinden würde, als sich ein Junge an ihm vorbeidrängte. Dunkelhaarig, vielleicht vierzehn Jahre alt. Er steuerte mit schnellen Schritten auf ein Mädchen zu, das an einer Bushaltestelle stand und auf seinem Handy herumtippte.

Ohne sich dessen bewusst zu sein, blieb Dominik stehen und beobachtete die Szene, die sich mit seltsamer Klarheit vor ihm abspielte. Wie in einem Film, in dem die spannendste Stelle in Zeitlupe gezeigt wurde, hob sich der Arm des Jungen, als er noch zwei Schritte von seinem Ziel entfernt war. Noch einen Schritt. Die Finger spreizten sich, schlossen sich in der nächsten Sekunde um das Smartphone und rissen es dem Mädchen grob aus der Hand. Die Augen in dem von langen, blonden Haaren umgebenen Gesicht weiteten sich vor Schreck, der Mund öffnete sich zu einem Schrei, doch da hatte der Dieb sich bereits abgewandt und rannte davon.

Dass Dominik sofort hinter ihm herstürmte, wurde ihm erst bewusst, als er die ersten Meter schon zurückgelegt hatte.

Der Kerl hatte etwa zwanzig Meter Vorsprung und verschwand um die Ecke in einer Seitenstraße. Während Dominik alle Energie in seine Beine legte, um noch ein bisschen schneller zu werden, fragte er sich, was zum Teufel er da gerade tat. Ja, vielleicht schaffte er es, den anderen einzuholen, und dann? Der Junge war mindestens zwei Jahre älter und um einiges kräftiger. Wenn Dominik ihn freundlich bat, das geklaute Handy wieder zurückzugeben, bestand immerhin die Chance, dass es ihm vor Lachen aus der Hand fiel.

Er schob den Gedanken beiseite, erreichte die Ecke, hielt sich an der Stange eines Verkehrsschildes fest und nutzte den Schwung, um rechts abzubiegen. Sein Blick huschte über die Gehwege und fand den Dieb auf der anderen Straßenseite. Der Mistkerl war schnell, er hatte seinen Vorsprung schon ein Stück weit ausgebaut.

Ok, aufgeben kam trotzdem nicht infrage, das war jetzt eine Sache des sportlichen Ehrgeizes. Ohne sein Tempo zu verlangsamen, sah Nick sich nach einer Abkürzung um. Die Straße mündete etwa zweihundert Meter weiter in eine Querstraße. Der Handydieb war auf die linke Seite gewechselt, also würde er wahrscheinlich auch nach links abbiegen. Statt ihm nachzurennen, musste Dominik versuchen, ihm den Weg abzuschneiden, und er hatte auch schon eine Idee, wie er das anstellen konnte.

Er wandte sich ab und folgte der Straße ein weiteres Stück bis zu einem Grundstück, das von einem halb verfallenen Bauzaun umgeben war. Die alte, baufällige Ruine dahinter gab es schon, solange Dominik sich erinnern konnte. Er war oft mit Freunden auf dem Gelände gewesen, obwohl mehrere Schilder darauf hinwiesen, dass das Betreten verboten war. Aber: Ein Schild war für jemanden wie Dominik kein Hindernis. Und ein hoher Bretterzaun schon gar nicht. Er nahm kurz Anlauf, sprang ab und setzte mit einer halben Drehung über den Zaun. Auf der anderen Seite rannte er sofort weiter auf das düstere Gebäude mit den glaslosen, dunklen Fensteröffnungen zu. Rechts führte ein überwucherter Weg vorbei, an den sich auf der anderen Seite eine Wiese anschloss. Sie endete genau an der Querstraße, in die der Dieb – hoffentlich – einbiegen würde.

Eine knappe Minute später hatte Dominik die Straße erreicht. Schwer atmend blieb er stehen, blickte sich nach beiden Seiten um und erschrak, als er den Kerl nur wenige Meter rechts neben sich entdeckte. Auch sein Gegenüber zuckte zusammen, offenbar hatte er nicht mehr mit ihm gerechnet. Doch die Überraschung dauerte nur einen Augenblick, dann warf er sich herum und rannte in die entgegengesetzte Richtung los. Etwas löste sich von seiner Jacke und segelte zu Boden. Ein Zettel vielleicht oder eine dieser Plastikkarten, die man überall bekam. Dominik verlangsamte seinen Lauf, hob das Teil auf und ließ es in seiner Hosentasche verschwinden, während er schon wieder beschleunigte. Vielleicht konnte man damit ja später herausfinden, wer der Typ war.

Etwa fünfzehn Meter lagen jetzt wieder zwischen ihnen und der Abstand vergrößerte sich langsam, aber stetig weiter. So würde er den Größeren nicht zu fassen kriegen. Bei dem

Gedanken stellte er sich erneut die Frage, was er überhaupt tun wollte, falls er ihn doch noch einholte.

Plötzlich schlug der Handydieb einen Haken und rannte quer über die Straße zur anderen Seite. Als Dominik sich im Laufen umwandte, um sich zu versichern, dass kein Auto kam, stieß er gegen einen Pflasterstein, der ein Stück weit hervorstand, kam ins Stolpern und schaffte es nur knapp, sich zu fangen. Als er wieder hochsah, war der Dieb verschwunden. Wie vom Erdboden verschluckt.

Dominik ließ seinen Blick aufmerksam über die Häuserzeile wandern, aber da war nichts. Keine Seitenstraße, kein Weg … bloß eine Öffnung in der Häuserwand, eine Art Rundbogen, durch den ein Durchgang führte. Zu schmal für ein Auto, aber ausreichend für ein Fahrrad oder ein Motorrad. Oder für jemanden, der zu Fuß unterwegs war und ein Versteck suchte.

Dominik näherte sich vorsichtig, blieb am Rand des Eingangs stehen und spähte hindurch. Soweit er erkannte, mündete der Weg in einen Hinterhof, der von mehrstöckigen Häusern umschlossen war.

Er zog den Kopf zurück und blickte sich noch einmal nach allen Seiten um. Nein, es gab hier sonst keine Möglichkeit, zu verschwinden oder sich zu verstecken. Der Kerl musste dort drin sein. Und das bedeutete, dass Dominik ihm in diesem Hinterhof wahrscheinlich gleich alleine gegenüberstehen würde.

Was, wenn der andere sofort die Fäuste schwang? Dominik hatte sich noch nie geprügelt und würde wahrscheinlich schon ein blaues Auge haben, bevor er noch den Arm heben konnte. Dann aber stand ihm wieder das entsetzte Gesicht des Mädchens vor Augen, dem der Typ das Smartphone geklaut hatte, und er setzte sich in Bewegung. Heldenhaft war das nicht, eher dämlich, aber nun war er schon zu weit gekommen, als dass er einfach den Rückzug hätte antreten können.

Obwohl er langsam durch den gewölbten Durchgang ging, kam ihm das Knirschen der kleinen Steinchen unter seinen Schuhen überlaut vor.

Der Hof war nicht besonders groß, vielleicht fünfzehn Meter breit und zehn Meter lang – und er war menschenleer. Keine Spur von dem Handydieb, dafür jede Menge Spuren des Verfalls. Tiefe Risse zogen sich durch den geteerten Boden, das Unkraut darin wucherte knöchelhoch. Die unterste Fensterreihe der Häuserrückseite gegenüber war ebenso zugemauert wie die einzige Tür, die einmal von der Rückseite aus in das Gebäude geführt haben musste. Nur zwei Meter davor waren mit glänzend gelber Farbe Hüpffelder auf den Teer gemalt, die im Vergleich zu allem anderen hier noch recht frisch aussahen. Sie bildeten die Form eines Kreuzes und waren mit den Zahlen von eins bis sieben beschriftet.

Mädchenkram, dachte Dominik. Seine Freunde und er hatten früher ganz andere Sprünge gemacht. Aber für einen Parkour bot dieser karge Innenhof definitiv zu wenige Hindernisse.

Er ging ein paar Schritte weiter in den Hof hinein und sah sich um. Auch auf dieser Seite waren die Fenster der unteren Etage zugemauert. Nichts deutete darauf hin, dass hier noch jemand wohnte.

Viel spannender aber als diese Feststellung war eine andere: Der Dieb musste vom Erdboden verschluckt worden sein. Es gab nichts, wo er sich hätte verstecken können, keine Tür, durch die er verschwinden, kein Fenster, durch das er hätte klettern können. Aber wie war das möglich?

Frustriert blickte er sich noch einmal um. Hier herumzustehen hatte keinen Sinn und er war sowieso schon spät dran. Als er schon wieder halb aus dem Hof hinaus war, fiel ihm die Karte wieder ein, die er aufgehoben hatte. Vielleicht stand ja eine Adresse darauf. Dominik zog sie mit fahrigen Fingern hervor und betrachtete sie. Sie war schlicht in Weiß gehalten, es gab weder ein Logo noch einen Namen darauf. Lediglich das Wort SPRINGFIELD stand in Druckbuchstaben am oberen Rand, darunter die Zahlenkombination 2-4-2-3-6, die Rückseite war leer.

Enttäuscht ließ er die Hand sinken und drehte sich ein letztes Mal um die eigene Achse. Hohe Mauern, zugemauerte Fenster und Türen, der an manchen Stellen aufgeplatzte Teerboden mit den kindischen Hüpffeldern.

Moment. Hüpffelder … SPRINGFIELD … Nein, das war Quatsch. Springfield war keine Übersetzung von Hüpffeld, sondern eine Stadt in Amerika, in der die Simpsons wohnten, das wusste er genau. Aber die Ähnlichkeit der beiden Worte …

Er betrachtete die Karte erneut. 2-4-2-3-6. Sein Blick richtete sich auf die aufgemalten Rechtecke am Boden. Vom Start aus ein Feld überspringen zur Zwei, dann zur Vier, wieder zurück …

Das war doch lächerlich. Ein fast Dreizehnjähriger, der auf einem Hüpffeld herumsprang … Wenn ihn jemand dabei beobachtete, konnte er sich ebenso gut gleich einen Schnuller in den Mund stecken. Andererseits … Er gab sich einen Ruck, schwang die Arme nach hinten und sprang auf das Feld mit der Zwei, dann zur Vier, zurück zur Zwei und das kleine Stück weiter auf die Drei. Schließlich kam der letzte, große Sprung zur Sechs. Dominik landete sicher, richtete sich auf, wartete. Ein, zwei Sekunden lang geschah nichts, natürlich nicht, die

Hüpferei war eine total alberne Idee gewesen. Er wollte sich schon enttäuscht abwenden, als ein reibendes, dumpfes Geräusch zu hören war. Er hielt den Atem an.

Gleich vor ihm, die vermeintlich zugemauerte Tür in der Hauswand … sie schob sich langsam ein Stück zurück, glitt dann zur Seite und gab schließlich ein gähnendes, schwarzes Loch frei.

2

Vorsichtig näherte sich Dominik dem Eingang, hielt inne und kniff die Augen zusammen, als könne er dadurch die Finsternis hinter der Öffnung mit seinem Blick durchdringen.

Er wandte sich um und betrachtete zum wiederholten Mal den leeren Innenhof. Es nutzte nichts. Wenn der Dieb in diesen Hof gelaufen war – und Dominik war sicher, dass er das getan hatte –, blieb keine andere Möglichkeit. Dann musste er durch diesen verborgenen Eingang verschwunden sein.

Vielleicht entdeckte er ja gleich ein Lager voller Diebesgut? Noch während er die Finsternis betrat, sagte er sich, dass es wohl *vernünftiger* wäre, jetzt einfach die Polizei zu rufen und mit verschränkten Armen dabei zuzusehen, wie die den Kerl da rausholte. In der nächsten Sekunde verwarf er den Gedanken aber wieder. Es konnte ewig dauern, bis die Polizei eintraf, immer vorausgesetzt, sie würden auf seinen Anruf hin überhaupt jemanden schicken. Außerdem hatte er den Jungen jetzt schon so weit verfolgt, nun würde er die Sache auch zu Ende bringen.

Entschlossen zog er sein Handy heraus und schaltete die Taschenlampenfunktion ein. Der Schein reichte nicht sehr weit, zeigte aber die ersten Stufen einer steil nach unten führenden Treppe.

Dominiks Herz wummerte gegen seine Brust, als er den

ersten Schritt tat und dann noch einen. Nun stand er schon ein Stück weit hinter der Türöffnung. Noch einen Meter … Der Lichtschein riss weitere der ausgetretenen Steinstufen aus der Dunkelheit, doch ein Ende der Treppe war nicht zu sehen.

Ein leises Geräusch hinter ihm ließ ihn herumfahren und aufstöhnen. Der Eingang hatte sich zu einem schmalen Schlitz verengt, und noch bevor Dominik reagieren konnte, schloss er sich komplett. Er saß fest.

Na toll, das hatte er ja wieder super hinbekommen. Der große Verbrecherjäger Dominik Nader …

In einem Winkel seines Verstandes fragte er sich, wie die Tür sich so schnell und vor allem so leise schließen konnte, nachdem das Öffnen doch recht langsam und geräuschvoll vonstattengegangen war. Aber das war jetzt egal. Viel wichtiger war die Frage, wie er aus diesem dunklen Loch wieder herauskam, bevor das beklemmende Gefühl, das langsam in ihm aufstieg, noch schlimmer wurde.

Er ließ den Schein des Handys über die Ränder der Tür wandern, tastete mit der freien Hand über die staubige Oberfläche, drückte hier und dort, wenn er glaubte, eine leichte Erhebung zu spüren, doch es nutzte nichts. Er fand keinen Öffnungsmechanismus. Der einzige Ausweg, der sich ihm anbot, war der über die Treppe nach unten.

Vorsichtig setzte er einen Fuß auf die erste Stufe. Sie fühlte sich rutschig an. Er tastete an der rauen Wand nach Halt, zog den anderen Fuß nach. Eine weitere Stufe, noch eine … Er zählte mit, aber die Treppe wollte und wollte kein Ende nehmen. Er war schon bei siebenundzwanzig angekommen, als der Lichtschein endlich die Umrisse einer schmalen Tür erkennen ließ. Noch sechs Stufen, dann hatte er das Ende erreicht.

Die Tür schien aus Metall zu sein, einen Griff gab es nicht. Dominik legte eine Hand auf das glatte, kalte Material und drückte dagegen, woraufhin die Tür ein zischendes Geräusch von sich gab und zu seiner Überraschung sanft zur Seite glitt. Das Licht, das ihm aus der entstandenen Öffnung entgegenschlug, ließ ihn die Augen zusammenkneifen und sich zur Seite wegdrehen. So blieb er zwei, drei Atemzüge lang stehen, bevor er es wagte, die Lider blinzelnd ein Stück zu öffnen. Entweder war das Licht deutlich heruntergedimmt worden oder aber seine Augen hatten sich schnell an die Helligkeit gewöhnt. Vor ihm lag eine Art Gewölbe, das durch einen Graben in der Mitte geteilt wurde. Darin stand ein Gefährt, wie Dominik es noch nie gesehen hatte. Es sah aus wie die verkleinerte Version einer ICE-Lok in Schwarz, vielleicht drei Meter lang, vorne und hinten stark abgeflacht, das Gehäuse komplett verglast, sodass Dominik die beiden hintereinander angebrachten Ledersitze im Inneren erkennen konnte. Als er sich vorsichtig näherte, sah er, dass auf dem Grund des Grabens eine glänzende Metallschiene verlief, auf der das seltsame Fahrzeug offenbar stand. Die Schiene führte bis zum Ende des Gewölbes und verschwand dann in einem Tunnel.

»Willkommen, Dominik!«

Die männliche Stimme schien von überall her zu kommen und durchschnitt die Stille wie ein scharfes Messer. Dominik zuckte heftig zusammen und sah sich irritiert nach allen Seiten um. Woher kannte der Mann am Mikrofon seinen Namen? Und wie konnte er wissen, dass er in dieses unterirdische Gewölbe kommen würde?

»Wer … wer sind Sie?« War das wirklich seine Stimme? Sie kam ihm in diesem Moment eher wie die eines kleinen Mädchens vor. Statt einer Antwort hob sich der verglaste Teil des seltsamen Fahrzeuges summend ein Stück an und schob sich so weit zurück, dass der Einstieg frei wurde. Das Innere der Kabine wurde beherrscht von einem Monitor, der sich über die gesamte Breite des Armaturenbrettes vor dem vorderen Sitz befand.

»Steig ein«, forderte die Stimme ihn auf. Es klang eher wie eine Bitte als wie ein Befehl.

»Warum? Wo fährt dieses … Ding hin?«

Er bekam keine Antwort, hatte aber auch nicht wirklich damit gerechnet. Hier war gerade etwas Unheimliches im Gange. Etwas, das ihn zwangsläufig an seinen Vater denken ließ und an Dinge, die er mit ihm schon erlebt hatte. Das gab für ihn den Ausschlag. Ohne weiteres Zögern schwang er sich auf den Sitz und starrte auf den flimmernden Bildschirm. Sekunden später schob sich die Kuppel über ihn und schloss sich mit einem satten Schmatzen. Dann geschahen mehrere Dinge gleichzeitig.

Zu beiden Seiten seiner Schultern fuhren teleskopartige, gepolsterte Stangen heraus, wölbten sich über seine Brust und verbanden sich über seiner Hüfte mit zwei weiteren, die links und rechts neben seinen Oberschenkeln ausgefahren waren. Der Bildschirm vor ihm erwachte zum Leben und zeigte die Schiene und den Tunneleingang vor dem Gefährt, aber so, als sei der Tunnel hell erleuchtet. Was er allerdings immer noch nicht war, wie Dominik sich mit einem Blick am Monitor vorbei versicherte.

In der linken, unteren Ecke des Bildschirms war eine digitale Anzeige eingeblendet, die auf *0,0 km/h* stand, eine Anzeige daneben zeigte 00:07:23 an. Das sah nach einer Uhrzeit aus.

Noch ehe Dominik sich den Bildschirm genauer ansehen

konnte, pressten sich die gepolsterten Stangen mit sanftem Druck gegen seinen Oberkörper, es gab einen kurzen Ruck, dann schoss das Fahrzeug mit einer Geschwindigkeit in den Tunnel hinein, die Dominik den Atem raubte. Die wahnwitzige Beschleunigung drückte seinen Körper derart fest gegen den Sitz, dass er keinen Finger rühren konnte. Dabei war außer einem kaum wahrnehmbaren Summen kein Geräusch zu hören.

Als sich die Kabine nach einer Weile nach links neigte und durch eine lang gezogene Kurve schoss, hatte Dominik sich so weit von seinem Schreck erholt, dass er einen Blick auf den Bildschirm werfen konnte.

Die vermeintlich hell erleuchtete Tunnelwand schoss mit solch absurdem Tempo an ihm vorbei, dass ihm schwindlig wurde. Was ihn aber ernsthaft an seinem Verstand zweifeln ließ, war der Tachometer. Dort wurde gerade eine Geschwindigkeit von 856,3 km/h angezeigt, im nächsten Moment schon 871,7, und sie stieg immer noch weiter. Die Uhr daneben stand nun auf 00:05:43, wobei die Sekunden heruntergezählt wurden.

964,2 km/h. Wieder legte das Gefährt sich in die Kurve, dieses Mal nach rechts und so weit, dass es fast waagerecht durch die Röhre schoss. Bei 1000,0 km/h blieb die Anzeige schließlich stehen. Dominik starrte fasziniert auf die Zahl. Wie war dieses krasse Tempo bloß möglich?

Er sah nach links, nach rechts, legte den Kopf in den Nacken, soweit es der Sitz zuließ. Überall bot sich ihm das gleiche Bild. Dunkelheit, während der Tunnel auf dem Monitor nach wie vor hell erleuchtet war. Vielleicht stammte das Bild von einer Art Nachtsichtkamera, die außen an der Vorderseite des Fahrzeugs angebracht war. Also konzentrierte er sich weiter auf den Bildschirm, obwohl es auch dort nichts zu sehen gab außer helle, gewölbte Wände, die vorüberrasten.

Dominik überschlug, dass das Gefährt eine Strecke von rund 80 Kilometern zurücklegte, wenn es für die Dauer von fünf Minuten mit 1000 km/h dahinschoss. Addierte man noch die Beschleunigungs- und Abbremsphase hinzu, durfte das Ziel wohl rund 100 Kilometer von seinem Startpunkt entfernt liegen. Also ein gutes Stück außerhalb Berlins.

Als die Uhr bei 00:01:30 angelangt war, kam wie erwartet wieder Bewegung in die Anzeige der Geschwindigkeit. Das Gefährt bremste ab.

973,4 … 945,6 … Dominiks Faszination für das Tempo wich der Neugier auf das, was gleich kommen und hoffentlich die vielen Fragen beantworten würde, die ihm unter den Nägeln brannten, seit die Stimme ihn zum Einsteigen aufgefordert hatte.

Die Tunnelwände verschwanden so plötzlich, dass er erschrocken zur Seite durch die Glaskuppel blickte. Erste helle Schimmer durchzogen die Dunkelheit, waren aber noch zu schwach, um Einzelheiten erkennbar zu machen. Das Fahrzeug bewegte sich jetzt nur noch langsam vorwärts und wurde stetig weiter abgebremst. Sekunden später kam es zum Stehen.

Während die Haltebügel vor seiner Brust und neben seinen Oberschenkeln sich fast geräuschlos zurückzogen und der Monitor erlosch, wurde es um ihn herum schlagartig hell. Dominik sah sich blinzelnd um und stellte fest, dass er sich in einem Gewölbe befand, das dem, von dem er gestartet war, zwar ähnelte, aber um ein Vielfaches größer war. Auf der linken Seite parkten drei weitere der Fahrzeuge in den typischen Schienengräben. Diese Gewölbehalle schien eine Art Bahnhof für die Dinger zu sein.

Und noch etwas unterschied diesen Ort vom ersten: der Mann, der mit ausdrucksloser Miene neben Dominiks Gefährt stand, bei dem sich in diesem Moment die Kuppel zurückschob.

Er war nicht sehr groß, leicht untersetzt und hatte kurze, braune Haare. Ein von grauen Fäden durchzogener Vollbart bedeckte große Teile seiner rundlichen Wangen. Das Auffälligste an ihm aber waren seine stahlblauen Augen, mit denen er Dominik auf eine Art und Weise musterte, als könne er direkt in seinen Kopf schauen und seine Gedanken lesen. Diese Augen passten so gar nicht zu dem restlichen Erscheinungsbild. *Unheimlich* war das erste Wort, das Dominik dazu einfiel. Das wurde ja immer besser. War er jetzt im geheimen Hauptquartier der X-Men gelandet?

»Glückwunsch, du warst bisher in diesem Jahr der Zweitschnellste.« War das die gleiche Stimme, die ihn zuvor aufgefordert hatte, in das Fahrzeug einzusteigen?

»Was?«, fragte Dominik verwirrt und deutete auf den Bildschirm vor sich. »Der Zweitschnellste? Mit diesem … Ding?«

»Nein.« Der Mann verdrehte die Augen. »Die Prüfung. Du hast die Prüfung als Zweitschnellster gemeistert.«

Die Prüfung? Dominik verstand überhaupt nichts mehr, doch bevor er weitere Fragen stellen konnte, deutete der Mann neben das Gefährt. »Bitte …« Das sollte wohl die Aufforderung sein, auszusteigen, aber Dominik dachte überhaupt nicht daran. Er fühlte sich in dieser futuristischen Höllenmaschine gerade sicherer, so, als könne er selbstständig damit davonfahren, wenn er es wollte. Oder wenn es gefährlich wurde.

»Ich weiß nichts von einer Prüfung. Wer sind Sie? Und woher kennen Sie meinen Namen?«

Der Mann legte die Hände hinter den Rücken. »Du kannst mich *Herr Schmitt* nennen, und jetzt steig bitte aus.«

Herr Schmitt ... schon klar. Und er selbst hieß Luke Skywalker.

Dominik rührte sich nicht vom Fleck und auch Herr Schmitt machte keine Anstalten, sich zu regen, sondern sah ihn weiter mit seinen Ich-sehe-was-du-denkst-Augen an.

Als der stumme Blick unerträglich wurde, verschränkte Dominik die Arme vor der Brust. »Ich steige erst aus, wenn Sie mir sagen, woher Sie meinen Namen kennen und warum ich hier bin. Und was Sie mit der Prüfung meinten.« Angriff war die beste Verteidigung.

»Du wirst alles erfahren, was du wissen musst, Dominik. Aber nicht hier. Also bitte, steig jetzt aus.«

In Dominiks Innerem tobte ein Kampf. Einerseits wünschte er sich, wieder zurück zu sein auf dem Weg zur Kletterhalle, weit weg von diesem seltsamen Ort und diesem ... Herrn Schmitt. Auf der anderen Seite hatten die Verfolgungsjagd und die abenteuerliche Fahrt bis in diese Halle seine Neugier geweckt und er hätte zu gerne gewusst, was hinter all dem steckte. Immerhin kannte Schmitt seinen Namen. Und er hatte *die Prüfung* – was auch immer damit gemeint war – als Zweitbester in diesem Jahr bestanden.

»In zwei Minuten wird der Black Arrow seine Fahrt wieder aufnehmen und zu der Stelle zurückkehren, von der du kommst.« Schmitts Stimme klang nach wie vor sachlich ruhig. »Wenn du bis dahin nicht ausgestiegen bist, fährst du wieder mit zurück, wovon ich dir allerdings dringend abrate.«

Als Dominik noch immer nicht reagierte, fügte Schmitt deutlich leiser hinzu: »Dein Vater würde allerdings etwas anderes von dir erwarten.«

3

Dominik fuhr hoch und stand in der nächsten Sekunde aufrecht in dem Gefährt. »Mein Vater? Was hat mein Vater damit zu tun?«

Schmitt deutete ungerührt neben sich. »Kommst du?«

Mit einem Satz schwang sich Dominik aus dem – wie hieß das Ding noch mal? – *Black Arrow* und blieb dicht vor Schmitt stehen. »Jetzt habe ich's kapiert. Mein Vater würde etwas anderes von mir erwarten … Das ist eine besondere Geburtstagsüberraschung, stimmt's?« Vor Aufregung redete er viel schneller als sonst. »Ich habe recht, oder? Nun sagen Sie doch bitte was. Wo ist mein Vater?«

Statt zu antworten, wandte sich Schmitt ab und ging los, sodass Domink nichts anderes übrig blieb, als ihm zu folgen, wenn er mehr erfahren wollte.

Sie verließen die Halle durch eine Metalltür, die automatisch zur Seite glitt, als Schmitt darauf zuging, und betraten einen langen, hell erleuchteten Flur, an dessen Ende zwei weitere Türen abgingen. Schmitt deutete auf die linke. »Hier hinein.«

Das fensterlose Büro war nur spärlich eingerichtet und sah aus, als würde es nicht häufig benutzt. Neben einem leeren Regal und einem hüfthohen Schrank mit einem Laserdrucker darauf gab es nur noch einen weißen Schreibtisch in der Mitte des Zimmers, der von einem riesigen Flachbild-Monitor dominiert wurde. Dahinter stand ein Lederstuhl mit hoher Rückenlehne, ein etwas kleinerer davor.

»Setz dich.« Schmitt ging an Dominik vorbei, ließ sich in den Stuhl hinter dem Schreibtisch fallen und sah sein Gegenüber ernst an. »Das Mädchen mit dem Handy, der Junge, der es ihr weggenommen hat und dem du gefolgt bist, der Innenhof mit dem Hüpffeld ... Das war dein Test. Gratulation noch mal, du hast ihn mit Bravour bestanden.«

»Mein Test?«

»Ja.« Schmitt verdrehte die Augen und stieß einen tiefen Seufzer aus. »Du kannst dir nicht vorstellen, wie mühsam es ist. Die meisten sind viel zu bequem, um einem Dieb nachzulaufen, und von denen, die es doch tun, verliert die Hälfte schon nach zwei Straßen die Spur. Kaum jemand hebt die Karte auf, und selbst von denen, die es bis zum Ende schaffen, stehen immer noch die meisten ratlos herum und gehen irgendwann einfach nach Hause.«

Dominik verstand noch immer nicht so richtig, wovon Schmitt überhaupt redete. Nervös rutschte er auf seinem Stuhl nach vorne. »Das ist ein Spiel. Ein Liverollenspiel, habe ich recht? Ist das meine Geburtstagsüberraschung? Ist mein Vater hier?«

Statt ihm eine Antwort zu geben, tippte Schmitt auf einer Tastatur herum und starrte dabei angestrengt auf den Bildschirm. »Dominik Nader«, murmelte er. »Geboren am ...« Er richtete seinen Blick an dem Monitor vorbei. »Du hast in vier Tagen Geburtstag.«

»Ja, und deswegen hat mein Vater das hier alles auch in die Wege geleitet, stimmt's? Wir machen doch jedes Jahr an meinem Geburtstag solche ...«

»Mutter bei der Geburt gestorben«, las Schmitt ungerührt

weiter vom Bildschirm ab, was Dominik verstummen ließ. »Aufgewachsen bei Pflegeeltern, Peter und Elisabeth Kramer. In der Schule eher unauffällig.« Erneut richtete sich Schmitts Blick auf Dominik. »Hast du in der letzten Zeit irgendetwas Besonderes bemerkt? Hast du dich verändert, nimmst du Dinge wahr, die du sonst nicht sehen, hören oder fühlen konntest? Hast du im Sport Leistungen erzielt, die du dir nicht erklären konntest?«

»Nein, alles ist ganz normal. Aber was soll das? Was hat das hier mit meiner Mutter zu tun? Wo ist mein Vater?«

»Erzähl mir von ihm.«

»Was? Warum soll ich von meinem Vater erzählen? Ich dachte, Sie … Das hier, das war doch seine Idee, oder?«

»Erzähl mir, was du von ihm weißt.«

Täuschte er sich oder lag plötzlich so etwas wie Güte in Schmitts Blick? Dominik verstand gar nichts mehr. »Aber warum? Ich …«

Schmitt hob eine Hand. »Egal, was du denkst. Erzähl mir von deinem Vater. Es ist wichtig.«

Dominik atmete tief durch. Also gut, wenn es dazu beitrug, dass er endlich erfuhr, was das alles sollte …

»Mein Vater ist Diplomat. Er reist durch die ganze Welt, nimmt an Konferenzen teil und trifft sich mit wichtigen Leuten. Politikern. Mein Vater redet mit ihnen und hilft dabei, den Frieden in der Welt zu sichern. Deswegen können wir uns auch nur einmal im Jahr sehen. An meinem Geburtstag. Dann treffen wir uns an entfernten Orten, verbringen eine Woche zusammen und machen tolle Sachen. Wir waren schon Fallschirmspringen in den USA und Hochseefischen vor Hawaii. Letztes Jahr waren wir in Tibet, weil … weil meine Mutter von dort stammte.« Als führe sie ein Eigenleben, wanderte

Dominiks Hand zur Brust, wo unter dem Shirt an einem Lederriemen ein Medaillon mit dem Foto seiner Mutter hing. Das einzige, das er besaß. »Reicht das?«

Schmitt nickte und lehnte sich in seinem Stuhl zurück.

»Ja, das reicht.« Der Blick, mit dem er Dominik sekundenlang musterte, wurde wieder durchdringend. »Dann werde ich dir jetzt auch ein paar Dinge anvertrauen. Was man dir über deinen Vater erzählt hat, stimmt nur zum Teil.«

»Was?« Dominik rutschte aufgeregt nach vorne, doch Schmitt deutete mit einer Handbewegung an, er solle sich zurückhalten. »Auch dein Vater selbst hat dir nicht alles über sich erzählt, und das aus gutem Grund. Richtig ist, dass er in der ganzen Welt unterwegs ist, um den Frieden zu sichern. Er arbeitet für das Auswärtige Amt, aber er führt nicht nur Gespräche und nimmt an Konferenzen teil.«

Nach einer erneuten Pause von drei, vier Atemzügen fuhr Schmitt in verschwörerischem Ton fort: »Dein Vater ist einer der besten Mitarbeiter unseres Auslandsnachrichtendienstes, Dominik. Er nutzt seine engen internationalen Kontakte, um für unsere Regierung wichtige Informationen aus den Krisengebieten dieser Erde zu beschaffen. Über die Jahre hat er engmaschige Netzwerke mit Kontaktpersonen in Nordkorea und Tschetschenien aufgebaut und einige der despotischen Führer im mittleren und südlichen Afrika gehören zu seinen Duzfreunden. Mit anderen Worten: Dein Vater ist einer besten Agenten, die unser Land hat, Dominik.«

Dominik starrte Schmitt an und versuchte zu verstehen, was er gerade gehört hatte. Er wusste gar nicht, was er dazu sagen sollte. Sein Vater, ein Agent? »Das ist doch …«, stotterte er. »Ich möchte … Ich soll morgen abgeholt werden, um mich mit ihm zu treffen. Irgendwo. Dann werde ich ihn fragen.«

Schmitt stieß einen tiefen Seufzer aus. »Du wirst morgen nicht abgeholt. Wir kennen noch nicht alle Zusammenhänge, aber … Dein Vater wird morgen nicht kommen.«

Dominik fühlte, wie sein Herz einen Schlag aussetzte.

»Das ist nicht wahr«, stieß er hervor. »Sie haben doch überhaupt keine Ahnung oder Sie lügen. Ich möchte jetzt sofort wieder nach Hause.«

»Das geht leider nicht. Du bist hier an einem Ort, der einer so hohen Geheimhaltungsstufe unterliegt, dass nur ganz wenige hochrangige Leute davon wissen. Oder sie glauben, davon zu wissen, aber finden würden sie ihn vermutlich nicht.« Er beugte sich vor und verzog seinen Mund zu etwas, das einem Lächeln ähnelte, die Augen allerdings nicht erreichte. »Es ist an der Zeit, dass du deine Ausbildung bei uns aufnimmst.«

Was sollte das denn heißen? Dominik besuchte die siebte Klasse des Kant-Gymnasiums in Spandau. Er war nicht sehr fleißig und seine Noten waren mäßig, aber er wollte sowieso Profisportler werden. Wenn er jetzt gleich zurückfuhr, wäre es noch nicht zu spät für das Training in der Kletterhalle. Er sollte jetzt wirklich gehen.

»Wir möchten dir ein Angebot machen, Dominik. Wie du dir vielleicht denken kannst, brauchen wir für die Auslandsaufklärung die besten und fähigsten Mitarbeiter. Die Bundesregierung unterhält daher eine eigene Schule für begabte Nachwuchskräfte. Wir rekrutieren hier Jugendliche, von denen wir glauben, dass sie für eine Aufgabe bei uns besonders geeignet sind, und bilden sie in allen Bereichen aus, die die internationalen Nachrichtendienste benötigen: Informationsbeschaffung, verdeckte Ermittlung, Waffentechnik, Nahkampf. Nach deinem erfolgreichen Abschluss hier steht dir eine Karriere beim BND oder einem anderen befreundeten

Geheimdienst offen. Dein Vater war einer unserer besten Absolventen und es war sein ausdrücklicher Wunsch, dass du diese Schule besuchst. Deshalb haben wir dich heute deiner Aufnahmeprüfung unterzogen.«

Dominik glaubte, seinen Ohren nicht zu trauen. Das konnte doch nur ein Witz sein. Natürlich war das ein Witz! In diesem Moment schob sich eine Erkenntnis in Dominiks Bewusstsein, die alle anderen Gedanken verdrängte.

»Das war mein Vater, stimmt's? Er hat das alles inszeniert. Das ist mein Geburtstagsgeschenk. Ein reales Abenteuerspiel.«

»Es stimmt, es war dein Vater.«

Ja! Er hatte es doch geahnt. »Wo ist er?«, fragte Dominik aufgeregt und sprang auf. »Warum ist er nicht hier?«

Schmitt deutete mit einer ungehaltenen Geste auf den Stuhl. »Könntest du dich wieder setzen? Bitte?«

Dominik ließ sich auf seinen Platz zurücksinken, während die Gedanken einen wilden Reigen in seinem Kopf tanzten.

»Ich werde dir jetzt ein paar sehr wichtige Dinge erklären«, zog Schmitt Dominiks Aufmerksamkeit wieder auf sich. »Also, bist du bereit?«

Dominik nickte. Er war zu allem bereit, wenn es zu diesem Spiel gehörte, das sein Vater sich für ihn ausgedacht hatte. Ein Agentenabenteuer. Und dafür der ganze Aufwand. Wahnsinn.

»Gut. Es stimmt leider, was ich dir eben gesagt habe. Der Kontakt zu deinem Vater ist vor einigen Tagen abgerissen. Wir wissen nicht, wo er jetzt steckt.«

Ok. Dominik war bereit, mitzuspielen, und er würde gut spielen. In einer übertriebenen Geste riss er die Augen auf. »Aber … Was heißt das, *der Kontakt ist abgerissen*?« Er holte tief Luft. »Ist er …?«

Schmitt schüttelte den Kopf. »Wir können mit hoher Wahrscheinlichkeit davon ausgehen, dass er noch am Leben ist.« Schmitt spielte seine Rolle wirklich gut.

»Aber woher wollen Sie das wissen, wenn er doch verschwunden ist?«

»Das ist eine geheime Verschlusssache.«

Geheim, schon klar. Es ging hier schließlich um ein supergeheimes Geheimagentenabenteuer, vermutlich würde sein Vater schon morgen früh mit einem Fallschirm vom Himmel schweben, im Smoking und mit Fliege wie James Bond, und mit ihm an irgendeinen exotischen Ort fahren, wie jedes Jahr.

»Nun weißt du, warum du hier bist«, fuhr Schmitt fort. »Mir ist klar, dass die Situation für dich nicht einfach ist, aber glaube mir, das wird in Zukunft noch oft so sein.« Er lehnte sich in seinem Stuhl zurück und hielt Dominiks Blick dabei mit seinem fest. »Eines musst du wissen: Ob du an dieser Schule bleibst, ist deine Entscheidung. Die Ausbildung ist hart und manchmal gefährlich. Aber die Chance, Ja zu sagen, erhältst du nur ein einziges Mal. Wenn du jetzt ablehnst, wirst du nie wieder von uns hören.« Er machte eine kurze Pause. »Wenn du aber zusagst, ist dieser Entschluss unumkehrbar.«

»Unumkehrbar? Was heißt das?«

»Dass du es dir danach nicht mehr anders überlegen kannst.«

Dominik dachte darüber nach und fand, dass das ein bisschen zu übertrieben war, um glaubwürdig zu sein, aber egal. Dieses Spiel war trotzdem krass und er wollte es gut spielen. »Falls ich wirklich bleiben möchte – kann ich mich denn wenigstens noch von meinen Pflegeeltern und meinen Freunden verabschieden?«

»Deine Pflegeeltern werden von mir die Nachricht erhalten, dass dein Vater dich schon heute zu eurer gemeinsamen Woche abgeholt hat. In ein paar Tagen erfahren sie dann, dass er entschieden hat, dich zu Verwandten in die Vereinigten Staaten zu schicken, wo du ab jetzt leben wirst.«

Dominik überlegte. Eine entfernte Cousine seines Vaters lebte wirklich in den USA. Die Story war verflixt gut durchdacht.

»Wenn du dich entschließt, an unserem Programm teilzunehmen, wirst du für deine Pflegeeltern und deine Freunde weit weg sein, aber nach einer gewissen Zeit wirst du sie ab und zu kontaktieren können.«

»Nach welcher Zeit?«

»Das hängt von der Entwicklung deiner Fähigkeiten und deines Verantwortungsbewusstseins ab. Normalerweise nach ungefähr drei Jahren.«

4

»Es ist an der Zeit, deine Entscheidung zu treffen.« Schmitt drückte sich aus seinem Stuhl hoch. »Ich bringe dich jetzt in einen anderen Raum, dort hast du eine halbe Stunde Zeit, über deine Zukunft nachzudenken.«

»Eine halbe Stunde?«, fragte Dominik gespielt überrascht und überlegte, dass er, wenn er die Geschichte tatsächlich glauben würde, die Schmitt ihm aufgetischt hatte, spätestens jetzt einen Verdacht hätte, dass da etwas nicht stimmen kann. Wie sollte man in so kurzer Zeit eine Entscheidung treffen, die das ganzes Leben verändern würde?

»Ja. Wenn du bedenkst, dass es der ausdrückliche Wunsch deines Vaters ist, dem wir folgen, dann sollte eine halbe Stunde doch mehr als ausreichend sein.«

Klar, und wenn man nur ein, zwei Tage hatte, das komplette Spiel durchzuziehen, wollte man mit solchen Dingen keine Zeit verplempern.

Schmitt ging an ihm vorbei, verließ das Büro und blieb vor der gegenüberliegenden Tür stehen. »Nutze die Zeit«, sagte er knapp, öffnete die Tür und trat einen Schritt zur Seite.

Der Raum stellte sich als eine Art Cafeteria heraus, in der gleichmäßig verteilt einige Tische standen. Zwei von ihnen waren besetzt. An dem gleich neben der Tür saßen zwei bekannten Gestalten, die ihm unverhohlen entgegengrinsten. Es waren das Mädchen mit dem Handy und der Typ, der es geklaut hatte. Etwas weiter hinten saß ein bulliger Junge, der ihn mit unverhohlener Abneigung musterte.

»Hi!« Der Handydieb hob eine Hand. »Ich bin Julian. Wir haben schon gehört, dass du es geschafft hast. Und dass deine Zeit extrem gut war.«

»Ja, angeblich«, murmelte Dominik und wunderte sich erneut über den Aufwand, den die Erfinder dieses Spiels betrieben. Sein Vater hatte sicher eine ganze Stange Geld dafür bezahlt.

»Ist ja witzig, dass ich euch hier wiedersehe. Eine Überraschung nach der anderen.«

Julian lachte. »Gewöhn dich dran.«

»Vielleicht auch besser nicht«, stieß der kräftige Kerl am anderen Tisch aus. »So wie du aussiehst, hältst du keine zwei Wochen durch.«

Julian warf ihm einen kurzen Blick zu und wandte sich dann wieder an Dominik. »Das ist Jan. Er kommt gerade von einem kleinen *Ausflug* zurück und ist offensichtlich nicht bester Laune.«

»Ein Ausflug?«

»Ja, belassen wir es dabei. Du heißt Dominik, nicht wahr? Das ist Mia. Sorry, dass ich dich so durch Berlin gehetzt habe.«

»Na ja«, nun konnte sich Dominik ein Grinsen nicht verkneifen. »Eigentlich war ich es ja, der dich gehetzt hat.«

»Stimmt auch wieder.« Julian deutete auf die beiden Automaten, die links von ihm an der Wand standen, ein Getränkeautomat und einer mit kleinen Snacks darin. »Nimm dir was zu trinken, ist kostenlos.«

Die Verfolgungsjagd hatte Dominik tatsächlich durstig

gemacht. Er entschied sich für eine Apfelsaftschorle und trank gleich einen großen Schluck davon.

»Wie lange hat Schmitt dir Zeit gegeben?«, wollte Julian wissen, nachdem Dominik die Flasche abgesetzt hatte.

»Eine halbe Stunde.«

Als ob Julian das nicht wüsste, schürzte er die Lippen. »Oh, das ist wenig.«

»Ich glaube, das reicht für ihn«, bemerkte Mia im Plauderton und strich sich eine blonde Strähne aus dem Gesicht. Jetzt wirkte sie alles andere als schüchtern oder verzweifelt, sondern recht forsch. »Du hast doch gesehen, wie schnell er reagiert hat. Das war unglaublich. Wir haben das Spielchen ja schon oft durchgezogen, aber so was habe ich noch nie gesehen. Er ist schon losgespurtet, da hattest du dir das Handy noch gar nicht richtig gegriffen.«

Julian nickte und warf Dominik einen anerkennenden Blick zu. »Ja, das stimmt, ich wette, er hat in drei Jahren seinen Decknamen.«

»Meinen Decknamen? Was bedeutet das?« Dominik tat nicht nur interessiert, er war wirklich gespannt, wie sehr alles ausgeschmückt wurde und wie es weiterging.

»Ich schätze, das wirst du bald erfahren.«

Sehr auskunftsfreudig war Julian nicht, aber trotzdem waren die beiden wohl seine beste Chance, mehr über dieses Spiel zu erfahren und über Schmitt, bevor er seine Entscheidung treffen musste. Seine *unwiderrufliche* Entscheidung. Er grinste innerlich.

Vielleicht war das ja sogar wieder so eine Prüfung innerhalb des Spiels und Schmitt *wollte*, dass Dominik nachfragte. Er setzte sich zu Mia und Julian an den Tisch. »Wie lange seid ihr denn schon hier?«

Julians Grinsen wurde breiter. »Wo, hier? In diesem Raum?«

»Nein, ich meine auf diesem … Agenten-Internat.«

»Ah, ok.« Julian kratzte sich am Kinn. »Hier lernt man übrigens auch zielgerichtete Fragestellung und taktische Gesprächsführung.« Wieder dieses breite Grinsen. Dominik stellte fest, dass er die beiden mochte, auch wenn sie ihn gerade ein bisschen aufzogen. Ob sie viel Geld mit ihrer Rolle verdienten?

»Aber um deine Frage zu beantworten: Wir sind seit zwei Jahren hier.«

»Und diese Nummer mit dem Handyklauen, die macht ihr öfter?«

Mia lachte. »Ja, für die teilen sie uns immer wieder gerne ein. Julian ist der schnellste Läufer in der Schule und ich sehe wohl so aus, als müsse man mir helfen.«

»Bei dir hatte ich echt Mühe, rechtzeitig wegzukommen«, warf Julian ein. »Du hast wirklich unglaublich schnell reagiert.«

»Könnt ihr mir etwas über das Internat sagen? Ist es wirklich so, wie Schmitt …«

»Klar könnten wir.« Julian nickte Mia zu und stand auf. »Werden wir aber nicht. Du musst deine Entscheidung aufgrund der gleichen Informationen treffen, die wir alle hatten.«

Ja, schon klar. Das war hier wahrscheinlich das erste Level und mit seiner Entscheidung gelangte er ins nächste. Dominik war gespannt, ob sein Vater irgendwann auftauchte.

Als die beiden die Tür erreicht hatten, drehte Julian sich noch einmal um. »Wir sehen uns entweder bald oder überhaupt nie wieder. Aber so, wie ich dich einschätze, würde ich sagen: Bis später.« Sekunden danach schloss sich die Tür hinter ihnen und Dominik war allein.

Er starrte noch eine Weile auf die geschlossene Tür und dachte über das nach, was Schmitt ihm erzählt hatte. Das konnte im weiteren Verlauf vielleicht wichtig sein, das wusste er aus taktischen Computerspielen.

Sein Vater war also angeblich kein Diplomat, sondern ein Geheimagent. Seltsamerweiser würde dieser *Job* sogar gut zu ihm passen. Wenn Dominik an all die verrückten Sachen dachte, die sein Vater schon mit ihm gemacht hatte. Er war sehr sportlich und konnte viele erstaunliche Dinge. Fallschirmspringen, Bogenschießen, Tauchen … Sogar in dem Hubschrauber, mit dem sie drei Jahre zuvor über die Niagarafälle geflogen waren, hatte er selbst am Steuer gesessen.

Außerdem sprach er unglaublich viele Sprachen fließend. Egal in welchem Land sie ihre gemeinsame Woche verbracht hatten, sein Vater hatte sich mit den Menschen dort in ihrer Sprache unterhalten können. Dominik musste grinsen. Klar, als Superagent konnte man so was. Wirklich gut durchdacht, das Ganze.

Und jetzt sollte er also in dieses seltsame Internat gehen. Weil sein Vater es so wollte. Sein Vater, der verschwunden war. Plötzlich schlich sich ein neuer Gedanke in seinen Kopf und der war so aufregend, dass er es fast nicht wagte, ihn zu Ende zu denken: Vielleicht war es ja Sinn des Spiels, dass er nach seinem Vater suchte und ihn befreite?

Er dachte an seine Pflegeeltern, Peter und Elisabeth. Ob sie eingeweiht waren? Natürlich waren sie das, beantwortete er sich die Frage selbst. Wenn er sich nicht täuschte, würde diese Sache über mehrere Tage gehen, so wie der jährliche Abenteuerurlaub mit seinem Vater sonst auch. Ja, sie waren eingeweiht.

Dominik war schon sein ganzes Leben lang bei ihnen und

sie hatten ihm ein Zuhause voller Geborgenheit und Zuneigung gegeben. Sein Vater hatte die beiden gleich nach Dominiks Geburt als Pflegeeltern für ihn ausgesucht. Kurz nachdem seine Mama …

Mit einem geübten Griff zog er das Medaillon mit dem Foto seiner Mutter an dem Lederriemen aus dem Halsausschnitt des Shirts und betrachtete es. Wie jedes Mal durchströmte ihn ein wohliges Gefühl beim Anblick des wunderschönen, von langen, schwarzen Haaren eingerahmten Gesichts. Es kam ihm so vor, als sei der warme Blick aus ihren dunklen Augen direkt auf ihn gerichtet. So, als hätte sie schon damals, als der Fotograf den Auslöser gedrückt hatte, gewusst, dass ihr Sohn, den sie selbst nie kennenlernen durfte, dieses Foto später jeden Tag betrachten würde.

Sie war in Tibet geboren. Sein Vater sagte immer, Dominik habe die mandelförmigen, braunen Augen von ihr geerbt. Die helle Haut hatte er aber definitiv von ihm.

So saß er eine Weile da und betrachtete das Gesicht seiner Mutter.

Irgendwann riss er seinen Blick los und ließ das Medaillon wieder unter dem Shirt verschwinden. Er musste sich auf das Spiel konzentrieren und war sehr gespannt, wie es weiterging. Wahrscheinlich würde er viele Rätsel lösen müssen und jede Information, die er bisher erhalten hatte, konnte extrem wichtig sein. Also. Sein Vater war angeblich verschwunden. Was konnte das bedeuten? War er an einem geheimen Ort untergetaucht, weil er in Gefahr gewesen war? War er entführt worden? Er musste als Agent sicher …

Die Tür wurde geöffnet. Schmitt kam gar nicht erst herein, sondern behielt die Klinke in der Hand. »Die Bedenkzeit ist um.«

»Was, schon?«, tat Dominik, als könne er nicht glauben, dass tatsächlich bereits eine halbe Stunde vergangen sein sollte. »Aber ich …« Er brauchte nicht weiterzureden. Schmitt hatte sich schon wieder abgewandt und war verschwunden.

Als Dominik das Büro betrat, stand Schmitt an seinen Schreibtisch gelehnt da und sah ihm mit ernstem Gesicht entgegen. »Wie lautet deine Entscheidung?«

»Das ist sehr schwer«, druckste Dominik herum und versuchte dabei, möglichst glaubhaft zu sein.

Schmitt schüttelte den Kopf. »Nein, ist es nicht. Ja oder nein. Das ist ganz einfach. Entscheide dich jetzt. Für den Wunsch deines Vaters oder dagegen.«

Der Wunsch seines Vaters …

»Ja.« Er bemühte sich, dabei ein Gesicht zu machen, als sei ihm die Entscheidung extrem schwergefallen.

Zum ersten Mal zeigte Schmitt ein echtes Lächeln. »Du hast eine gute Wahl getroffen.« Er deutete zur Tür. »Gehen wir.«

»Wohin? Muss ich nicht irgendetwas unterschreiben?«

»Nein, musst du nicht. Bei uns ist dein Wort bindend.«

Dominik ging hinter Schmitt durch den Flur und hätte ihn am liebsten überholt, um zu erfahren, was als Nächstes passierte.

Sie gingen auf die Tür zu, hinter der die Black Arrows in ihren Schienengräben standen. Dominik überlegte, wie die Spielemacher es geschafft hatten, die Illusion dieser wahnsinnigen Geschwindigkeit zu erzeugen und des Tunnels, durch den er angeblich gerast war. Wahrscheinlich eine perfekte Computergrafik, die rundum abgelaufen war, während er im Inneren der Kabine gesessen hatte. So ähnlich wie bei einem Flugsimulator, an dem Piloten unter täuschend echten Bedingungen üben konnten.

Als sie das Gewölbe betraten und er die futuristischen Fahrzeuge vor sich sah, spürte er Abenteuerlust.

Schmitt zeigte auf den Black Arrow im äußersten Graben, dessen Glasdach sich automatisch öffnete, als er die Hand auf eine Stelle der Außenhaut legte. »Steig ein. Dieser Arrow bringt dich zur Schule. Man erwartet dich dort bereits.«

Dominik blieb stehen und hob eine Braue. Diesen kleinen Fehler musste er einfach aufgreifen. »Wieso erwartet man mich? Sie wussten doch gar nicht, ob ich zustimmen werde.«

»Sagen wir es mal so: Wir waren uns ziemlich sicher. Du bist eben der Sohn deines Vaters.« Gut gekontert.

Wie schon beim ersten Mal blieb Dominik die Luft weg, als der Arrow mit simulierter, irrsinniger Beschleunigung in den Tunnel schoss und sich gleich danach in eine Rechtskurve legte. Das war alles sehr gut gemacht.

Diesmal dauerte es zwölf Minuten, bis das Gefährt endlich langsamer wurde, sein Ziel lag also etwa 180 bis 200 Kilometer von Schmitts angeblichem Büro entfernt. Eine Information, die später vielleicht wichtig sein konnte. Warum sonst zeigte man ihm wohl die Geschwindigkeit und die Entfernung an? 56 Sekunden später schoss der Black Arrow aus der Tunnelröhre und helles Tageslicht drang durch die getönten Scheiben. Der Arrow bremste abrupt ab und kam schließlich ganz zum Stehen. Nachdem sich das Dach der Kabine zurückgeschoben hatte, sah Dominik sich verwundert um. Er hatte noch einen Druck auf den Ohren von der Geschwindigkeit, aber er vernahm gedämpfte Geräusche … ein Lachen … Kindergeschrei … Er befand sich mitten auf einem Rummelplatz. Genauer gesagt im Ankunftsbereich einer Achterbahn.

»Aussteigen bitte!«, hörte er neben sich einen jungen Mann sagen. »Oder hast du noch ein Ticket für die nächste Runde?«

Dominik schüttelte verwirrt den Kopf. Noch etwas benommen stieg er aus der Kabine und durchschritt eine Absperrung, die die Achterbahn vom Freizeitpark abgrenzte. Er lief durch einen kurzen Gang, dessen Wände mit Werbeplakaten beklebt waren, auf eine Schiebetür zu, vor der er ein paar Sekunden warten musste.

Als sie sich dann endlich zur Seite schob, riss Dominik überrascht die Augen auf.

5

Die Zwillinge, die unmittelbar hinter der Tür standen, glichen einander wie ein Ei dem anderen. Nicht nur im Gesicht: die weißen Blusen und dunkelgrauen Faltenröcke, die weißen Söckchen, die schwarzen Lackschuhe – alles absolut identisch.

Das Alter der Mädchen war schwer zu schätzen, sie mochten vielleicht sechzehn oder siebzehn sein. Ihre schwarzen Haare waren zu einem Pagenschnitt gestutzt und bildeten einen starken Kontrast zu der ungewöhnlich blassen Gesichtshaut. Die runden, randlosen Brillen saßen auf sehr schmalen Nasen und ließen mit ihren dicken Gläsern die Augen dahinter wie riesige, grüne Knöpfe erscheinen. Die beiden waren sehr schlank und einen Kopf größer als Dominik.

»Hi, Nick«, begrüßte das Mädchen auf der linken Seite ihn mit seltsam monotoner Stimme. »Hi, Nick«, plapperte ihre Schwester in identischem Tonfall nach.

»Hallo.« Mehr bekam Dominik nicht heraus, während er sich darüber wunderte, dass die beiden ihn mit *Nick* angesprochen hatten, der Kurzversion seines Namens, die sonst nur sein Vater benutzte. Im nächsten Moment schüttelte er über sich selbst den Kopf. Natürlich benutzten sie diesen Namen, weil sein Vater ihm dieses Spiel ja geschenkt hatte.

»Das ist Paula«, erklärte die Linke und deutete dabei auf ihre Schwester.

»Und das ist Petra«, ergänzte Paula. »Wir sind dein Empfangskomitee und deine Tutoren im ersten Monat.«

Im ersten Monat konnte nur bedeuten: in diesem Level. »Meine Tutoren?«

»Ja. Jeder Neuzugang bekommt Tutoren, die ihm hier alles zeigen und erklären. Folge uns.« Er hatte also Hilfen. Sehr gut gemacht …

Ohne seine Reaktion abzuwarten, drehten die beiden sich in einer schnellen und absolut synchronen Bewegung um, dass die Faltenröcke nur so flogen, und marschierten los.

Erst als er ihnen folgte, hatte Dominik Augen und Ohren für seine Umgebung, und was er sah, verblüffte ihn ein weiteres Mal. Er befand sich tatsächlich mitten auf einem … Rummelplatz? Hinter ihm sausten die Wagen der Achterbahn in mindestens zwanzig Metern Höhe über die Schienen, daneben drehte sich ein riesiges Kettenkarussell so schnell, dass die Haare der Fahrgäste wild im Wind flatterten. Dazwischen standen Buden mit Süßigkeiten, Losstände und Geschicklichkeitsspiele für die Kleinen. Unterlegt von einem gemurmelten Wortbrei aus Hunderten von Stimmen hörte er Lachen und Gekreische, irgendwo in der Nähe weinte ein kleines Kind. Wenn er gerade noch gedacht hatte, den Aufbau dieses Spiels zu verstehen, kamen ihm nun wieder Zweifel. Es konnte doch unmöglich sein, dass all diese Kinder, Jugendlichen und Erwachsenen Teil der gigantischen Inszenierung waren. Oder waren die meisten von ihnen Spieler wie er selbst? Es gab nur einen Weg, das herauszufinden. Er folgte Petra und Paula, die im Gleichschritt nebeneinander zwischen den Fahrgeschäften und Buden hindurchmarschierten.

Nach einer Weile blieben die Zwillinge stehen und warteten, bis Dominik sie erreicht hatte.

»Das ist die Verwaltung«, sagte das Mädchen, das nun rechts vor Dominik stand und ebenso gut Petra wie Paula sein konnte, und zeigte auf den flachen Bau auf seiner Seite.

Dominik ließ den Blick an den Fensterreihen entlangwandern. Ein gutes Stück dahinter erkannte er einen hohen, schlanken Turm, an dem gerade ein voll besetzter Kranz von Sitzen in die Höhe schnellte.

»Unsere Tarnung«, hörte er die Stimme von Petra oder Paula hinter sich. »Niemand käme auf die Idee, dass dieser Vergnügungspark zum geheimsten Ort gehört, den es in Deutschland gibt. Alles völlig unverdächtig.«

Natürlich, völlig unverdächtig. Dominik wandte sich den Schwestern wieder zu und deutete auf ein Fahrgeschäft. »Das ist Teil eines supergeheimen Ortes?«

Die Mädchen verdrehten die Augen und sahen sich an. »Er kapiert's nicht«, sagte die eine. »Nein, er kapiert's nicht«, bestätigte die andere.

»Da ist noch was, das ich nicht kapiere«, sagte Dominik. »Woher weiß ich, wer von euch Paula und wer Petra ist?«

Wieder tauschten die Mädchen einen Blick, bevor eine sagte: »Hast du das immer noch nicht gesehen? Hier …« Sie deutete auf die rechte Seite ihres Halses, unmittelbar unter den Rand ihres Pagenschnitts. »Siehst du da was?«

Dominik machte einen Schritt auf sie zu und betrachtete die weiße Haut mit zusammengekniffenen Augen, aber sosehr er sich auch anstrengte, er konnte beim besten Willen nichts entdecken. »Nein«, sagte er nach einer Weile verunsichert, woraufhin sie nickte. »Eben. Und jetzt schau mal bei Paula.«

Das tat er, und tatsächlich hatte Paula an dieser Stelle einen Leberfleck, der ihm nun, wo er darauf hingewiesen worden war, unübersehbar erschien. Hoffentlich war das keine Aufgabe, die er hätte lösen sollen.

»Wow«, stieß er aus.

»Er hat's kapiert«, versicherte Petra ihrer Schwester, die daraufhin nickte. »Ja, er hat's kapiert.«

Damit wandten sie sich um und gingen los. Dominik gestand sich ein, außer der Sache mit dem Leberfleck bisher nicht wirklich viel zu kapieren, und folgte den beiden. *Paula mit dem Leberfleck,* sagte er sich dabei in Gedanken vor. *Paula mit dem Leberfleck.*

Nach wenigen Metern bogen sie nach links ab und steuerten auf einen Holzbau zu, an dessen Front riesige Horrorgestalten mit rot glühenden Augen die Aufmerksamkeit der Gäste auf sich zogen. Der Eingang bestand aus einer wuchtigen Holztür, auf die die Mädchen nun zugingen. Darüber prangte ein Transparent, auf dem in großen, roten Lettern stand: DAS GEISTERSCHLOSS.

Das Material gab ein knarzendes Geräusch von sich, als die Tür – von Paula, wie er jetzt wusste – aufgezogen wurde. Gleich dahinter führten fünf steinerne Stufen nach unten. Sie stiegen hinunter und standen vor einem schummrigen Gang, der sich zu beiden Seiten nach einigen Metern im Dunkeln verlor.

Ohne Kommentar wandten die Schwestern sich nach rechts und marschierten in die Dunkelheit. Dominik folgte ihnen und musste sich schon nach der ersten Biegung konzentrieren, um an der vor ihm gehenden … Petra? Paula? dranzubleiben. Der hier herrschende dämmrige rote Schein legte einen verwaschenen Schleier über ihre Umgebung.

Als plötzlich ein Skelett mit schaurigem Gekreische von der Seite in den Gang schoss, fuhr Dominik entsetzt zusammen und ärgerte sich im nächsten Moment, dass er sich von solch billigen Tricks erschrecken ließ.

Sie kamen an zwei Türen vorbei, deren Umrisse vage erkennbar waren und auf denen in dunkelrot glimmenden Buchstaben die Worte *Todesgruft* und *Folterkammer des Schreckens* zu lesen waren. Vor der nächsten Tür blieben die Mädchen stehen. Sie war wie alle anderen augenscheinlich aus Holz, aber mit einem Muster aus handtellergroßen, geschnitzten Quadraten verziert. Es mussten hundert sein oder noch mehr. Ein einfaches, unbeleuchtetes Schild wies darauf hin, dass sie *Nur für Personal* zugänglich war.

Paula mit dem Leberfleck hob die linke Hand und hielt sie vor eines der Quadrate in der oberen Hälfte. Dabei verrutschte der Ärmel ihrer Bluse ein Stück und etwas Dünnes, metallisch Schimmerndes lugte darunter an ihrem Handgelenk hervor.

»Was ist …« Weiter kam Dominik nicht, denn in diesem Moment schwang die Tür fast geräuschlos nach innen auf und gab den Blick frei auf … einen kurzen, hellen Gang und an dessen Ende einen Aufzug. Durch die offen stehende Tür sah Dominik, dass es in der Kabine drei Knöpfe gab, die mit den Bezeichnungen U1 bis U3 in schwarzer Schrift bedruckt waren.

Die Mädchen standen so, dass Dominik nicht sehen konnte, ob es Petras oder Paulas Finger war, der auf den Knopf U1 drückte. U … das deutete darauf hin, dass es sich um einen ganz normalen Aufzug handelte, der in die Untergeschosse eins bis drei fuhr. Ging dieser Fun-Park etwa unter der Erde weiter?

Schon im nächsten Moment setzte sich die Kabine mit einem sanften Ruck abwärts in Bewegung.

Die Fahrt ins erste Untergeschoss dauerte eine gute halbe

Minute. Als die Tür sich dann wieder öffnete, sank Dominiks Unterkiefer vor Überraschung herab, denn was er da vor sich sah, hätte er niemals tief unter der Erdoberfläche vermutet. Er korrigierte seinen Gedanken von zuvor. Es musste seinen Vater nicht eine ganze Stange Geld, sondern ein Vermögen gekostet haben, ihm dieses Abenteuer zu schenken. Kein Wunder, dass er bisher noch nichts von diesem Spiel gehört hatte. Dieser ganze Aufwand wäre umsonst, wenn jeder von Anfang an wusste, dass sein Abenteuer inszeniert ist. Umso beeindruckender war das alles.

Wie in Trance verließ er hinter den Zwillingen die Kabine und drehte sich langsam um seine eigene Achse. Was immer er auch im nächsten Level erwartet hatte, das hier übertraf alles bei Weitem.

Sie befanden sich in einem Gewölbe, das mindestens zwanzig Meter hoch und so lang und breit war, dass Dominik die Wände kaum erkennen konnte. Weit über ihnen hing eine große, leuchtende Kugel unter einer hellblauen Decke, die wohl dem Himmel nachempfunden war. Die Temperatur hier unten war sehr angenehm, es war weder kalt noch zu warm, vielleicht zweiundzwanzig Grad.

Auf dem Gelände vor ihnen standen drei halbkugelförmige Glaskonstruktionen von etwa zehn Metern Durchmesser. Sie waren mit einem Weg verbunden, der von den Gebäuden aus zu beiden Seiten weiterführte. Etwas weiter hinten standen einige kleinere Holzbuden, die denen im Vergnügungspark ähnelten.

Und all das unter der Erde. Welch ein Aufwand.

»Das hier sind die Unterkünfte für unsere Neulinge.« Paula mit dem Muttermal zeigte zu den Kuppelbauten.

»Wie viele … *Neulinge* gibt es denn?«

»Ach, das ist unterschiedlich«, erklärte Petra.

Klar, dachte Dominik, je nachdem, wie viele Spieler angemeldet sind.

»Aber es sind nie viele.«

»Nein, viele sind es nie«, bestätigte Paula.

»Aber … wir können hier schon auch raus?«

Paula nickte. »Wenn du geschickt bist.«

Dominik verstand. Das gehörte zum Spiel. Wahrscheinlich musste er die richtigen Fragen stellen. »Was bedeutet das?«

»Das wirst du bald erfahren.«

Diese Antwort stellte Dominik zwar nicht zufrieden, aber er ahnte, dass er in diesem Moment darüber nicht mehr erfahren würde, und ließ seinen Blick wieder über die gläsernen Halbkugeln schweifen. »Das ist also diese Schule. Der supergeheime Ort.«

»Ein Teil davon«, sagte Petra.

»Wirklich nur ein Teil«, ergänzte Paula und fügte hinzu: »Das hier sind die Wohneinheiten für die Rookies. Die Schulgebäude für den theoretischen Unterricht befinden sich in der Etage darunter. Die zeigen wir dir nachher. Die praktischen Teile finden oben statt.«

Dominik kräuselte die Stirn. »Rookies?«

»Ja, Anfänger, so wie du.«

»Wie lange ist man … Rookie? Und was ist dann?«

Die Schwestern sahen sich an. »Er ist sehr neugierig«, stellte Petra fest und wandte sich mit einem Schulterzucken wieder an Dominik. »So lange, bis man seinen Decknamen hat.«

Schon wieder dieser Deckname. Julian hatte ihn auch schon erwähnt. *Ich wette, er hat in drei Jahren seinen Decknamen,* hatte er in der Cafeteria zu Mia, seiner Komplizin bei dem vorgetäuschten Handydiebstahl, gesagt. Das musste wichtig sein. Vielleicht würde er den *Decknamen* in drei Leveln bekommen.

»Und jetzt frage mich nicht, was das ist und wann man sich einen Decknamen aussuchen darf«, fuhr Petra fort, bevor er tatsächlich nachfragen konnte. »Das hängt einzig und alleine von dir selbst ab. Danach zieht man jedenfalls um in die Wohneinheiten der Experts. Die U3.«

»Gehört ihr zu den … Experts?«

»Ja«, antworteten die Schwestern gleichzeitig.

»Und wie sind eure Decknamen?«

Paula mit dem Leberfleck schüttelte den Kopf und verdrehte die Augen, als könnte sie nicht fassen, wie dumm ihr Gegenüber war. »Die werden ausschließlich in Einsätzen benutzt. Das reicht jetzt auch fürs Erste.«

Petra deutete zu dem linken Glasgebäude. »Jetzt bringen wir dich zu deinem Zimmer.«

Die Halbkugel, die sie kurz danach betraten, wurde von einem hellen, bis unter das Kuppeldach offenen Gang in zwei Hälften unterteilt. Zu jeder Seite gingen zwei Türen ab, dazwischen hingen kleine Tafeln aus Messing an den Wänden. Dominik trat etwas näher, um die Schrift darauf lesen zu können. Die Schilder hatten etwa die Größe einer Tafel Schokolade und hingen im Abstand von zehn Zentimetern nebeneinander. Dominik schätzte, dass es insgesamt etwa dreißig waren. Vor der ersten von links blieb er stehen und las den eingravierten Text:

Jahrgangsbester 1984
Roland Diedlier
798 Punkte

Darunter eine unleserliche Unterschrift. Die nächste Tafel.

Jahrgangsbester 1985
Bernhard Kreul
745 Punkte

Und so ging es weiter. Jahrgangsbester, Name, Punktzahl. Für jedes Jahr. Die Punkte variierten immer ein wenig, bewegten sich aber bis auf einen Ausreißer im Siebenhunderterbereich. Dieser Ausreißer war genau genommen eine Sie. Sie hieß Lea van Rouwen und hatte 1994 ganze 1007 Punkte erreicht. Angesichts der anderen Ergebnisse musste sie ein Genie gewesen sein. Nur zwei Tafeln weiter kam der nächste Ausreißer und der ließ Dominiks Herz bis zum Hals schlagen.

Jahrgangsbester 1996
Ben Nader
1002 Punkte

Sein Vater. Wow, hier stimmte wirklich jedes Detail. Wieder war Dominik beeindruckt von dem Aufwand, der getrieben wurde.

»Kommst du?« Die Mädchen standen vor der hinteren Tür auf der rechten Seite. Paula hielt ihr Handgelenk vor eine rechteckige, metallisch glänzende Fläche in der Wand, woraufhin die Tür mit einem kurzen Summen aufsprang.

»Was ist das, was du da am Handgelenk hast?«, wollte Dominik wissen, doch Paula tat, als hätte sie die Frage nicht gehört, und betrat unbeirrt das Appartement. In der Mitte des geräumigen und sehr modern eingerichteten Zimmers blieb sie stehen.

»Das ist deine Unterkunft. Wir lassen dich jetzt eine halbe Stunde alleine, dann holen wir dich zum Essen ab. In den Kleiderschränken findest du alles, was du brauchst. Jeans, Shirts, Pullis, Schuhe, sogar Unterwäsche und Socken. Alles in deiner Größe und in deinen Lieblingsfarben.«

»Was? Aber wie … Woher wusstet ihr …«, stammelte Dominik ehrlich verdutzt.

»Schon vergessen, wo du hier bist?«, fragte Petra.

»Nein«, seufzte er und ließ sich auf das bequem aussehende Bett sinken. »Ich bin an einem supergeheimen Ort.« Und in Gedanken fügte er hinzu: *Was für ein krasses Spiel …*

6

Dominik wartete, bis er alleine war, bevor er sich umsah. Gab es irgendwelche Dinge, die er einstecken musste, weil er sie später brauchte? So wie in einem Videospiel? Werkzeuge, Schlüssel …

Der Raum war mindestens doppelt so groß wie sein Zimmer in Berlin. Das gewölbte Dach der Glaskuppel zog sich bis zum Boden hin und bildete somit gleichzeitig die Außenwand. Sie war von innen vollkommen durchsichtig und erlaubte einen Blick über das Gelände und, wenn er den Kopf in den Nacken legte, auf die Gewölbedecke mit der leuchtenden Kugel. Dominik kniff geblendet die Augen zusammen und fragte sich, ob die Lampe nachts ausgeschaltet wurde. Aber wie es aussah, würde er das ja bald herausfinden.

Ein weißer Tisch mit glänzender Oberfläche stand direkt vor der Außenhaut aus Glas. Die hintere Kante war leicht gebogen und so der Wölbung angepasst. Beherrscht wurde das Möbelstück von einer senkrecht darauf stehenden Glasplatte, die in der Mitte des Tisches steckte und die Ausmaße eines mittleren Flachbildschirms hatte. Vorsichtig berührte Dominik die glatte Oberfläche, strich mit den Fingern darüber und versuchte den Sinn dieser Konstruktion zu verstehen. Nach einer Weile gab er es auf und nahm sich vor, Petra und Paula zu fragen, wenn sie ihn abholten.

Das Badezimmer mit einer modernen Regendusche befand sich hinter einer Tür neben dem Bett und war komplett ausgestattet. Selbst an Zahnseide hatte man gedacht. Perfekt.

Die Wand gegenüber bestand aus sandfarbenen Türen, Klappen und Schubladen, hinter denen sich Regalfächer verbargen, die tatsächlich vollgepackt waren mit Kleidung in seiner Größe.

Nachdem er alles grob inspiziert hatte, legte er sich auf das Bett und verschränkte die Hände hinter dem Kopf. Er überlegte, wie spät es wohl sein mochte, und tastete nach seinem Smartphone, das in der Gesäßtasche seiner Jeans steckte.

Es war mittlerweile 17:23 Uhr und er hatte kein Netz. Dominik zweifelte keine Sekunde daran, dass der Empfang hier unten grundsätzlich unmöglich war. Zudem stand die Akku-Anzeige auf 17 Prozent und er hatte kein Ladekabel dabei. Sein Handy würde sich demnach sowieso bald verabschieden.

Einer Eingebung folgend schaltete er das Gerät komplett aus und legte es in die obere Schublade des hüfthohen, runden Turms, der neben dem Kopfende des Bettes stand und aus vier übereinander angebrachten, gebogenen Schubladen bestand. Hier unten schien alles mehr oder weniger gebogen oder rund zu sein.

Er bemerkte, dass das Licht sich verändert hatte, und betrachtete die Lampe über sich, in die er jetzt ohne Probleme direkt hineinschauen konnte.Die Kraft ihrer Strahlung hatte offensichtlich nachgelassen.

Er schloss die Augen. Noch immer erschien ihm seine Situation wie ein außergewöhnlicher Traum, aus dem er jeden Moment erwachen würde. Er dachte an seinen Vater und an die vielen aufregenden Ferien, die sie miteinander verbracht hatten. Bestimmt hatte Martin ihm bei den Vorbereitungen zu dieser Geburtstagsüberraschung geholfen. Martin war ein alter Freund seines Vaters, der bisher bei jedem Urlaub immer um sie herum gewesen war, solange Domink zurückdenken konnte.

Als ein Summen ihn aus seinen Gedanken riss, war er der festen Überzeugung, höchstens zehn Minuten auf dem Bett gelegen zu haben. Und er war hungrig, was kein Wunder war, schließlich hatte er seit dem Frühstück nichts mehr gegessen.

Er stand auf und ging zur Tür, vor der die Zwillinge standen und ihn mit unbewegten Mienen anschauten. »Wie sieht es mit essen aus?«

»Er ist schrecklich ungeduldig«, murmelte Petra vor ihm.

»Furchtbar ungeduldig«, stimmte Paula ihr zu und wandte sich ab. »Komm mit.«

Sie führten ihn in das hinterste Gebäude der Ebene, das natürlich ebenfalls die Form einer Kuppel hatte. Das Innere bestand größtenteils aus einem Raum, der wie eine typische Kantine eingerichtet war, so wie Dominik sie aus seiner Schule kannte, nur wesentlich kleiner.

Fünf schlichte, weiße Tische mit Platz für jeweils vier Personen waren im Raum verteilt. Drei davon waren besetzt mit Jungen und Mädchen im Alter von vierzehn bis etwa siebzehn, die Tabletts vor sich stehen hatten und sich leise unterhielten, während sie sich ihr Essen schmecken ließen. Dominik fragte sich, ob sie NPCs waren, also zur Stamm-Mannschaft des Spiels gehörten, oder Spieler wie er.

Kaum jemand nahm Notitz von ihm, als er hinter den Zwillingen her an den ersten beiden Tischen vorbeiging. Nur zwei Mädchen, beide etwa dreizehn, stießen sich mit den Ellbogen an, deuteten auf ihn und tuschelten leise.

Der Tisch, zu dem sie ihn führten, war mit einem Jungen und einem Mädchen besetzt, die etwa vierzehn sein durften und beide dunkelhaarig waren. Sie lächelten ihm freundlich entgegen. Paula deutete auf einen der freien Stühle. »Setz dich, wir gehen dir dein Essen holen.«

Dominik konnte sich ein Grinsen nicht verkneifen. »Ihr bedient mich? Krass.«

Die Mädchen sahen sich an und schüttelten beide den Kopf. »Nur einmal«, erklärte Paula und ging hinter ihrer Schwester her zur Essensausgabe an der Seite des Raumes.

»Ob die alles zusammen machen?«, fragte der Junge. Er war sportlich schlank und hatte für jemanden in seinem Alter schon sehr sehnige, muskulöse Arme.

Das Mädchen zuckte mit der Schulter und warf ihre langen Haare über die Schulter. »Ich habe jedenfalls noch nie eine von ihnen alleine gesehen.« Dann nickte sie Dominik zu. »Hi, ich bin Naomi. Dein erster Tag?«

»Ja, ich bin seit heute Nachmittag hier.«

»Lukas«, stellte sich der Sportliche vor.

Petra kam, dicht gefolgt von Paula, auf ihren Tisch zu. Vor sich trug sie feierlich ein Tablett, als handele es sich um eine Opfergabe. Sie stellte es vor Dominik ab und deutete darauf. »Wir kommen dich in zehn Minuten abholen.«

»In genau zehn Minuten«, wiederholte ihre Schwester und wandte sich ab.

Während des Abendessens erfuhr Dominik, dass Lukas und Naomi seit eineinhalb Jahren im Internat waren. Also gehörten sie eindeutig zur Mannschaft des Spiels. Seinen Fragen wichen sie größtenteils aus und rieten ihm, einfach den Tag abzuwarten. Danach sei wahrscheinlich sowieso fast alles beantwortet. Die beiden stellten ihm ein paar Fragen danach, wo er herkam und auf welche Schule er bisher gegangen war (*bisher!* – einfach perfekt), dann verabschiedeten sie sich und verließen den Raum.

Als Nick gerade den letzten Schluck seines Orangensafts getrunken hatte, tauchten die Zwillinge wieder auf. »Wohin gehen wir jetzt?«, wollte er wissen, als sie den Speisesaal verlassen hatten.

»In deine Unterkunft«, erklärte Paula.

»Morgen ist ein strammer Tag«, fügte Petra hinzu.

Nachdem die beiden sich von ihm in seiner Unterkunft verabschiedet hatten, ging Dominik ins Badezimmer und machte sich bettfertig. Es war zwar noch recht früh, aber er war sehr müde. Und er wollte fit sein für den nächsten Tag, an dem er auf jeden Fall drei Level weiter kommen wollte, um einen *Decknamen* zu erhalten.

7

Am nächsten Morgen wachte Dominik schon um kurz nach sieben auf. Verwirrt und noch etwas verschlafen sah er sich in dem fremden Zimmer um, bis die Erinnerung wiederkehrte. Das Spiel! Er befand sich inmitten eines wahnsinnig gut ausgetüftelten Spiels. Sofort war er hellwach.

Er schwang die Beine aus dem Bett, ging ins Bad und stellte die Dusche an.

Zwanzig Minuten später lag er frisch und mit neuen Sachen bekleidet auf seinem Bett, betrachtete die Kugellampe über sich und dachte über die verrückten Ereignisse des vorherigen Tages nach, während er wartete, was als Nächstes wohl passieren würde.

Ein Summen ließ ihn hochschrecken, gefolgt von mehrmaligem Klopfen gegen seine Tür. Dominik sprang auf und öffnete die Tür.

Petra und Paula trugen an diesem Morgen schwarze Sport-Leggins, rote Shirts und rote Turnschuhe.

»Komm, wir haben nicht viel Zeit«, erklärte Paula mit dem Leberfleck. »Herr Müller wartet nicht gerne.«

»Herr Müller?« Hatten alle Erwachsenen hier so Allerweltsnamen?

Petra nickte. Nach einer kurzen Pause fügte sie hinzu: »Nicht wahr?«

»Hihi«, machte Paula, die die Anmerkung ihrer Schwester offenbar lustig fand.

»Ah ja, klar, ich komme«, entgegnete Dominik schnell. »Ehm ... eine Frage: Diese Glasplatte da ...« Er deutete auf den Schreibtisch. »Wozu ist die da?«

»Das ist ein Computerdisplay.«

»Ein Display? Aber wo steht der Rechner dazu? Und wie schaltet man ihn an?«

»Deswegen musst du ja zu Herrn Müller.« Paula deutete mit dem Kopf nach draußen. »Komm jetzt.« Damit gab Dominik sich erst einmal zufrieden, stellte aber fest, dass es hier wohl viele Rätsel zu lösen gab, bevor er ein anderes Level erreichte. Ob das an diesem Tag noch mit dem Decknamen klappen würde?

Als sie das Gebäude verlassen hatten, drehte er sich noch einmal um. Die von außen dunkel getönte Glaskuppel erlaubte tatsächlich keinen Blick in sein Zimmer, was ihn beruhigte. Die Vorstellung, in der Nacht wie auf einem Präsentierteller gelegen zu haben, hätte er ziemlich grausig gefunden.

Auf dem Weg zum Aufzug kamen ihnen ein Junge und ein Mädchen entgegen, die höchstens vierzehn sein konnten. Sie unterhielten sich angeregt und lächelten ihm zu, als sie an ihm vorbeigingen.

»Neulinge, wie du«, erklärte Petra.

Paula sah den beiden nach. »Seit ein paar Wochen hier.«

Ja, schon klar, dachte Dominik.

Von außen unterschied sich das Labor, das gleich neben dem Gebäude mit dem Speisesaal lag, in nichts von den anderen Kuppelbauten. Erst nachdem sie durch eine Art Schleuse gegangen waren, deren Türen Paula wieder mit dem Ding an ihrem Handgelenk öffnete, wurde ersichtlich, dass dort getüftelt und gebaut wurde.

In dem Labor, das um einiges größer war als der Speisesaal, waren etwa fünfzehn bis zwanzig Männer und Frauen mit verschiedenen technischen Geräten und Dingen beschäftigt, von denen Dominik nicht einmal ansatzweise wusste, wozu sie dienen sollten.

Fast alle trugen graue Kittel, bis auf drei Männer, die in der Mitte des Raumes in einer Art Glaskäfig an nicht identifizierbaren kleinen Geräten auf einem weißen Tisch hantierten. Sie steckten in weißen Overalls und trugen Haarnetze, Mundschutz und weiße Handschuhe.

Ein etwa fünfzigjähriger, schlanker Mann mit rasiertem Kopf kam auf sie zu. Dominik fragte sich gerade, ob das wohl dieser Herr Müller war, als plötzlich etwas sehr Seltsames geschah. Als hätte jemand einen Knopf gedrückt, der den Fluss der Zeit veränderte, lief mit einem Mal um ihn herum alles in Zeitlupe ab. Der Mann stand seltsam nach vorne gebeugt da, sein rechter Arm war in einer extrem langsamen Abwärtsbewegung und zeigte gerade ausgestreckt auf Dominik. Etwa auf halber Strecke zwischen ihnen trödelte auf Augenhöhe eine Orange auf Dominik zu. So langsam, dass sie ihn frühestens in fünf, sechs Sekunden erreichen würde. Das Verrückteste an alledem war aber, dass Dominiks Bewegungen in ganz normalem Tempo verliefen. Er hatte also alle Zeit der Welt, die Orange aufzufangen, bevor sie ihn erreichte. Also wartete er ab. Drei Sekunden, vier … Als die Frucht noch einen Meter von ihm entfernt war, hob er die Hand und fing sie zwei Sekunden später auf.

In dem Moment schien die Zeit wieder normal abzulaufen, der Mann streckte Dominik die Hand entgegen und nahm ihm die Orange wieder ab. Er trug als Einziger außerhalb des Glaskäfigs einen weißen Kittel, was ihn offenbar als Chef des Labors auswies. »Guten Morgen, Nick. Ich bin Herr Müller, nicht wahr. Wir sollten gleich loslegen.« Er redete schnell und wirkte fahrig. »Ich habe viel zu tun, nicht wahr.«

Dominik warf den Zwillingen einen Blick zu und folgte dann dem Laborleiter quer durch den Raum in ein durch eine Glaswand abgetrenntes Büro. Müller deutete ihm an, sich auf einen hohen Hocker vor der gegenüberliegenden Wand zu setzen, die ausnahmsweise nicht aus Glas bestand. Bevor er der Aufforderung nachkam, betrachtete Dominik die Sitzgelegenheit genauer. Zu beiden Seiten der Sitzfläche waren mit hellem Leder überzogene Armlehnen angebracht, wobei an der rechten mehrere Lederriemen herabhingen.

»Bitte, setz dich.« Müller deutete erneut zu dem Hocker herüber. Er war eben so hoch, dass Dominik mit dem Laborleiter auf Augenhöhe war, als er saß.

»Leg deinen rechten Arm auf die Lehne und schiebe ihn so weit nach vorne, dass das Handgelenk frei bleibt.«

Als er nicht sofort reagierte, packte Müller vorsichtig, aber doch mit Nachdruck Dominiks Arm, legte ihn auf die Lehne und schob und zog ihn hin und her, bis er seiner Meinung nach richtig lag. Als er dann begann, den Unterarm mit den Riemen festzuschnallen, wollte Dominik ihn zurückziehen, doch Müller hielt ihn fest. »Keine Angst, das ist nur, damit du das Gerät nicht durch eine unkontrollierte Bewegung beschädigst.«

»Welches Gerät?«, fragte Dominik verunsichert und sah mit ungutem Gefühl dabei zu, wie Müller drei Riemen festzurrte.

»Das siehst du jetzt.«

8

Unmittelbar neben dem Hocker war ein Tresor in die Wand eingelassen, den Müller öffnete, indem er eine Zahlenkombination eingab.

»Du bekommst jetzt dein CBPI«, erklärte er währenddessen. »Ein wahres Wunder der Technologie, nicht wahr.«

Dominik zog die Brauen hoch. »Mein was?«

»Dein Computer Based Personal Interface. Ich erkläre es dir gleich. Und hier …« Er griff mit der Hand in den geöffneten Tresor und förderte ein kleines, mit schwarzem Samt bezogenes Tablett heraus, auf dem ein … Armband lag?

»… haben wir das Schmuckstück.«

Dominik betrachtete das etwa fünf Zentimeter breite und zwei Zentimeter dicke, glänzende Teil. Es erinnerte ihn an die seltsamen Armbänder, die die anderen am Handgelenk trugen, nur dass dieses hier um ein Vielfaches dicker war.

»Ist das das Ding, mit dem ich alle Türen aufbekomme? Warum ist es so dick? Das der anderen …«

»Reden ist Silber, schweigen ist Gold, nicht wahr«, fiel ihm Müller ins Wort, während er dünne, weiße Handschuhe aus der Tasche seines Kittels zog und sich überstreifte. »Also schweig und konzentriere dich.«

Wie feierlich, dachte Dominik. Mit Handschuhen. Als könnte ich mir das Ding nicht selbst überstreifen.

»Das ist die Krönung informationstechnologischer Ingenieurskunst, nicht wahr. Ein höchst kompliziertes Gerät, extremst empfindlich, solange es noch keine Verbindung zu seinem Host hergestellt hat. Danach …«

»Host? Was ist das?«

»Host … Der Wirt. Du! Und jetzt unterbrich mich bitte nicht mehr. Wo war ich gerade, nicht wahr? Ach ja … Danach ist das CBPI quasi unzerstörbar, aber so jungfräulich und isoliert …« Behutsam packte Müller das Armband mit Daumen und Mittelfinger beider Hände an den Rändern an und hob es langsam hoch. »Halt jetzt dein Handgelenk absolut ruhig.«

»Ok.« Dominik warf den Zwillingen einen grinsenden Blick zu, der so viel heißen sollte wie: Mann kann's auch übertreiben. Doch die Mädchen bemerkten ihn gar nicht, sondern starrten mit glänzenden Augen wie gebannt auf das Armband.

Müller hingegen sah zu Dominik auf. »Du musst ihm einen Namen geben.«

»Einen Namen? Für einen Türöffner?« Dominik dachte an seinen Vater, der angeblich verschwunden war. Hatte er nicht wichtigere Aufgaben, als sich einen Namen für einen Gebrauchsgegenstand auszusuchen?

»Tu einfach, was ich dir sage. Such dir was Gutes aus. Andere haben ihrem CBPI tolle Namen gegeben. Und dass es sich ganz sicher nicht um ein Armband handelt, wirst du gleich selbst merken, nicht wahr. Da drin stecken Hunderte Hochleistungsprozessoren von der Größe eines Sandkorns. Die Daten werden in Molekülen gespeichert, eine revolutionäre Technologie, die geradezu unbegrenzte Kapazität zur Verfügung stellt. Wenn ich dir das CBPI übergestreift habe, hast du exakt zehn Sekunden Zeit, ihm einen Namen zu geben. Sage ihn laut und deutlich. Nur den Namen und nur einmal, sonst nichts. Bereit?«

Dominik fand die Situation mittlerweile mehr als albern und wollte sie so schnell wie möglich hinter sich bringen. Er nickte genervt. »Ja, klar.«

Müllers Blick fixierte wieder das Gerät in seinen Händen.

»Der Moment der Geburt«, flüsterte er mit zitternder Stimme, was Nick endgültig zu der Auffassung gelangen ließ, dass der gute Herr Müller vollkommen durchgeknallt war.

Gelassen sah er dabei zu, wie das glänzende Band über seine Finger und den Handrücken gestreift wurde, bis sein Handgelenk erreicht war, ohne dabei seine Haut ein einziges Mal zu berühren. Müller sah ihn fragend an, nickte ihm zu und schloss die Augen. Dann ließ er los.

Wie Dominik erwartet hatte, geschah nichts, außer dass das Band sich kalt anfühlte. Grinsend sah er zu Müller hoch, der nun hektisch gestikulierte und tonlos mit den Lippen die Worte formte: *Einen Namen! Na-men.*

Am liebsten hätte Dominik laut aufgelacht, entschloss sich aber, das Theater mitzuspielen. Wie konnte so ein Türöffner heißen? Alexa, Siri, Sesam … Quatsch.

»Bruno«, sagte er laut und deutlich und mit einem Lächeln auf den Lippen. Er sah noch mit Genugtuung, wie Müller ungläubig die Augen aufriss, dann fuhr ein Feuerschwert durch seinen rechten Arm und ließ ihn aufschreien.

Der Schmerz dauerte nur zwei, maximal drei Sekunden, aber er war so heftig, dass er Dominik die Tränen in die Augen trieb. Das Erste, was er mitbekam, als das höllische Brennen nachließ und er wieder halbwegs klar denken konnte, war Paulas Stimme. »Hat er sein Interface wirklich Bruno genannt?«

Und Petra, die antwortete. »Er hat sein Interface wirklich Bruno genannt.«

Im nächsten Moment ließ ein erneuter Schmerz Dominik zusammenzucken, begleitet von einem zischenden Geräusch. Dieses Mal kam er jedoch nicht vom Handgelenk, sondern von einer Stelle hinter dem rechten Ohr.

Als Müller gleich danach mit einem kleinen, silbernen Instrument in der Hand neben ihm auftauchte, brandete Wut in Dominik auf. »Verdammt noch mal, was soll das?«, schrie er Müller an. »Das hat wehgetan. Machen Sie mich sofort los! Und nehmen Sie dieses Ding wieder von meinem Handgelenk!«

»Hey, das habe ich gehört.«

Dominik erstarrte. Diese Stimme ... Das war nicht Müller gewesen. Und auch keines der Mädchen. Überhaupt war es eine Männerstimme, die nicht von außen gekommen war. Nein, er ... er hatte sie direkt in seinem Kopf gehört.

»Was? Wie ...«

»Nicht erschrecken, Nick. Ich bin es. Bruno.«

»Scheiße!« Dominik wollte entsetzt aufspringen, doch die Lederriemen hielten seinen Arm am Hocker fest, sodass er mit einem Ruck auf die Sitzfläche zurückgerissen wurde.

»Die Beine sind auf dem Boden festgeschraubt«, stellte die Stimme sachlich fest. »Habe ich gerade gescannt.«

»Ich ...«

»Hörst du die Stimme des CB...« Müller räusperte sich. »Du hörst *Brunos* Stimme? Nicht wahr?«

»Bruno?« Dominik war vollkommen verwirrt.

»So hast du dein Interface genannt«, erklärte Paula neben ihm, und er glaubte ihrer Stimme anzuhören, dass es sie große Überwindung kostete, nicht laut loszulachen. »Schon vergessen?«

»Hat er sicher schon vergessen«, vermutete auch Petra kichernd.

»Mein … Interface?« Dominik betrachtete sein rechtes Handgelenk und glaubte, seinen Augen nicht mehr trauen zu können. Ihm wurde schwindlig, er rieb sich mit der freien Hand über das Gesicht und sah wieder hin, doch das Bild hatte sich nicht verändert. Das Armband … das CBPI … *Bruno*. Es hatte sich verändert. War es vorher noch gute drei Zentimeter dick gewesen, so lag es jetzt eng auf der Haut seines Handgelenks und war so dünn, dass fast überhaupt keine Erhebung zu sehen war. Es sah aus, als sei es um sein Gelenk herum implantiert worden. Es war auch nicht mehr zu spüren. Kein Schmerz, nicht mal das Gefühl, einen Fremdkörper auf der Haut zu haben, einfach nichts.

Müllers Hände tauchten auf und begannen, die Lederriemen zu lösen. »Ich habe dir einen winzigen Lautsprecher hinter das Ohr injiziert, über den du die Stimme deines CBPI hören kannst. Also … Bruno.«

»Ich finde, das geht definitiv zu weit. Machen Sie das mit jedem, der hier mitmacht?«

Müller nickte. »Natürlich … nicht wahr?«

»Und wie geht dieses … dieses *Ding* wieder ab?«

Müller schüttelte kaum merklich den Kopf. »Bitte rede ein bisschen höflicher über ihn. Es … ER hört deine Stimme ebenso sowie alle anderen Geräusche über Sensoren, die so sensibel sind, dass sie etwa mit dem Gehör eines Hundes vergleichbar sind. Das heißt, er lauscht in einem viel größeren Frequenzbereich als du und kann zudem selektiv hören.«

»Aha. Und was heißt das jetzt?« Dominik rieb sich über den rechten Unterarm, der nun wieder frei war, achtete dabei aber darauf, das Gerät an seinem Gelenk nicht zu berühren.

»Er filtert Geräusche sehr effektiv. Er kann z. B. laute Musik völlig ausblenden und hört dennoch, wenn jemand im Zimmer nebenan auf Socken herumläuft. Aber das ist nur eine seiner vielen, vielen Fähigkeiten.«

Wieder betrachtete Dominik das glänzende Band, nun aber mit einem Anflug von Faszination. Wenn dieses Ding wirklich alles konnte, was Herr Müller gesagt hatte … Wow!

»Kann ich es ausziehen?«

»Nein. Das können nur wir hier und wir müssten es dazu zerstören. Jedes CBPI ist für einen einzigen Host geschaffen. Bruno verbindet sich mit deinen Zellen und Nerven. Einmal angebracht, kann er nur wieder entfernt werden, indem man es zerbricht und unbrauchbar macht. Das dient deinem Schutz. Das CBPI speichert alle deine Daten und lernt daraus. Bruno kennt dich jetzt schon besser als du dich selbst. So wird verhindert, dass diese Daten in fremde Hände geraten.«

»Würde es dir etwas ausmachen, mich nicht *dieses Ding* zu nennen?« Da war wieder die Stimme in Dominiks Kopf. »Das ist so unpersönlich. Du hast mir schließlich einen Namen gegeben.«

O Gott, der Name … *Bruno*!

»Ich möchte den Namen bitte noch mal ändern«, wandte Dominik sich an Müller, der daraufhin mit betroffener Miene den Kopf schüttelte.

»Das kann ich gut verstehen, aber das ist leider nicht möglich. Der Name ist unauslöschbar in Brunos Hardware eingebrannt. Ich habe dich gewarnt.«

»O Mann …«

»Ich finde, Bruno ist ein guter Name«, plauderte die Stimme drauflos. »Natürlich hättest du mich auch nach heldenhaften Figuren benennen und dir einen Namen aussuchen können, der meine herausragenden Fähigkeiten betont. *Iron Man* zum Beispiel oder *Hulk*. *Spider* wäre natürlich auch noch gegangen, wenngleich ich auch keine klebrigen Netze …«

»Moment!«, unterbrach Dominik den Redefluss und wandte sich an Müller. »Redet der immer so viel?«

Der Laborleiter presste die Lippen zusammen und wiegte den Kopf hin und her. »Das ist das erste Modell mit der neuen Prozessor-Generation, nicht wahr. Wir haben den Emotions-Chip verbessert, was das CBPI aufnahmefähiger für deine Stimmungen macht. Es kann sogar an deiner Stimme erkennen, wie du dich fühlst. Dabei hat sich aus uns noch unerfindlichen Gründen auch die Redseligkeit verändert. Also … erhöht. Wir arbeiten daran. Nicht wahr.«

Dominik stand auf und hielt den rechten Arm leicht angewinkelt vom Körper weg. »Und der bekommt jetzt alles mit, was ich sage und tue? Ich kann ihn nicht ausschalten?«

»Ich wollte noch mal erwähnen, dass ich zuhöre«, protestierte Bruno, während Müllers Mund sich zu etwas verzog, das die Andeutung eines Lächelns sein konnte.

»Nein, ausschalten kannst du ihn nicht, aber du kannst ihm befehlen, in den Stand-by-Modus zu gehen, dann schaltet er sein Sprachmodul so lange in den Ruhezustand, bis du seinen Namen sagst.«

»Wie?«

»Indem du sagst: *Bruno, stand-by*.«

»Bruno, stand-by!«, sagte Nick wie aus der Pistole geschossen.

»Wobei ich den Stand-by-Modus nicht empfehlen würde«, plapperte Bruno munter weiter, »denn dann verzichtest du vollkommen unnötigerweise auf meine Unterstützung und Anmerkungen, die auf meinen herausragenden Fähigkeiten basieren, welche dir im Zweifelsfall …«

»Hey!«, unterbrach Dominik, woraufhin Bruno zumindest für den Moment verstummte. »Er redet aber weiter.«

»Oh …«. Müller wiegte den Kopf hin und her. »Das muss auch mit den neuen Prozessoren zusammenhängen. Aber ich würde dir sowieso nicht empfehlen, ihn in seiner Funktion einzuschränken, auch … wenn es ginge. Du wirst schnell merken, dass Bruno dir den Alltag enorm erleichtern kann. Jetzt muss ich aber los, nicht wahr.«

»Meine Worte«, sagte Bruno, während der Laborleiter das Büro verließ, und Dominik glaubte tatsächlich so etwas wie Genugtuung in der Stimme des CBPI zu hören.

»Na toll«, sagte Dominik mehr zu sich selbst als zu den Zwillingen. »Wer weiß, was noch alles nicht funktioniert. Gibt es denn so was wie eine Gebrauchsanweisung für das Ding?«

»Das hat wehgetan.«

»Was?«

»Das *Ding*.«

»Nein, die Interfaces sind selbsterklärend«, antwortete Paula, und Petra ergänzte kichernd: »Im wahrsten Sinne des Wortes.«

Paula deutete zur Tür. »Wir müssen los.«

Dominik folgte den Zwillingen durch das Labor und kam etwa bis zur Mitte, als Bruno wieder zu sprechen begann.

»Ich freue mich, dass ich mit dir zusammenarbeiten darf. Wobei die Freude für mich als CBPI ja eher …«

»Psst«, machte Dominik, dessen Aufmerksamkeit von Müller abgelenkt wurde, der gerade eine zweiflügelige Tür auf der rechten Seite des Labors öffnete und hinter sich gleich wieder zuzog. Dominik konnte nur einen kurzen Blick in den dahinterliegenden Raum werfen, doch der reichte aus, um das Fahrzeug zu sehen, dessen schwarzer Lack wie in einem Autosalon im Licht von mehreren Scheinwerfen glänzte. Um welches Modell es sich handelte, konnte er nicht erkennen, obwohl er sich mit Autos gut auskannte, aber in der Mitte der Motorhaube hatte eine ganze Batterie an chromblitzenden Ansaugrohren herausgelugt, was auf eine Spezialanfertigung schließen ließ. Mit ein paar schnellen Schritten schloss er wieder zu den Zwillingen auf.

»Wow, was ist das denn für eine Kiste da in dem Nebenraum? Wieso gibt es hier unten Autos? Die können doch hier nicht fahren, oder?«

»Müllers Hobby«, antwortete Paula, ohne sich zu ihm umzudrehen. »Eine Art James-Bond-Auto mit eingebautem Schleudersitz und bestimmt auch mit Raketenwerfern und solchem Kram. Natürlich kann er hier nicht damit fahren. Er bastelt trotzdem schon seit Jahren daran herum und hütet es wie seinen Augapfel.«

»Wie einen Schatz«, ergänzte Petra.

»Wie hat er es hierherbekommen? Ich meine, im Aufzug wohl nicht.«

»Lastenaufzug«, meldete sich Bruno zu Wort. »Auf der anderen Seite. Der ist groß genug.«

Sie hatten das Ende des Labors erreicht und verließen das Gebäude durch die Schleuse. »Woher weißt du eigentlich alles?«, fragte Dominik mit leiser Stimme. »Du bist doch eben erst aktiviert worden.«

Obwohl hier alle von den CBPIs wussten und wahrscheinlich jeder eines trug, kam er sich seltsam dabei vor, sich mit einem Gerät zu unterhalten, das niemand sehen konnte. Es musste für Beobachter wirken, als führe er Selbstgespräche.

»Ich habe bei meiner Aktivierung einen kompletten Download der Datenbank gemacht und date mich permanent mit ihr ab. Ich weiß alles, was auch in dieser Datenbank gespeichert ist, und besitze damit ein Wissen, das für einen Menschen geradezu unvorstellbar ist.«

»Ja, ja, ja«, wiegelte Dominik ab. »Und ein kleiner Angeber bist du auch.«

»Tut mir leid, aber für diese Art menschlichen Verhaltens bin ich nicht programmiert.«

»Vielleicht auch wieder so eine Sache mit deinem Emotions-Chip. Da scheint ja einiges schiefgelaufen zu sein.«

9

Sie waren erst wenige Meter weit gekommen, als die Mädchen wie auf Kommando abrupt stehen blieben und sich kurz ansahen, dann ging alles wahnsinnig schnell. Zumindest für einen Moment.

Petra trat mit einem großen Schritt an Dominik heran und stieß ihn so heftig zur Seite, dass er stolperte und rückwärts auf die angrenzende Wiese fiel. Für ein, zwei Sekunden fühlte er sich benommen, dann geschah schon wieder das, was in den letzten vierundzwanzig Stunden bereits zweimal passiert war: Die Welt um ihn herum verlangsamte sich.

Noch während er seinen Oberkörper aufrichtete, sah Dominik, wie Petra und Paula in extremer Zeitlupe mit zwei, drei Schritten einen Abstand von etwa fünf Metern zwischen sich brachten. Allein dieser Vorgang dauerte nach Dominiks Empfinden bestimmt zehn Sekunden. Dann hoben beide einen Arm, als zeigten sie aufeinander, wobei ihre reglosen Gesichter weiterhin nach vorne gerichtet waren.

Zeitgleich mit einem Schatten, der sich – ebenfalls in Zeitlupe – von links näherte, glaubte Dominik, ein Flimmern in der Luft zwischen den ausgestreckten Armen der Mädchen wahrzunehmen.

Der Schatten war mittlerweile bis auf drei Meter herangekommen und stellte sich als ein bulliger, mindestens einen

Meter achtzig großer Mann heraus, der im Zeitlupen-Laufschritt auf die Mädchen zustürmte.

Unendlich langsam verzerrte sich sein Gesicht, als offensichtlich auch er das seltsame Phänomen zwischen Petra und Paula entdeckte. Während er zwischen zwei Schritten in der Luft zu schweben schien, riss er die Augen auf und versuchte, seinen Lauf noch zu stoppen, als er auf dem Boden aufkam, doch der Schwung trieb ihn weiter nach vorne, direkt zwischen die Zwillinge. Für einen langen Moment hing er zwischen ihnen fest wie in einem Netz und wurde im Zeitlupentempo regelrecht durchgeschüttelt, bis Petra und Paula ihre Arme endlich sinken ließen.

Als hätte derjenige, der die Zeit an eine Gummileine gelegt hatte, dieses Band im gleichen Moment durchgeschnitten, stürzte der Mann jetzt wieder in normalem Tempo zu Boden.

Dominik saß noch immer auf dem Rasen und starrte erst den Mann und dann die Mädchen fassungslos an.

»Was zum Teufel …« Noch während er sich hochdrückte und versuchte, seine Gedanken zu sortieren, war der Mann schon wieder auf den Beinen.

»Achtung!«, rief eines der Mädchen Dominik mit rauer Stimme zu, dann überschlugen sich die Ereignisse. Bevor Dominik reagieren konnte, war der Kerl schon herangekommen und hatte ihm in einer schnellen Bewegung einen Arm um den Hals gelegt und ihn in den Schwitzkasten gedrückt. Dominiks Hals schmerzte, er bekam kaum noch Luft und röchelte lautstark, während er vergeblich mit beiden Händen versuchte, den Griff des Mannes zu lockern. Immer schwerer fiel ihm das Atmen, er bekam es mit der Angst zu tun. Im selben Moment, in dem plötzlich eine Waffe vor seinen Augen erschien und gegen seine Stirn gedrückt wurde, als die nackte

Panik ihn ansprang und lähmen wollte, tauchten die beiden Mädchen neben dem Kerl auf und brachten sich links und rechts von ihm in Position. Aber … sie brachten sich unendlich langsam in Position. Und auch der Mann bewegte sich kaum noch. Dieses seltsame Phänomen mit der Zeit war schon wieder eingetreten, doch es nutzte nichts. Sosehr Dominik sich auch bemühte, er schaffte es nicht, den Arm zu lösen, der wie eine Schraubzwinge um seinen Hals lag.

Erst als dieses Flimmern wieder zwischen Petra und Paula losging, lockerte sich der Griff langsam. Viel zu langsam. Als er endlich frei war, sog Dominik gierig die Luft ein. Zwei, drei tiefe Atemzüge lang, dann fiel er zurück in den normalen Zeitfluss und bekam noch gerade so mit, wie der Kerl aus der flimmernden Wand herausstolperte und dann wegrannte.

Petra setzte an, ihn zu verfolgen, hielt aber nach wenigen Schritten an und blieb vornübergebeugt stehen.

»Was zum Teufel war das?«, stieß Dominik heiser aus. »Gehört das auch zum Spiel?«

»Welches Spiel?«, fragte Paula und wandte sich an ihre Schwester, ohne Dominik weiter zu beachten. Nachdem sie ein paar leise Worte mit ihr gewechselt hatte, sagte sie laut: »Wir müssen sofort zu Direktor Bauer.«

Petra nickte und warf noch einen Blick in die Richtung, in die der Mann verschwunden war, dann gingen sie los und nahmen Dominik dabei in die Mitte. »Beeilen wir uns.«

In Dominiks Kopf surrten so viele Fragen herum, dass er gar nicht wusste, welche er zuerst stellen sollte. Und sie beschäftigten sich nicht nur mit den Zwillingen, sondern unter anderem auch damit, dass er gerade ernsthafte Atemnot gehabt hatte und der Würgegriff dieses Typen ihn noch immer schmerzte. Das ging für ein Spiel nun doch deutlich zu weit.

»Was war das da zwischen euch?« Er deutete auf die freie Stelle zwischen den Mädchen, wo eben noch die Luft geflimmert hatte.

»Nicht jetzt«, stieß Paula aus.

»Energie.« Petra wirkte ebenso wie ihre Schwester noch immer sehr angespannt. Immer wieder sah sie sich nervös um.

»Was? Wie, Energie?«, wollte Dominik wissen und fragte sich, ob man hier unten durch irgendwelche technischen Kniffe tatsächlich Superkräfte hatte.

»Du wirst zum richtigen Zeitpunkt alles erfahren, was du wissen musst«, sagte Paula mit fester Stimme.

»Nun sagt mir schon, was ihr wisst. Ich dachte, ihr seid dafür da, mir hier alles zu zeigen und zu erklären. Dann tut das auch. Ich möchte so schnell wie möglich das nächste Level erreichen.«

»Das nächste Level?« Petra schürzte die Lippen, Paula verdrehte die Augen. »Ich weiß nicht, was du meinst, aber wir haben hier gerade ein ernsthaftes Problem, also hör jetzt auf mit der Fragerei und komm mit.«

»Aber ich möchte trotzdem wissen, wieso die Zeit eben langsamer abgelaufen ist. Gebt es schon zu, das wart ihr.«

»Nein«, sagte Paula. »Das warst du.«

10

»Ich?« Dominik stand da wie vom Donner gerührt. Es stimmte also tatsächlich. Wie auch immer die Spielemacher das anstellten, hier unten hatte er besondere Fähigkeiten. Oder es sah zumindest danach aus. »Ich soll gemacht haben, dass die Zeit langsamer vergeht?«

Paula schüttelte den Kopf. »Nein.«

Nun verstand er überhaupt nichts mehr. »Aber gerade sagtest du doch noch …«

»Die Zeit ist nicht langsamer gelaufen. Das kam dir nur so vor.«

Aha. Sie gaben also zum ersten Mal zu, dass all das nur eine perfekte Inszenierung für ein Spiel war. Fast war er deshalb etwas enttäuscht. Paula machte einen Schritt auf ihn zu und legte ihm eine Hand auf den Oberarm.

»Denk nicht darüber nach. Du wirst alles erfahren und du wirst lernen, es zu steuern, so wie wir. Aber du musst Geduld haben. Und vor allem *müssen* wir jetzt sofort zu Direktor Bauer. Du hast ja keine Ahnung, was da gerade passiert ist.«

»Aber …«

»Genug jetzt!«, unterbrach Petra energisch und warf ihrer Schwester einen strafenden Blick zu. »Gehen wir.«

»Wir sind da. Durch die Tür immer geradeaus.«

Dominik starrte auf die Tür des Kuppelbaus. »Und ihr? Kommt ihr nicht mit?«

»Doch«, erklärte Petra und nickte zur Tür hin.

Der Gang war etwa fünf Meter lang und mündete in einer Milchglastür, die mit einem zischenden Geräusch zur Seite glitt und in der Wand verschwand, als Dominik bis auf zwei Meter an sie herangekommen war. Der Raum dahinter hatte etwa die Größe seiner Unterkunft und war mit zwei Schreibtischen, einer Schrankwand und zwei Vitrinen eingerichtet. Alle Möbelstücke waren aus dunklem Holz und bildeten damit einen deutlichen Kontrast zu den Einrichtungen der Unterkünfte und aller anderen Räume der Schule, die Dominik bisher gesehen hatte.

Nur einer der Schreibtische war besetzt.

Das Mädchen mochte etwas älter sein als er selbst und erfüllte alle Kriterien, die an seiner Schule nötig gewesen wären, um gehänselt und gemobbt zu werden.

Die braunen Haare waren zu Zöpfen gebunden, die ebenso altmodisch waren wie die Brille auf ihrer schmalen Nase. Die Augen dahinter strahlten in hellem Blau. Rote Flecken auf ihren Wangen ließen ihre sowieso sehr helle Gesichtshaut fast weiß erscheinen. Dazu passte die weiße, bis zum Hals zugeknöpfte Bluse, die aus dem Kleiderschrank ihrer Oma stammen musste. Natürlich trug sie eine Zahnspange, und die war derart groß, dass sie ihr fast aus dem Mund sprang, als sie fragte: »Was kann ich für euch tun?«

»Wir müssen sofort zum Direktor«, erklärte Paula und der Ton, in dem sie das tat, ließ keinen Zweifel daran, dass es dringend war.

»Ich werde mal sehen …«

»Nein. Jetzt sofort.«

In diesem Moment öffnete sich die Tür ihnen gegenüber.

Der Mann, der dort stand und ihnen ernst, aber nicht unfreundlich entgegensah, war etwa eins achtzig groß und schlank. Seine Glatze glänzte im Licht der Beleuchtung. Das musste Direktor Bauer sein.

»Was gibt's?«

Petra wandte sich an Dominik. »Warte hier einen Moment.«

Dann nickte sie ihrer Schwester zu, und noch während beide auf den Direktor zugingen, sagte sie: »Es ist etwas passiert.« Sekunden später schloss sich die Tür hinter den dreien.

»Du bist Nick, stimmt's?« Täuschte er sich oder waren die roten Flecken im Gesicht des Mädchens breiter geworden? Hatten sie vorhin schon bis fast an die Nase herangereicht? »Ich heiße Caroline.«

Dominik betrachtete sie und wusste nicht so recht, was er sagen sollte. Verrückterweise fühlte er sich plötzlich unsicher.

»Ja, ich … Mein Name ist Dominik Nader. Ich … bin mit den beiden hergekommen. Zum Direktor.« Als ob sie das nicht selbst gesehen hätte.

»Ja, ich weiß.« Sie sah zu der verschlossenen Tür. »Das wird bestimmt einen Moment dauern. Du kannst dich dort hinsetzen.« Sie deutete auf drei Stühle, die nebeneinander an der Wand gegenüber ihres Schreibtischs standen.

Dominik betrachtete interessiert das Inventar, sah zu der gebogenen Glasdecke auf, senkte den Blick und betrachtete seine Schuhe und konnte sich nicht erklären, warum er so … verlegen war.

»Gehörst du zu dem Spiel oder bist du selbst Spielerin?«

Caroline zog die Stirn kraus und sah ihn irritiert an. »Was meinst du damit? Ich bin Schülerin.«

Ok, sie gehörte also zum Spiel, sonst hätte sie sich zu erkennen gegeben. Auch gut, dann würde er mitspielen. Er deutete auf ihren Schreibtisch. »Müssen alle *Schüler* so was hier machen?«

»Nein, meine Begabung liegt eher in diesem Bereich, deswegen bin ich hier. Bürokram eben.«

Dominik überlegte, welche außerordentliche Begabung jemanden für Bürokram qualifizierte, wurde aber aus seinen Gedanken gerissen, als die Tür wieder geöffnet wurde.

»Nick!«, drang eine sonore Stimme von der geöffneten Tür her an Dominiks Ohr, woraufhin er sich umwandte.

Der Mann machte einen Schritt zur Seite und deutete ins Innere des Zimmers, das Dominik von seinem Platz aus nicht einsehen konnte. »Bitte, komm rein.«

Nach einem Blick auf Caroline, die ihm scheu zunickte, kam er der Aufforderung nach und betrat an Direktor Bauer vorbei das Büro, das mit den gleichen Möbeln eingerichtet war wie das Vorzimmer, nur dass hier alles eine Nummer größer zu sein schien. Der Schreibtisch in der Mitte, die Schränke, selbst der lederne Bürostuhl erschien Dominik überdimensioniert.

Petra und Paula gingen an ihm vorbei und warfen ihm nur flüchtige Blicke zu, bevor sie aus dem Zimmer heraus waren. »Vergesst keinen Winkel. Vielleicht ist er noch hier. Ich erwarte den Bericht schnellstmöglich.«

Damit wandte der Direktor sich an Dominik. »Bitte, nimm Platz.« Er deutete auf einen Stuhl vor seinem Schreibtisch, ging um das große Möbelstück herum und ließ sich zeitgleich mit Dominik auf die Sitzfläche sinken. Ohne zu ihm herüberzuschauen, zog er eine flache Tastatur näher zu sich heran, ließ kurz seine Finger darüberhuschen und blickte dann angestrengt auf die Glasplatte, die wie in Dominiks Unterkunft senkrecht auf der Tischplatte stand. Es schien, als lese er etwas, das dort abgebildet war, doch von Dominiks Seite aus war da nichts außer eben einer durchsichtigen Glasplatte.

»Es gibt einige Dinge, die ich dir erzählen möchte, Nick. Über diese Einrichtung zum Beispiel. Aber dazu kommen wir gleich. Erst einmal musst du etwas anderes wissen.« Er machte eine kurze Pause, in der sein ernster Blick Dominik einen leichten Schauer über den Rücken laufen ließ. »Was du gerade erlebt hast, dieser Angriff … der galt wahrscheinlich dir.«

Dominik sah den Mann verwundert an. »Wahrscheinlich? Der Kerl hatte mich im Schwitzkasten und hat eine Waffe auf mich gerichtet.«

»Ja, ich weiß. Mittlerweile wird das gesamte Gelände durchkämmt. Es ist mir unbegreiflich, wie der Kerl es geschafft hat, hier einzudringen. Das ist alles sehr bedenklich. Aber wie schon erwähnt, darum wird sich gerade gekümmert. Kommen wir zu dir. Das alles hat mit deinem Vater zu tun.«

Aha. Endlich kam sein Vater ins Spiel. Es wurde auch höchste Zeit. Schließlich war dies die einzige Woche im Jahr, in der er ihn sah.

»Wo ist er?«

Bauer nickte, als hätte die Frage in seiner Regieanweisung gestanden. »Ich denke, das kann dir am besten jemand anderes erklären.«

In diesem Moment wurde die Tür geöffnet und ein Mann betrat den Raum. Dominik blickte zu ihm hoch, und als er sah, um wen es sich handelte, wurde ihm schwindlig.

11

»Martin.« Er flüsterte den Namen nur, zu mehr war er nicht fähig. Martin war bisher bei jedem Treffen mit seinem Vater dabei gewesen. Ein Kollege, ein Freund, ein lustiger Kerl, der tolle kleine Zaubertricks beherrschte. Dass er nun mit ernster Miene vor Dominik stand, gehörte wohl zur Inszenierung, erzeugte aber trotzdem ein seltsames Gefühl in ihm.

Martin trat an Dominik heran und legte ihm eine Hand auf die Schulter. »Hallo, Nick. Tut mir leid, dass wir uns unter diesen Umständen wiedersehen müssen.«

Dominik stand auf und strahlte Martin an. Spiel hin oder her, er freute sich, ihn zu sehen. Zudem war ihnen hier gerade der nächste Logikfehler passiert. Wenn dieser Angriff gerade echt war und alle jagten diesen Kerl, warum stand Martin seelenruhig hier neben ihm, statt sich an der Suche zu beteiligen? Aber das schob er jetzt zur Seite.

»Toll, dass du hier bist. Dieses Spiel ist richtig klasse. Hast du dir das zusammen mit Papa ausgedacht? Wo ist er?«

Martin tauschte einen Blick mit Direktor Bauer. »Von welchem Spiel redest du?«

Dominik winkte ab. »Ja, schon klar, das gehört alles dazu. Ich finde es jedenfalls super.«

Nach einem Moment, in dem Martin ihn mit fragendem Blick betrachtete, veränderte sich seine Miene.

»Ich verstehe. Du denkst, das alles hier wäre ein Spiel.«

Dominik hob die Schultern. »Ja, klar.«

»Nein, das ist es nicht.« Die Art, wie Martin ihn dabei ansah, war ganz seltsam und erzeugte ein flaues Gefühl in Dominiks Magen.

»Es stimmt leider, was man dir gesagt hat. Es ist ernst. Der Kontakt zu deinem Vater ist vor einigen Tagen abgerissen. Wir wissen nicht, wo er jetzt steckt.«

Dominik starrte Martin an und spürte, wie das flaue Gefühl zu einem heftigen Druck auf seinen Magen wurde. Das konnte doch nicht sein.

»Ach komm.« Seine Stimme klang längst nicht so sicher, wie er es wollte. »Das sagst du jetzt, weil es …«

»Dominik.« Martin packte ihn an beiden Schultern und sah ihm fest in die Augen. »Ich schwöre dir, das ist kein Spiel. Dein Vater ist verschwunden und wir mussten befürchten, dass auch du in Gefahr bist. Wie wir eben gesehen haben, liegen wir damit richtig.«

»Aber …«

»Ein Mensch ist schwer verletzt worden, Nick«, erklärte Bauer mit ernster Stimme. »Einer unserer Wachleute auf dem Rummelplatz wurde niedergeschlagen. Wir vermuten, dass der Mann, der euch eben angegriffen hat, das getan hat, als er hier eingedrungen ist. Alleine die Tatsache, dass er von dieser Einrichtung weiß …«

»Aber … Was heißt das, *er ist spurlos verschwunden und der Kontakt ist abgerissen*?« Dominik holte tief Luft. »Ist er … tot?«

Bauer schüttelte den Kopf. »Nein, mit ziemlicher Sicherheit nicht.«

»Und woher wissen Sie das? Er ist doch verschwunden.«

»Das ist Verschlusssache.«

Verschlusssache, na und? Es ging hier schließlich um seinen Vater. Aber ein Blick in Martins Gesicht genügte Dominik, um zu wissen, dass er jetzt nicht mehr erfahren würde.

»Nun weißt du, warum du hier bist«, fuhr Bauer fort.

Dominik ließ sich auf den Stuhl fallen und starrte an Bauer vorbei gegen die Wand. Kein Spiel. Sein Vater war wirklich verschwunden. Das … das bedeutete ja auch, er war tatsächlich … Dominik sah zu Martin auf. Er war so verwirrt wie nie zuvor in seinem Leben. »Stimmt es, dass mein Vater in Wahrheit kein Diplomat ist, sondern ein … Agent?«

»Ja.«

»Und du? Bist du auch …?«

Martin nickte stumm.

»Gut. Nach dem Angreifer von vorhin wird bereits gefahndet«, erklärte Bauer nach einigen Sekunden des Schweigens. »Wichtig ist jetzt, dass du verstehst, was passiert ist und warum du hier bist.«

Bauer nickte Martin zu, woraufhin der Dominik wieder die Hand auf die Schulter legte. »Ich muss leider wieder los. Da draußen wird meine Hilfe gebraucht. Ich verspreche dir, wir werden alles tun, um deinen Vater schnell zu finden. Du kannst den Leuten hier vertrauen. Streng dich an und tu, was man dir sagt. Ok?«

Dominik nickte.

Als die Tür sich hinter Martin schloss, atmete er tief durch und konnte es nicht verhindern, dass seine Augen feucht wurden. Das hier war kein Abenteuerspiel. Sein Vater würde nicht plötzlich auftauchen. Er war wirklich verschwunden … Mit einem Mal fühlte er sich schrecklich alleine. Und müde. Am liebsten hätte er sich irgendwo zusammengerollt, die Augen geschlossen und lange über all das nachgedacht.

Bauer ließ ihm einige Zeit, bevor er ihn aus seinen Gedanken riss. »Ich kann mir vorstellen, dass das alles nicht einfach für dich ist und dir sicher auch einige Fragen auf der Seele brennen.«

»Warum nennen mich alle hier Nick?«, fragte Dominik, ohne nachzudenken, und wunderte sich im gleichen Moment, wie er in dieser Situation ausgerechnet eine so unwichtige Frage stellen konnte. Vielleicht, um sich selbst von den Überlegungen abzulenken, was mit seinem Vater passiert sein konnte.

Außer hier nannte ihn niemand so. Irgendwann war in der Schule jemand auf die Idee gekommen, ihn Dommi zu nennen, das musste in der dritten oder vierten Klasse gewesen sein, jedenfalls hatten alle das aufgegriffen und ihn fortan so genannt. Das hatte sich auch nicht mehr geändert. Niemand nannte ihn Nick, außer …

»Dein Vater.« Direktor Bauer sah ihm ernst in die Augen. »Er hat dich immer Nick genannt, Nick Nader. Ich weiß, dass dein richtiger Name Dominik lautet, aber aus Respekt deinem Vater gegenüber habe ich den Namen Nick in unser System übernommen, sodass jeder hier dich auch so ansprechen wird. Wenn es für dich in Ordnung ist, würde ich diesem Wunsch deines Vaters gerne entsprechen und es dabei belassen.«

Nick … Es war nicht so, dass er die Abkürzung schlimm fand, es war nur ungewohnt, sie von jemand anderem zu hören als aus dem Mund seines Vaters. Also gut, war er ab jetzt also Nick. Vielleicht war das sogar ganz gut so. Neues Leben, neuer Name, er würde sich daran gewöhnen. »Ja, gut, Nick ist ok. Was können Sie mir über meinen Vater sagen?«

Bauer nickte. »Mit dieser Frage habe ich gerechnet. Leider kann ich dir nicht sehr viel sagen, denn das meiste, was deinen

Vater betrifft, unterliegt strengster Geheimhaltung. Aber ich werde dir alles erzählen, was ich kann. Was speziell möchtest du wissen?«

Was war das denn für eine seltsame Frage? »Alles.«

Bauer stieß ein kurzes, humorloses Lachen aus. »Ja, ich verstehe.« Erneut klapperte er kurz auf seiner Tastatur herum, dann ließ er sich gegen die Rückenlehne seines Stuhls sinken und stieß einen tiefen Seufzer aus.

»Was er im Einzelnen tut, kann ich dir nicht sagen, aber seit einiger Zeit ist er einer weltweit agierenden Organisation auf der Spur, von der wir leider weder den Namen noch sonst irgendetwas wissen. Laut dem, was dein Vater bisher herausgefunden hat, haben diese Leute aber mittlerweile schon viele große Konzerne infiltriert: Google, Amazon, Gazprom, Sony und andere. Sie planen etwas, das das Schicksal der gesamten Welt beeinflussen oder gar verändern könnte. Den letzten Kontakt zu ihm direkt hatten wir vor zwei Wochen. Da war er irgendwo in der Namibwüste unterwegs, weil er dort einen Stützpunkt dieser Organisation vermutete. Seitdem haben wir nichts mehr von ihm gehört bis auf eine Nachricht, die uns zeitverzögert und über Kanäle erreichte, über die ich ebenfalls nicht sprechen kann. Wichtig dabei ist aber, dass wir aufgrund dieser Nachricht mit ziemlicher Sicherheit sagen können, dass dein Vater noch am Leben ist.«

»Aber ich …«

»Tut mir leid, Nick, ich verstehe, dass du mehr wissen möchtest, aber das geht leider nicht. Jedenfalls hat dein Vater dich schon vor gut einem Jahr ab deinem vierzehnten Geburtstag für die Schule angemeldet. Geplant war, dass er dich nach deinem Test gemeinsam mit Herrn Schmitt empfangen hätte, das hätte dir die Entscheidung sicher leichter gemacht.«

Nick hatte noch eine Frage. »Wie haben Sie das mit der Zeitlupe gemacht, als der Kerl uns angegriffen hat?«

»Du denkst, wir haben etwas gemacht? Hm …« Bauer dachte kurz nach. »Komm mal bitte her und schau dir das an.«

Nick folgte dem Direktor hinter seinen Schreibtisch und blieb neben ihm stehen, als er sich setzte und die Tastatur zu sich heranzog. Fasziniert betrachtete er die Glasplatte, die von dieser Seite aus alles andere als durchsichtig war. Vielmehr stellte sie sich als Computermonitor heraus, auf dem ein Foto in 3-D angezeigt wurde, das von so brillanter Qualität war, dass Nick das Gefühl hatte, hineingreifen zu können. Es zeigte den Direktor mit einer jungen Frau, wie sie nebeneinander auf einer Parkbank saßen und fröhlich in die Kamera lächelten. Bauer drückte schnell eine Taste, woraufhin anstelle des Fotos ein Desktopprogramm angezeigt wurde, ebenfalls in 3-D. Mit wenigen Klicks öffnete sich ein Programmfenster, in dem ein Video gestartet wurde. Sekunden später sah Nick sich selbst, wie er in dem Labor stand und Herr Müller hereinkam.

»Das ist ja …«, setzte er an, doch der Direktor unterbrach ihn mit einer Handbewegung. »Sieh jetzt genau hin.«

Eine Weile beobachtete er sich selbst dabei, wie Herr Müller auf ihn zuging.

Dann ging alles unglaublich schnell.

12

Nick beobachtete, wie er sich in dem Video umdrehte, die Augen aufriss und … im nächsten Augenblick die Orange in der Hand hielt. Ohne dass auch nur ansatzweise eine Bewegung seines Arms zu sehen gewesen wäre.

»Hast du es gesehen?« Direktor Bauer lehnte sich zurück. »Oder besser gesagt: Hast du es *nicht* gesehen?«

»Ich …« Nick war vollkommen verwirrt. »Nein, ich weiß nicht … In dem Video ist ein Fehler. Ein Sprung. Da fehlt ein Stück.«

Auf Bauers sonst so ernstem Gesicht zeigte sich der Anflug eines Lächelns. »Nein, kein Fehler und kein Sprung. Es ist genau so passiert, wie du es gerade gesehen hast.«

Nick spürte, wie eine Hand sich um seinen Magen schloss und begann, ihn zusammenzudrücken. »Aber …«

»Adrenalin!«

»Was?« Nick verstand nicht ansatzweise, was das bedeuten sollte.

»Adrenalin. Weißt du, was dieser Stoff in deinem Körper bewirkt?«

»Ähm … nicht so wirklich.«

Der Direktor nickte, als habe er nichts anderes erwartet. »Ein Relikt aus unserer Vergangenheit als Jäger und Gejagte. Jeder menschliche Körper produziert diesen Stoff, wenn er in

Gefahr gerät. Adrenalin ist ein Hormon, das im Zentralnervensystem und im vegetativen Nervensystem auftritt, wenn dein Körper in eine Stresssituation kommt. Es erzeugt eine Herzfrequenzsteigerung und eine Verengung der Blutgefäße, der Blutdruck steigt an und die Bronchien werden erweitert. Das Hormon bewirkt zudem eine schnelle Energiebereitstellung durch Fettabbau und die Freisetzung und Biosynthese von Glucose. Das Wichtigste aber ist, dass es als Stresshormon an der sogenannten Flucht- oder Kampfreaktion beteiligt ist.«

Nick sah den Direktor eine Weile stumm an und schüttelte schließlich verwirrt den Kopf. »Ich habe kein Wort verstanden.«

»Das dachte ich mir. Vereinfacht ausgedrückt heißt das: In Gefahrensituationen macht Adrenalin uns aufmerksamer, reaktionsschneller, stärker und schmerzunempfindlicher. Und das im Bruchteil einer Sekunde.«

»Das ist … toll, aber ich verstehe immer noch nicht, was das damit zu tun hat.« Er deutete auf das mittlerweile gestoppte Video.

»Gut, beantworte mir eine Frage: Was hast du vorhin erlebt, als Herr Müller dir die Orange entgegengeschleudert hat?«

»Das war sehr seltsam. Alles passierte plötzlich ganz langsam, wie in Zeitlupe. Und nicht nur da.«

Bauer nickte mehrmals. »Genau so muss es dir erscheinen. Deine besondere Fähigkeit liegt darin, dass dein Körper in einer Stresssituation etwa die hundertfache Menge an Adrenalin produziert und ausstößt, als das bei anderen Menschen der Fall ist. Dadurch wird unter anderem deine Reaktionsfähigkeit auf extremste Weise gesteigert, so sehr, dass es sich für dich so anfühlt, als würde alles um dich herum in Zeitlupe ablaufen. Dabei bist du es, der durch die Riesenmenge an

Adrenalin in deinem Körper um ein Vielfaches schneller reagieren kann. Dir erscheint alles in deiner Umgebung langsamer, weil du plötzlich extrem viel schneller bist. Du hast die Orange so unglaublich schnell gefangen, dass ein Betrachter – so wie jetzt auch du – die Bewegung deines Armes gar nicht wahrnehmen kann. Verstehst du das?«

Nick dachte über Bauers Worte nach und ahnte auch, was er ihm sagen wollte, ohne dabei jedoch die Einzelheiten genau zu verstehen. Was er sagte, ergab schon Sinn. Wenn er an die Situation mit den Zwillingen dachte … Durch den Stoß, den Petra ihm versetzt hatte, war er in eine solche Stresssituation geraten, und auch da war für ihn plötzlich alles in Zeitlupe abgelaufen.

»Ja, ich glaube, so ungefähr.«

»Wir wissen schon seit deiner Geburt, dass du diese Fähigkeit von deinem Vater geerbt hast.«

»Mein Vater hat das also auch?«

Bauer nickte und das Chaos in Nicks Kopf weitete sich aus. Das erklärte so manche Situation, die er mit seinem Vater erlebt hatte. Er hatte ihn immer für eine Art Superhelden gehalten, und wie sich jetzt herausstellte, hatte er damit gar nicht so falschgelegen. Wenn er jetzt auch … Ihm wurde schwindlig.

»Deswegen waren deine Pflegeeltern regelmäßig mit dir bei Dr. Pfleger.«

Nick riss die Augen auf. »Den kennen Sie auch?«

»Natürlich, er gehört zu uns und überwacht als angeblicher Spezialist für genetisch bedingte Krankheiten alle Kinder mit besonderen Fähigkeiten, von denen wir wissen. Die Tabletten, die du dein ganzes Leben lang genommen hast – angeblich wegen einer möglicherweise vererbbaren Krankheit, waren eine Art Gegenmittel. Ein Adrenalinhemmer, der den Ausstoß in deinem Körper auf ein halbwegs normales Maß reduzierte. Du hast die Medikamente seit ein paar Tagen nicht mehr genommen, oder?«

»Ja, die Tabletten sind verschwunden und meine Pflegeeltern konnten Dr. Pfleger nicht erreichen.«

Erneut nickte der Direktor wissend. »Nachdem dein Vater verschwunden war, haben wir entschieden, dich sofort hier aufzunehmen. Dazu war es notwendig, deine ruhende Fähigkeit zu aktivieren. Jemand von uns war bei euch zu Hause und hat die Tabletten mitgenommen. Dr. Pfleger wusste Bescheid und hat sich verleugnen lassen.«

Nick starrte vor sich hin und stellte fest, dass ihm das ganze Ausmaß dessen, was gerade mit ihm geschah, erst ganz langsam bewusst wurde. Und es machte ihm Angst.

»Ist alles ok mit dir?« Bauers tiefe Stimme klang veständnisvoll.

»Ich weiß nicht … Das ist alles so unglaublich. Meine Pflegeeltern … wissen sie von dieser *Sache*?«

»Nein, dein Vater hat ihnen die Geschichte von der Erbkrankheit erzählt und ihnen Dr. Pfleger empfohlen.«

Vor Nicks geistigem Auge tauchten Elisabeth und Peter auf, wie sie regelmäßig mit ihm zu Dr. Pfleger gefahren waren, weil sie dachten, er habe eine Erbkrankheit. Sie hatten ihn stets liebevoll umsorgt und waren die besten Ersatz-Eltern gewesen, die man sich wünschen konnte. Wenn man seine eigenen Eltern nicht hatte. Was jetzt wohl in ihnen vor sich ging, wo sie sich damit abfinden mussten, dass er plötzlich nicht mehr da war? Sie taten ihm leid.

»Du wirst hier bei uns lernen, diese Besonderheit deines Körpers gezielt einzusetzen.«

»Was meinen Sie damit?«

»Wir bringen dir bei, die Situation, in der dein Körper Adrenalin ausschüttet, besser zu beherrschen, und vielleicht sogar, sie herbeizuführen. Du wirst es vielleicht eines Tages steuern können, unabhängig davon, ob du dich tatsächlich gerade in einer Stresssituation befindest.«

Nick dachte einen Moment darüber nach, dann riss er die Augen auf. »Das heißt, ich kann dann die Zeit langsamer ablaufen lassen, wann immer ich es will?«

»Nein, versteh doch, du kannst die Zeit nicht …« Bauer hielt kurz inne und nickte dann. »Aber aus deiner Sicht betrachtet hast du schon recht. Ja, das ist es, was du – neben vielen anderen Dingen – hier lernen wirst.«

Sie schwiegen eine Weile, in der Nick versuchte, all die Informationen, die er gerade bekommen hatte, zu überblicken.

Der Direktor schien das zu spüren. »Ich weiß, das ist alles sehr viel auf einmal für dich, und ich denke, wir belassen es dabei. Alles andere wirst du nach und nach von deinen Lehrern oder Mitschülerinnen und Mitschülern erfahren.« Bauer erhob sich und streckte Nick die Hand entgegen. »Es hat mich gefreut, dich endlich persönlich kennenzulernen. Man merkt nicht nur äußerlich, dass du der Sohn von Ben Nader bist.«

Nick legte seine Hand in die des Direktors. »Darf ich noch eine Frage stellen?«

»Natürlich.«

»Was würde wirklich passieren, wenn ich mir später doch noch überlegen würde, auszusteigen?«

Der Direktor antwortete, ohne lange nachzudenken. »Dann müssten wir dafür sorgen, dass du deine Erinnerungen verlierst, und da wären sicher auch einige dabei, an denen du hängst.«

Da war sie wieder, die Hand um Nicks Magen. Er verstand nicht genau, was Bauer damit meinte, entschied aber, dass er es auch gar nicht näher wissen wollte.

»Aber ich gehe davon aus, dass dieser Fall nicht eintreten wird. Zumindest nicht, wenn du auch nur annähernd die Gene deines Vaters in dir hast.«

Ja. Sein Vater. Er hatte gewollt, dass er diese sonderbare Schule besuchte. Nun war er schon früher hier, aber er würde ihn trotzdem nicht enttäuschen.

»Ok, danke. Auf Wiedersehen.« Er wandte sich ab und hatte die Tür schon fast erreicht, als Bauer hinter ihm sagte: »Zwei Dinge noch: Keiner deiner Mitschüler weiß bisher, dass dein Vater verschwunden ist, und das sollte so bleiben. Sprich mit niemandem darüber, egal wie eng ihr vielleicht befreundet seid. Hast du das verstanden?«

»Ja.« Das verstand er sogar sehr gut.

»Gut. Der Anfang ist meistens hart, aber du wirst sehen, es wird besser. Du erlebst ein Abenteuer, wie es nur wenigen in deinem Alter vergönnt ist. Ich bin mir ganz sicher, in kürzester Zeit wird es beginnen, dir richtig Spaß zu machen. Auf Wiedersehen, Nick.«

Als er die Bürotür des Direktors hinter sich geschlossen hatte, ließ Caroline ihre übergroße Zahnspange wieder blitzen. »Na, wie war's?«

»Och, ganz ok«, untertrieb er und erwiderte ihr Lächeln. Eigentlich hatte er das Gebäude schnellstmöglich verlassen wollen, aber irgendetwas an diesem … ungewöhnlichen Mädchen interssierte ihn. Er blieb vor ihrem Schreibtisch stehen. »Seit wann bist du schon hier?«

»Schon ein Jahr«, antwortete sie und errötete dabei bis zu den Ohren.

»Was ist deine besondere Fähigkeit?«

Es schien, als bekäme die Rötung auf ihren Wangen eine noch dunklere Farbe, als sie in einer übertriebenen Geste abwinkte. »Ach, das ist nichts Besonderes. Ich kann wohl ganz gut mit Zahlen umgehen.«

Wie er es sich schon gedacht hatte. »Und die Zwillinge, haben die auch eine Begabung?«

»Das kann man wohl sagen, sie können zwischen sich ein Energiefeld aufbauen. Jeder, der da reingerät, bekommt einen Stromschlag, der sich gewaschen hat.«

Das also war das seltsame Flimmern zwischen den beiden gewesen. »Also gut, dann … vielleicht sieht man sich ja mal wieder.«

Sie nickte eifrig. »Ganz bestimmt.«

Nach einem letzten Blick in ihr strahlendes Gesicht verließ Nick das Vorzimmer und stand kurz danach wieder im Freien.

»Puh«, machte Brunos Stimme in seinem Kopf. »Endlich bin ich wieder da.«

»Was?«

»In dem Gebäude, in dem du gerade warst, werden die CBPIs automatisch in den Stand-by-Modus gesetzt. Sicherheitsvorkehrung. Ich habe nichts von dem mitbekommen, was du da drin getan hast.«

»Ah, ok«, sagte Nick. Verstehen konnte er diese *Sicherheitsvorkehrung* nicht. Aber das traf ja auf einiges hier zu.

Nachdem er wieder in seiner Unterkunft angekommen war, öffnete Nick die Tür, indem er das Handgelenk mit Bruno vor die glänzende Platte hielt. Im Zimmer schloss er die Tür hinter sich und lehnte sich mit dem Rücken dagegen.

Sein Blick wanderte durch den Raum, der nun wohl für

lange Zeit sein neues Zuhause sein sollte und der ihm jetzt, wo er wusste, dass er sich nicht in einem Abenteuerspiel befand, noch fremder vorkam. Schränke, vollgestopft mit Kleidung aller Art in seiner Größe, die aber nicht seine war.

Das Bett, das ihm vorkam wie eines der Hotelbetten, in denen er während der Kurzurlaube mit seinem Vater die Nächte verbracht hatte. Bequem, aber nicht seins. Eine Glasscheibe, die ein Computer sein sollte. Ein Computer … Nick stieß sich von der Tür ab und ging auf den Schreibtisch zu. »Bruno, wie funktioniert dieser Computer?«

»Indem du ihn anschaltest.«

»Toll. Und wie geht das?«

»Sicher, dass du den Eignungstest als Zweitbester bestanden hast?«

»Hey …« Nick hob erneut den Arm und betrachtete wütend das Band, in dem sich Bruno verbarg. Was immer genau er auch sein mochte. »Ich dachte, du sollst mir helfen. Gerade bei solchen Dingen. Und was tust du? Öffnest Türen. Dafür hätte es auch ein Schlüssel getan. Ansonsten schwafelst du mir die Ohren voll, und wenn ich dir mal eine Frage stelle, bekomme ich dämliche Antworten. Was soll der Scheiß?«

»Ich gebe zu, es fällt mir trotz verbesserter Hard- und Software schwer, deinen emotionalen Ausbruch nachzuvollziehen, aber ich habe ihn inhaltlich verstanden und werde dir trotzdem antworten. Es stimmt, ich bin dazu da, dir zu helfen. Es hilft dir aber wenig, wenn ich dir alles vorkaue und dir zum Beispiel sage, wie du deinen Computer anschaltest. Vielmehr ist es für dich ein Lern- und Erfolgserlebnis, wenn du logisch an die Sache herangehst und es selbst herausfindest.«

Nick setzte sich an den Schreibtisch und dachte darüber nach, was Bruno gesagt hatte, während er die Glasplatte betrachtete. Es gab weder einen Schalter noch sonst irgendeine Erhebung oder Markierung auf der glatten Fläche. Er beugte sich nach vorne und betrachtete die Platte von allen Seiten. Kein Kabel, kein anderes Gerät. Nichts. Die Glasplatte stand auf dem Schreibtisch wie ein Fenster. Aber irgendwie musste das Teil ja anzuschalten sein. Wenn du logisch an die Sache herangehst, hatte Bruno gesagt. Bruno … Einer Intuition folgend hob Nick die Hand mit Bruno und bewegte sie vor der Glasplatte von links nach rechts. Er war noch nicht in der Hälfte angekommen, als die Fläche von einem bläulichen Schein durchzogen wurde. In der nächsten Sekunde leuchtete ein Desktop mit verschiedenen bunten Symbolen auf.

Logisch an die Sache herangehen!

Sein Vater war verschwunden und er selbst sollte hier zur Schule gehen. Er verfügte über eine besondere Fähigkeit, die ihn zum schnellsten Agenten machen konnte, über den der Geheimdienst verfügte. Er würde frühestens in drei Jahren seinen Decknamen bekommen. Und währenddessen war sein Vater in den Händen irgendeiner obskuren Organisation, die das Schicksal der ganzen Welt verändern wollte.

Und er konnte nichts dagegen tun.

Nick ballte die Hände zu Fäusten.

Drei Jahre später …

13

»Heute ist es so weit.« Direktor Bauers Blick ruhte für Nicks Geschmack viel zu lange auf ihm, bevor er sich endlich auf Jan richtete, der wie Nick mit hinter dem Rücken verschränkten Händen vor dem imposanten Schreibtisch stand. »Jetzt könnt ihr zeigen, was ihr in den letzten drei Jahren gelernt habt.«

Dass Nick die erste Prüfung im Außeneinsatz ausgerechnet mit Jan Hancke zusammen machen musste, schmeckte ihm überhaupt nicht. Der bullige Sechzehnjährige war fast einen ganzen Kopf größer als er und nicht gerade für seine Freundlichkeit und Hilfsbereitschaft bekannt. Seit Nick ihn kannte – und das waren mittlerweile immerhin fast drei Jahre –, hatte Jan kaum eine Gelegenheit ausgelassen, andere mit Häme und Überheblichkeit zu überschütten. Wie um Nicks Gedanken zu bestätigen, sah Jan in diesem Moment mit einem verächtlichen Grinsen zu ihm herüber.

»Ihr bekommt jetzt eure Aufgabe im Fach *Informationsbeschaffung*. Die könnt ihr entweder gemeinsam oder einzeln erledigen, das ist euch überlassen. Ihr werdet …«

»Das verstehe ich nicht«, unterbrach Jan den Direktor. »Wenn wir das zusammen …«

»Du wirst es vielleicht verstehen, wenn du mich ausreden lässt«, schnitt nun der Direktor Jan das Wort ab, während er ihn mit einem eisigen Blick bedachte.

Bauers Blick wanderte von Jan zu Nick und wieder zurück. »Ihr werdet verstehen, warum das so ist, wenn ihr hört, was ihr tun sollt. Bereit?« Er wartete keine Antwort ab, sondern nickte und redete fast nahtlos weiter. »Also dann, hier ist eure Aufgabe: Gelangt irgendwie nach oben und begebt euch in den Freizeitpark. Der Betreiber der Geisterbahn hat einen Schlüsselbund mit einem besonderen Anhänger, in den ein Mikrochip eingearbeitet ist, den ihr möglichst unbemerkt entwenden sollt. Ihr werdet wissen, welcher es ist, wenn ihr ihn vor euch seht. Der Mann hat diesen Anhänger schon eine ganze Weile und weiß zwar, dass irgendwann jemand versuchen wird, ihn zu stehlen, aber nicht, wann und wer das sein wird. Stellt euch vor, dass sich auf dem Chip wichtige Daten eines Whistleblowers des weißrussischen Geheimdienstes befinden. Rechnet also bitte damit, dass euch Agenten des KDB begegnen könnten. Solltet ihr erwischt werden, geht unser Mann in Minsk hoch, also seit vorsichtig.«

Bauer ließ sich gegen die Rückenlehne seines Stuhls sinken. »Da es nur diesen einen Anhänger gibt, könnt ihr entweder zusammenarbeiten und ihn gemeinsam an euch bringen oder aber ihr versucht es im Alleingang, was bedeutet, dass selbst im günstigsten Fall nur einer von euch die Aufgabe bestehen kann. Ihr seid dann Konkurrenten. Es liegt an euch.«

Als Jan erneut zu Nick herübergrinste, glaubte der im Blick seines Mitstreiters zu erkennen, dass er niemals mit ihm zusammenarbeiten würde.

»Klar machen wir das zusammen«, sagte Jan jedoch und verzog die Mundwinkel zu einem missglückten Lachen. »Nicht wahr, Nader?«

Nick war überrascht. Jan war ein Einzelgänger, der stets auf seinen Vorteil bedacht war. Sollte er diese Aufgabe wirklich mit Nick gemeinsam lösen wollen? Und hatte er selbst Lust, mit jemandem zusammenzuarbeiten, auf den er sich nicht verlassen konnte? Gab es für eine gute Teamleistung Extrapunkte? Oder wollte Bauer eine gute Einzelleistung sehen und ob man einen Konkurrenten ausschalten konnte? Andererseits … Gemeinsam würde es sicher einfacher werden. Nick zuckte mit den Achseln. »Klar, warum nicht.«

»Es ist eure Entscheidung«, erklärte Bauer noch einmal. Dabei ruhte sein Blick auf Jan. »Ach, fast hätte ich vergessen, es zu erwähnen: Ich erwarte, den Anhänger bis zur Mittagszeit in meinen Händen zu halten. Wenn ihr – oder einer von euch – nicht bis Punkt zwölf mitsamt dem Anhänger wieder hier in meinem Büro steht, habt ihr beide nicht bestanden und dürft es in einem Jahr wieder versuchen. Also dann … viel Glück.«

»Wir sollen jetzt einfach los?«, fragte Nick verunsichert.

Bauer hob die Schultern und nickte. »Ihr habt eure Aufgabe, worauf wollt ihr noch warten?«

»Aber … wie sollen wir nach oben kommen? Mit dem Fahrstuhl?«

»Das, meine Herren, ist Teil der Prüfung. Und jetzt verschwindet.«

Kaum hatten sie das Gebäude verlassen, meldete sich Bruno zu Wort. »Das ist ja eine interessante Aufgabe. Willst du das wirklich mit Jan zusammen machen? Ach, und der Fahrstuhl wird dir nicht weiterhelfen, falls du wirklich daran gedacht hast. Er ist so programmiert, dass ich ihn nur …«

»Das ist mir klar«, unterbrach Nick Brunos Redeschwall, woraufhin Jan ihm einen fragenden Blick zuwarf.

Als Nick kurz das Handgelenk hob, grinste Jan verstehend und versenkte die Hände in den Hosentaschen. »Schon klar. Und? Eine Idee, wie wir nach oben kommen?«

Konnte er Jan trauen? Ihre Chancen standen zweifelsfrei besser, wenn sie versuchen würden, die Aufgabe gemeinsam zu lösen. Vorausgesetzt, beiden war es ernst damit …

»Nein«, antwortete er wahrheitsgemäß. »Du?«

»Vielleicht hat der Fahrstuhl irgendwo eine versteckte Funktion?«

»Hm … vielleicht«, sagte Nick gegen seine Überzeugung. »Wir sind zwar schon tausendmal damit gefahren und haben an allen Knöpfen rumgespielt, aber wer weiß.« Ein Blick in Jans Gesicht sagte ihm, dass der selbst nicht daran glaubte, mit dem Personenaufzug nach oben zu kommen. So einfach würde man es ihnen nicht machen.

»Vielleicht der Lastenaufzug?«, dachte Nick laut nach. »Bruno, wie spät ist es?«

»Es ist jetzt neun Uhr sieben«, kam prompt die Antwort, aber es wäre nicht Bruno gewesen, wenn er es dabei belassen hätte. »Das bedeutet, du hast noch genau zwei Stunden und dreiundfünfzig Minuten, die Aufgabe …«

»Kurz nach neun«, würgte Nick sein CBPI zum wiederholten Mal ab und wandte sich an Jan. »Jeden Tag um halb zehn werden die Rollwagen mit der Wäsche in den Lastenaufzug geschoben und nach oben gebracht. Wenn wir uns beeilen, könnten wir versuchen, uns in einem von ihnen zu verstecken.«

In Jans Augen blitzte es kurz auf. »Gar keine schlechte Idee, Nader. Gehen wir zum Wäschelager.«

Die Sammelstelle für Schmutzwäsche befand sich in der Wohnetage, ganz in der Nähe des Lastenaufzugs.

Den Weg zum Aufzug legten sie schweigend zurück. Erst als die Tür der Kabine sich mit einem schmatzenden Geräusch schloss, sah Nick zu Jan herüber. »Heißt das jetzt, wir machen das zusammen?«

Jan hob eine Braue, während der Lift aufwärts glitt. »Klar, Nader. Was denn sonst? Oder willst du es etwa lieber im Alleingang versuchen?«

Die Fahrt dauerte nur wenige Sekunden, in denen Nick darüber nachdachte. »Nein«, sagte er schließlich, als sie die Kabine wieder verlassen hatten. »Ich dachte nur, weil Teamplaying eigentlich ja nicht so dein Ding ist.« Warum sollte er Jan etwas vormachen?

»Ach, dachtest du. Da hast du dich wohl getäuscht.«

Nick versuchte abzuschätzen, ob etwas Bedrohliches in Jans Haltung oder in seinem Tonfall lag, konnte aber nichts feststellen außer offensichtlicher Belustigung. Vielleicht hatte er sich ja wirklich in Jan getäuscht. Vielleicht … »Teamplaying mit den *falschen Leuten* ist nicht mein Ding, klar?«

Das klang ziemlich plausibel, fand Nick. »Ok. Aber jetzt müssen wir weiter, sonst ist die Wäsche schon im Aufzug, bevor wir dort sind.«

Knappe fünf Minuten später duckten sie sich hinter zwei Büschen auf einer kleinen Rasenfläche gleich neben dem Eingang zum Wäschelager, das zu den wenigen Gebäuden gehörte, die nicht die Form einer Kuppel, sondern die eines ganz normalen Hauses hatten.

Das Rolltor war geöffnet, vier der mannshohen Wagen standen dicht dahinter, bereit, den kurzen Weg zum Lastenaufzug geschoben zu werden. Sie waren so mit Wäsche vollgestopft, dass die blauen Segeltuch-Seitenwände sich prall nach außen wölbten. Nick sah nur einen Ausschnitt der Halle. Jans Blickwinkel war besser, er musste von seinem Standort aus den Großteil des Eingangsbereiches überschauen können.

»Scheint niemand da zu sein«, stellte Jan fest. »Versuchen wir's.« Nachdem er sich erneut umgesehen und das Innere der

Halle mit zusammengekniffenen Augen eingehend betrachtet hatte, deutete er mit dem Kinn zu den Wagen hinüber. »Los, du zuerst. Jetzt.«

Ohne weiteres Zögern sprang Nick hinter seiner Deckung hervor und rannte geduckt auf den Eingang zu und in das Wäschelager hinein. Neben dem ersten Wäschewagen blieb er stehen und verharrte einen Moment, damit seine Augen sich an das dämmrige Licht gewöhnen konnten, als eine Stimme unmittelbar vor ihm sagte: »Hey, was hast du hier zu suchen?«

Im Bruchteil einer Sekunde schoss die warme Welle durch Nicks Körper, die der Adrenalinausstoß erzeugte. Im Laufe der vergangenen drei Jahre hatte er nur teilweise gelernt, dieses Phänomen seines Körpers zu kontrollieren. Er schaffte es noch immer nicht, es bewusst hervorzurufen.

Der dunkelhaarige Mann, der nur wenige Meter von Nick entfernt neben dem hintersten Wäschewagen stand, war etwa vierzig, mindestens eins neunzig groß und untersetzt. Er trug eine blaue Hose und ein Shirt in der gleichen Farbe.

Nicks Verstand arbeitete auf Hochtouren und lieferte ihm nach kurzer Zeit zwei Ergebnisse: zum einen, dass es am klügsten war, nicht einfach zu verschwinden, sondern dem Mann besser eine harmlose Erklärung für seine Anwesenheit zu geben, und außerdem die Feststellung, dass der Mann in dem Bereich stand, den Nick von außen nicht hatte einsehen können. Jan jedoch …

Nick konzentrierte sich auf die Vorgänge in seinem Körper und stoppte den weiteren Ausstoß des Hormons, woraufhin die Zeit für ihn wieder im normalen Tempo ablief. Der ganze Vorgang konnte für den Mann maximal eine Sekunde gedauert haben, kurz genug, dass ihm nichts aufgefallen sein dürfte.

»Was ist, hat es dir die Sprache verschlagen?«, sagte er in diesem Moment.

»Nein«, entgegnete Nick und lächelte den Mann freundlich an. »Nick ist mein Name. Nick Nader. Ich bin schon seit fast drei Jahren hier und habe keine Ahnung, was mit der Schmutzwäsche geschieht, die ich ja schließlich auch jeden Tag produziere.« Aus den Augenwinkeln nahm er einen Schatten wahr, der schräg neben ihm vorbeihuschte. »Ich habe heute Vormittag ein bisschen Zeit und da dachte ich mir, ich schaue mir mal an, wer dafür sorgt, dass wir immer frische Wäsche zur Verfügung haben. Das ist schließlich eine wichtige Tätigkeit.«

Das Gesicht des Mannes entspannte sich deutlich und zeigte nun ebenfalls ein Lächeln. »Das finde ich lobenswert, junger Mann. Die meisten deiner Kollegen interessiert es nämlich nicht die Bohne, was wir für sie tun.« Er deutete zu den Wäschewagen. »Da, das da drin ist nur die Wäsche der letzten beiden Tage und nur von diesem Bereich. Da kannst du dir vorstellen, was in einer Woche alles zusammenkommt.« Er streckte Nick seine riesige Pranke entgegen. »Ich bin Timo.«

Nick betrachtete fasziniert, wie seine Hand vollständig in der von Timo verschwand, während der Mann noch breiter lächelte. »Komm mal mit.«

Er ging zu dem vordersten Wagen und legte beide Hände an die Oberkante. »Hilf mir mal, den hier zum Aufzug zu schieben. Dann kannst du später mal behaupten, du hast dich hier richtig nützlich gemacht.«

Während Nick gemeinsam mit Timo den Wagen vor sich herdrückte, dachte er an Jan. Wenn er den Schatten von gerade richtig deutete, hatte der die Minute genutzt, in der Timo durch Nick abgelenkt gewesen war, um sich in einem der Wäschewagen zu verstecken. Welch eine glückliche Gelegenheit für ihn.

»Du weißt, dass dein Kumpel Jan gerade an uns vorbeigeschlichen ist?« Manchmal kam es Nick so vor, als ob Bruno sich irgendwie in seine Gedanken einschalten konnte. »Ja«, antwortete er knapp, woraufhin Timo ihn fragend ansah. »Was?«

»Ehm … ja, das ist toll, das mal sagen zu können, meinte ich«, erklärte Nick schnell.

Timo nickte. »Genau.«

»Mein Scanner sagt, du schiebst ihn gerade zum Aufzug«, meldete sich Bruno.

Nachdem Timo die Aufzugtür geöffnet und sie gemeinsam noch einen zweiten Wagen in die Kabine geschoben hatten, erklärte er: »Ich muss die jetzt nach oben bringen. War nett, dich kennenzulernen. Komm gerne mal wieder.«

»Ja, fand ich auch. Und wiederkommen … auf jeden Fall.« Nach einem letzten Blick auf den vorderen Wäschewagen wandte Nick sich ab und trottete davon.

Wenn nicht noch etwas dazwischenkam, war Jan jetzt auf dem Weg nach oben. Und falls er Timo bereits in der Halle gesehen hatte, als er Nick losschickte – und Nick war ziemlich sicher, dass das so war – hatte er es auf seine Kosten geschafft. Jan hatte ihn reingelegt. Das war es dann wohl mit der Prüfung.

Weil du dich trotz dreijähriger Ausbildung hast austricksen lassen, wisperte eine Stimme in seinem Inneren ihm zu und sie gehörte nicht zu Bruno.

14

Nick lief eine Weile ohne Ziel umher, dann setzte er sich auf ein kniehohes Mäuerchen, das einen der Kuppelbauten umgab. Er fühlte sich niedergeschlagen und enttäuscht. Wobei *getäuscht* wohl der bessere Ausdruck war. Wie hatte er sich nur so reinlegen lassen können?

Jan hatte ihn bewusst in Timos Arme getrieben, um zu verhindern, dass sie die Prüfung gemeinsam bestanden, und wie es im Moment aussah, hatte er damit Erfolg. Nick sah keine Möglichkeit mehr, nach oben zu gelangen. Dabei war es seine Idee gewesen, sich in den Wäschewagen zu verstecken.

Je mehr er darüber nachdachte, umso mehr änderte sich seine Stimmung. Enttäuschung wurde zu Trotz, Niedergeschlagenheit zu Wut. Schließlich sprang er mit einem Satz auf.

Nein! Er würde nicht aufgeben. Es *musste* noch eine andere Möglichkeit geben, nach oben und in den Vergnügungspark zu gelangen.

»Bruno, wie spät ist es?«

»Es ist jetzt neun Uhr zweiundvierzig.«

»Ok. Hast du noch …«

»Na, hat er dich gelinkt?«

Nick schrak zusammen. Es war nicht Brunos Stimme gewesen und er wusste auch gleich, zu wem sie gehörte, aber … wo kam Caroline plötzlich her?

Nick gehörte zu den Schülern, die öfter mal zum Direktor gerufen wurden. Das war schon in seiner alten Schule so gewesen. Es war eben nicht sein Ding, brav im Unterricht zu sitzen und dem Lehrer zu folgen. Jedes Mal, wenn er in Direktor Bauers Vorzimmer auf seine Strafpredigt wartete, hatte er genug Zeit gehabt, Caroline ein bisschen besser kennenzulernen.

»Was tust du denn hier?«, fragte er verblüfft.

»Hat er oder hat er nicht?«, hakte sie nach, ohne auf seine Frage einzugehen.

»Wer? Jan?«

Sie verdrehte die Augen. »Natürlich Jan, wer denn sonst?«

Nick steckte die Hände in die Hosentaschen, senkte den Blick und trat nach einem nicht vorhandenen Stein. »Ich glaube schon.« Es machte ihn verlegen, vor Caroline zugeben zu müssen, dass er es Jan so leicht gemacht hatte, ihn auszubooten.

Caroline nickte. »Dann sollten wir schleunigst etwas unternehmen.«

Nick hob den Kopf. »Wie? Was meinst du damit?«

»Du möchtest die Prüfung doch bestehen, oder?«

»Ja, klar möchte ich das. Und am liebsten …«

Caroline nickte und rückte ihre Brille zurecht. »Jetzt ohne Jan, das ist mir klar. Also, komm mit.«

Sie wandte sich ab und ging los, ohne sich noch einmal nach Nick umzudrehen. Nach ein paar Metern hatte er sie eingeholt und lief neben ihr her. »Wo gehen wir denn hin?«

»Zum Aufzug.«

Nick blieb enttäuscht stehen. »Das kannst du vergessen. Mit dem Personenaufzug komme ich nicht bis nach oben und das mit dem Lastenaufzug der Wäscherei hat sich ja wohl erledigt.«

Caroline ging unbeirrt weiter. »Es gibt noch einen Lift, den nur ein kleiner Personenkreis kennt. Damit kommt man direkt hinter dem Zaun des Freizeitparks heraus, was dir Jan gegenüber einen Vorteil verschafft.«

»Was? Echt jetzt? Und woher weißt du davon?«

Caroline lächelte und zeigte dabei eine Reihe strahlend heller Zähne. Nachdem sie die Zahnspange ein halbes Jahr zuvor endlich losgeworden war, tat sie das bei jeder sich bietenden Gelegenheit. »Na ja, es hat schon den einen oder anderen Vorteil, wenn man im Vorzimmer des Direktors sitzt. Komm jetzt, wir sollten uns beeilen.«

Der Lift befand sich am anderen Ende der Ebene. Der Zugang war so gut getarnt, dass Nick ihn selbst dann noch nicht bemerkte, als er direkt davorstand. Vor ihm ragte die mit einem glatten, grauen Kunststoff verkleidete Fläche einer Wand in die Höhe. Hinter ihm verdeckte eine Buschgruppe die Sicht vom Weg aus.

Erst als Caroline sich bückte und einen unscheinbaren walnussgroßen Stein ein Stück zur Seite schob, entstanden sichtbare Fugen in der Kunststoffoberfläche vor ihnen, die die Ausmaße einer Tür hatten. Gleich darauf schob sich das Mauerstück einige Zentimeter nach hinten und versank fast geräuschlos im Boden.

»Wow!«, stieß Nick fasziniert aus und betrachtete die glänzende Oberfläche einer Aufzugtür. Da war sie, seine Chance, nach oben zu gelangen.

Aber es gab da noch ein Problem, das Caroline vielleicht übersehen hatte.

»Wenn dieser Aufzug nur für gewisse Personen wie den Direktor bestimmt ist …« Er hob den Arm. »Wie soll ich ihn dann mit Bruno in Gang setzen?«

Wieder legte sich ein verschmitztes Grinsen auf Carolines Gesicht, während sie in die Tasche griff und ein schwarzes, etwa zwei Zentimeter breites, flexibles Armband hervorholte. »Zum Beispiel mit dem Ersatz-Aufzugschlüssel aus Direktor Bauers Büro?«

Nick riss die Augen auf. »Du hast den Schlüssel aus Bauers Büro geklaut? Aber woher wusstest du, dass ich ihn brauchen werde?«

Caroline zuckte mit den Schultern. »Ich wusste es nicht.«

»Aber …«

»Ich hatte so eine Ahnung. Immerhin machst du die Prüfung mit Jan zusammen, da war mir klar, dass alles Mögliche passieren kann.« Sie hielt Nick das Armband entgegen. »Und jetzt los, die Zeit wird allmählich knapp.«

Nick nahm das Armband an sich und legte Caroline eine Hand auf den Oberarm. »Danke für deine Hilfe. Ich hoffe, du bekommst keinen Ärger wegen des Ersatzschlüssels.«

»Bauer hat gesagt, ihr sollt irgendwie nach oben gelangen, und er hat mit keinem Wort erwähnt, dass niemand dir dabei helfen darf. Jetzt geh endlich. Und pass auf das Ding auf, ich brauche es wieder zurück.«

Die Aufzugtür öffnete sich sofort, als Nick das Armband vor die glänzende Fläche daneben hielt. Die Kabine war deutlich kleiner als die, mit der die Schüler zwischen den Etagen unterwegs waren. Mehr als sechs Leute hätten darin Platzprobleme gehabt. Ebenfalls anders war die Steuerung des Aufzugs. Es gab keine Möglichkeit, eine Etage auszuwählen, sondern nur eine quadratische Platte, die auf Bauers Armband reagierte. Sobald Nick es in die Nähe der Fläche brachte, schloss sich die Tür, im nächsten Moment setzte die Kabine sich in Bewegung. Allerdings nicht nach oben, sondern waagerecht nach hinten. Nach etwa einer halben Minute stoppte der Lift sanft, um sich gleich darauf nach oben wieder in Bewegung zu setzen.

Als die Tür sich schließlich summend öffnete, fand Nick sich in einem Holzschuppen wieder, in dem alle möglichen Gerätschaften und Werkzeuge lagerten. Er verließ die Kabine und zuckte zusammen, als im Boden davor ein Spalt entstand, aus dem eine Bretterwand nach oben fuhr. Sekunden später war von dem Aufzug nichts mehr zu sehen.

»Interessant«, hörte er Brunos Stimme in seinem Kopf. »Davon hatte auch ich keine Kenntnis, was mich sehr wundert. Ein Scan der Umgebung deutet jedenfalls darauf hin, dass wir uns schon auf dem Gelände des Freizeitparks befinden.«

»Na, hoffentlich.« Mit ein paar Schritten war Nick an der Schuppentür und lauschte auf die Geräusche von außen.

Es war der typische Lärm des Rummelplatzes, ein Brei aus Musik, dem Getöse verschiedener Fahrgeschäfte und Hunderten Stimmen, manche laut lachend, andere hysterisch schreiend.

Vorsichtig öffnete Nick die Tür einen Spaltbreit, lugte hinaus und schlüpfte hindurch, als er glaubte, unbeobachtet zu sein.

Er stand am Rand des Geländes, gleich hinter den metallenen Schienen der Achterbahn. Sein Blick folgte dem Black Arrow, der gerade vollbesetzt steil in die Höhe gezogen wurde, wo er bald ebenso steil hinabsausen und in einen doppelten Looping schießen würde. Einige der Insassen rissen jauchzend die Arme in die Höhe, andere kreischten schrill. Bei dem großen Kettenkarussell gegenüber wurden gerade die Plätze für die nächste Fahrt eingenommen, dazwischen schlenderten

Menschen umher oder standen in Schlangen vor den Eingängen anderer Attraktionen.

Ein ganz normaler Tag in einem – vermeintlich – ganz normalen Freizeitpark. Aber genau diese Normalität war es, die Nick in diesem Moment verrückterweise eher fremd erschien. Es war das erste Mal nach drei Jahren, dass er alleine *draußen* unter Menschen war. Die Ausbildung in der unterirdischen Elite-Einrichtung hatte dazu geführt, dass diese so vollkommen andere Welt zu seiner vertrauten Normalität geworden war.

Ein Stoß in den Rücken riss Nick aus seinen Gedanken und ließ ihn herumfahren. »Sorry«, sagte der junge Mann, der ihn angerempelt hatte, und hob dabei entschuldigend die Hand. Sekunden später war er mit seiner Begleiterin im Pulk der anderen Gäste des Parks verschwunden.

Ob das ein KDB-Agent gewesen war? Quatsch, natürlich gehörte die Geschichte von dem Whistleblower aus Minsk zur Aufgabe. Dies war eine Prüfung, kein ernsthafter Einsatz.

Nick sah sich um. Von seinem Standort aus war nichts von einer Geisterbahn zu sehen, also setzte er sich in Bewegung und umrundete das Kettenkarussell. Als er das Gelände dahinter überblicken konnte, wunderte er sich, wie weitläufig sich der Park erstreckte. Ob Jan schon auf dem Gelände war und die Geisterbahn bereits gefunden hatte? Der Gedanke trieb ihn weiter an und ließ ihn schneller gehen. Er drückte sich zwischen Menschen hindurch, die alle Zeit der Welt zu haben schienen, und wünschte sich mehr denn je, seinen Adrenalinausstoß besser steuern können. Wenn er jetzt die Zeit anhalten könnte, wäre er schneller dort.

Da das leider – noch – nicht funktionierte, dauerte es etwa fünf Minuten, bis er schließlich vor der breiten Front der

Geisterbahn stand, die wie das Gemäuer einer alten Burg aussah. Zu beiden Seiten ragten riesige Monsterfiguren mit langen Klauen und rot glühenden Augen mindestens drei Meter in die Höhe. Auf einem über die gesamte Breite reichenden Schild prangte das Wort GEISTERSCHLOSS in großen Buchstaben, von denen Blut zu tropfen schien. Auf der anderen Seite der Geisterbahn musste sich der geheime Eingang zur Schule befinden, durch den er mit Petra und Paula gegangen war.

»Worauf wartest du?«, drängte Bruno. »Jan scheint noch nicht hier zu sein, aber er kann jeden Moment auftauchen. Du solltest dich beeilen.«

»Kannst du jetzt mal die Klappe halten?«, entgegnete Nick leise. »Ich weiß selbst, dass ich mich beeilen muss, aber ich versuche, mich zu konzentrieren.«

»Schon gut, ich habe verstanden. Dann sage ich eben nichts mehr, aber dir ist hoffentlich klar …«

»Gut«, würgte Nick sein CBPI ab und hatte dabei nicht zum ersten Mal das Gefühl, einen beleidigten Unterton in Brunos Stimme zu hören.

Er schob den Gedanken beiseite, ließ seinen Blick über den gesamten Bereich wandern, doch von Jan war nichts zu sehen. Entweder hatte er es tatsächlich noch nicht geschafft, in den Park zu gelangen, oder aber … nein, an die andere Möglichkeit wollte Nick nicht denken.

Der Betreiber der Geisterbahn hat einen Schlüsselbund mit einem besonderen Anhänger, den ihr möglichst unbemerkt entwenden sollt, hörte er noch einmal Direktor Bauers Stimme. *Ihr werdet wissen, welcher es ist, wenn ihr ihn vor euch seht.*

Das mochte sein, aber zuerst einmal musste Nick herausfinden, wer der Betreiber der Geisterbahn überhaupt war. Er stieg die Holzstufen zu dem Häuschen hoch, an dem es Karten zu kaufen gab. Offensichtlich war dieser Park eher wie ein Rummelplatz organisiert, wo man nicht wie in den typischen Vergnügungsparks einen recht hohen Eintrittspreis zahlen musste, in dem dann alles enthalten war, sondern wo man für jedes Fahrgeschäft extra Karten kaufen musste. Das würde sich für Nick schwierig gestalten, denn er hatte keinen Cent dabei. Aber er wollte ja auch nicht mit einer Gondel durch die Geisterbahn fahren, sondern lediglich den Besitzer finden.

Nick stellte sich hinter einer Gruppe aufgeregt schwatzender Elf- oder Zwölfjähriger an, die vermutlich auf Klassenfahrt waren, und blickte sich immer wieder nervös um. Wenn Jan plötzlich auftauchte, würde es schwierig.

Als er schließlich an die Reihe kam, musterte er den Mann in der Kabine ausgiebig. Er war recht dick und mochte um die sechzig sein, ein grauer Kranz lag wie ein haariges Stirnband um seinen sonst kahlen Schädel.

»Na?«, fragte der Mann mit einem Lächeln. »Überlegst du gerade, ob du dich trauen sollst? Du musst keine Angst haben. Du bist doch sicher schon fast vierzehn, oder?«

»Ich bin fünfzehn«, entgegnete Nick schmallippig, besann sich aber auf seine Aufgabe und fügte hinzu: »Aber ich werde meist jünger geschätzt.«

Das Lächeln des Mannes wurde breiter. »Es kommt eine Zeit, da wirst du dich darüber freuen. Und? Wie viele Fahrten möchtest du machen?«

»Leider keine«, erklärte Nick und hob die Schultern. »Geisterbahnen geben mir nicht wirklich einen Kick. Mich interessiert nur die Technik. Arbeiten Sie noch rein mechanisch oder wird Ihr Geisterschloss schon digital gesteuert? Ich meine, müssen Sie an Ihren Geistern noch selbst herumschrauben, wenn sie mal kaputt sind, oder ist das eher eine Softwarefrage?« Er sah sich um und versuchte so auszusehen, als würde er wirklich etwas von Technik verstehen. »Oder gehört diese Geisterbahn Ihnen etwa gar nicht?«

»Natürlich gehört sie mir.« Der Stolz in der Stimme des Mannes war nicht zu überhören, aber Nick nahm auch einen anderen Unterton wahr, der mitschwang, ohne dass er ihn jedoch deuten konnte. »Die Familie Bernstein betreibt sie schon seit vier Generationen. Und zwar ganz und gar ohne irgendwelchen Computerschnickschnack.«

Glück gehabt, dachte Nick. *Jetzt brauche ich nur noch den Schlüsselbund.*

Möglichst unauffällig scannte sein Blick das Innere des Kassenhäuschens, konnte aber nirgendwo entdecken, wonach er suchte.

»Hier.« Bernstein schob Nick eine Karte über den kleinen Tresen zu und sah ihn dabei ganz seltsam an. »Die Fahrt geht auf mich. Damit du dir selbst ein Bild machen kannst.«

»Oh, danke, das ist …«

»Schon gut, aber du musst mir nachher unbedingt erzählen, wie es dir gefallen hat.«

Nick sah zu den Schienen hinüber, auf denen mehrere Gondeln hintereinander darauf warteten, besetzt zu werden. »Ja, natürlich, das mache ich, danke.«

Er hatte sich schon umgedreht, als der Mann sagte: »Du kommst doch nach der Fahrt wirklich wieder, Nick?«

»Auf jeden Fall.« Mit Schwung nahm er in der vorderen Gondel Platz, woraufhin sich aus einer Ecke ein junger, etwas verwahrlost aussehender Mann in Bewegung setzte und ihm die Hand entgegenhielt. »Karte«, murmelte er, ohne Nick dabei anzusehen.

Nachdem er das Ticket eingesteckt hatte, drückte der Mann die Gondel ein Stück nach vorne, bis sie in einer Vorrichtung im Boden einrastete und mit einem Ruck angezogen wurde. Sekunden später tauchte Nick in die Dunkelheit hinter dem bogenförmigen Portal ein.

Die Geisterbahn unterschied sich in nichts von denen, auf denen Nick früher als Zehn- oder Elfjähriger schon gewesen war. Damals, vor langer Zeit, mit seinen Pflegeeltern … Mit einem Mal schnellte Nicks Puls in die Höhe. Nicht weil vor ihm gerade eine blasse Puppe mit Vampirgebiss und kunstblutverschmiertem Mund von der Decke baumelte, sondern weil Bernsteins letzter Satz in ihm nachhallte.

Du kommst doch nach der Fahrt wirklich wieder, Nick?, hatte der Mann gesagt. Er hatte ihn beim Namen genannt, obwohl Nick ganz sicher war, ihn ihm nicht gesagt zu haben. Aber woher konnte Bernstein dann wissen, wie er hieß? Und wenn er schon seinen Namen kannte … was wusste er sonst noch über ihn?

Bauer hatte doch gesagt, der Besitzer der Geisterbahn wisse zwar, dass irgendwann jemand versuchen würde, diesen Anhänger zu stehlen, aber er hätte keine Ahnung, wer und wann das sein würde. Und doch …

Nick wäre am liebsten sofort aus der Gondel gesprungen und zurückgelaufen, um Bernstein zu fragen, woher er ihn kannte, aber er zwang sich dazu, sitzen zu bleiben. Er durfte kein Aufsehen erregen.

Als die Gondel ihn nach einer endlos scheinenden Fahrt zwischen schaurig heulenden Kunststoffmonstern, Riesenspinnen und sonstigen Horrorgestalten hindurch endlich wieder ins Freie brachte, hielt Nick es keine Sekunde länger aus. Noch bevor sein Gefährt richtig stand, sprang er heraus und eilte geradewegs zu dem Häuschen, vor dem ein paar Leute standen. Sie warteten, denn der Platz hinter dem Tresen war leer, die hintere Tür stand weit offen.

15

Nick sah sich nach allen Seiten um, konnte Bernstein aber nirgends entdecken. Der Mann hatte ihn doch eindringlich gebeten, nach seiner Fahrt noch einmal zurückzukommen. Vielleicht war er einfach mal zur Toilette gegangen? Aber … hätte er dann das Häuschen einfach so alleine gelassen? Mit weit offen stehender Tür? Wohl eher nicht.

Nick wandte sich um, sprang die Stufen mit einem Satz hinunter und ging um die Geisterbahn herum zur Rückseite, aber auch hier war nichts vom Inhaber zu sehen.

Die Treppe, die hier zur rückwärtigen Tür des Häuschens führte, war bedeutend schmaler als die auf der Vorderseite. Nick stieg die ersten beiden der drei Stufen hoch und drückte die Tür so weit zu, dass sie angelehnt blieb.

Gerade als er sich schon wieder abwenden wollte, hörte er ein Stöhnen. Es schien von irgendwo unter ihm zu kommen, und als es sich nun wiederholte, hörte Nick, dass dort jemand nicht einfach nur stöhnte, sondern offensichtlich unter großer Anstrengung seinen Namen sagte.

Mit einem Satz landete Nick auf dem Boden und ließ sich auf Hände und Knie fallen, um unter den etwa einen halben Meter hohen Spalt zwischen dem sandigen Erdboden und den Holzdielen der Geisterbahn schauen zu können. Sein Blick fiel direkt auf Bernstein.

Der Mann lag auf dem Rücken und sah ihn mit schmerzverzerrtem Gesicht an. »Nick …«

»Herr Bernstein«, flüsterte Nick. »Was ist denn passiert?« Erst in diesem Moment registrierte er den metallenen Griff eines Messers, der aus Bernsteins Brust ragte. Blut drang aus der Wunde und versickerte im Sand. »O Mist …«, entfuhr es Nick. »Was …«

»Nick.« Die Stimme des Mannes klang dünn und war nun so leise, dass Nick ihn kaum verstand. »Du musst … weg. Nicht zurück. Gefahr. Sie … suchen dich.« Nick riss die Augen auf. »Was? Wer?«

»Nimm das.« Bernsteins Arm bewegte sich und lenkte Nicks Blick auf seine geöffnete Hand, in der ein Schlüssel lag. Noch während Nick zu verstehen versuchte, was gerade geschah, presste Bernstein hervor: »Nimm ihn. Geh nach … Berlin … Bahnhof … dein Vater …« Die Stimme des Mannes brach, sein Körper bäumte sich noch einmal auf, dann lag er still.

»Herr … Bernstein?«, flüsterte Nick und starrte in das reglose Gesicht. Es dauerte eine Weile, bis er begriff. Plötzlich hörte er das Blut in seinen Ohren rauschen, sein Herz hämmerte derart schnell und heftig gegen die Brust, dass es sich anfühlte, als müsse man die Ausbeulungen davon unter der Haut sehen. Bernsteins Körper lag still. Keine Bewegung, kein Heben und Senken der Brust. Kein Atem. Tot.

Zum ersten Mal in seinem Leben sah Nick einen toten Menschen, einen ermordeten noch dazu. Das war fürchterlich. Und dennoch kreisten seine Gedanken um etwas anderes.

Dein Vater, hatte Bernstein gesagt. Sein Vater … Nick starrte auf den Schlüssel, der noch immer in der Handfläche des toten Mannes lag. Deutlich war darauf die Nummer 873 zu erkennen. Berlin, Bahnhof ... das musste ein Schließfachschlüssel sein.

Nick versuchte zu verstehen, was das alles zu bedeuten hatte. Wie es sein konnte, dass dieser Mann seinen Vater erwähnte. Und dass er sterben musste, weil *sie* ihn suchten.

Nick konzentrierte sich und versuchte, Ordnung in das Durcheinander seiner Gedanken zu bekommen, aber es wollte ihm nicht gelingen.

Du musst weg ... Nicht zurück ...

Er atmete tief durch und zwang sich, den Blick von Bernsteins Gesicht loszureißen. Für einen kurzen Moment dachte er an die Prüfungsaufgabe, den Schlüsselanhänger, den er beschaffen sollte. Aber was spielte das jetzt noch für eine Rolle? Mit einem beherzten Griff nahm er den Schlüssel aus der Hand des Mannes und schob sich zurück ins Freie. Er hatte noch immer keine Ahnung, was er als Nächstes tun sollte, aber ihm war klar, dass er schnellstmöglich von diesem Ort verschwinden musste. Gerade als er sich wieder aufgerichtet hatte, kamen ein Mann und eine Frau um die Ecke gebogen und blieben abrupt stehen, als sie Nick nur wenige Meter vor sich sahen. Nick erkannte den Kerl, der ihn kurz nach seiner Ankunft auf dem Parkgelände angerempelt hatte, mit seiner Begleiterin. Und sie standen keine zehn Meter von ihm entfernt.

»Da ist er!«, stieß der Mann aus und spurtete sofort los.

Mit einem Fluch auf den Lippen warf Nick sich herum und spürte gleichzeitig etwas wie einen heißen Lavastrom durch seinen Körper schießen: Adrenalin. Der Stoff, der den Fluss der Zeit zu einem zähen Brei werden ließ, in dem er selbst sich aber ganz normal bewegen konnte. Das war seine Rettung.

Als er das gegenüberliegende Ende der Geisterbahn erreicht

hatte, drehte Nick sich zu seinen Verfolgern um. Sie waren in der Zwischenzeit gerade mal zwei oder drei Meter weiter gekommen. Aber es gab etwas anderes, das Nick verharren ließ. Kurz hinter den beiden, mit der Geschwindigkeit einer Schnecke, kam noch jemand um die Ecke der Geisterbahn, dessen Kopf gerade so weit hinter der Bretterwand herauslugte, dass Nick erkennen konnte, um wen es sich handelte. Und er kannte ihn gut. Es war Jan.

Ausgerechnet jetzt tauchte er auf. Konnte das Zufall sein? Aber warum auch immer sein Konkurrent gerade in diesem Moment erschien – darüber konnte Nick sich später den Kopf zerbrechen. Erst einmal musste er zusehen, dass er eine möglichst große Entfernung zwischen sich und dem geheimnisvollen Paar schaffte, das ihn verfolgte. Also wandte er sich ab und rannte los.

Als er schon gute fünfzig Meter und zwei Attraktionen von der Geisterbahn entfernt in der Menschenmenge untergetaucht war, liefen die Geschehnisse um ihn herum wieder in normalem Tempo ab.

Allmählich gelang es ihm auch wieder, seine Gedanken zu ordnen, sodass er einen Versuch starten konnte, sich über seine Situation klar zu werden.

Der Mann, dem er als Test einen bedeutungslosen Schlüsselanhänger mit einem Mikrochip stehlen sollte, war gerade ermordet worden. Gleich nach seiner Unterhaltung mit ihm. Zudem kannte er offensichtlich nicht nur ihn, Nick, sondern auch seinen Vater. Gab es da einen Zusammenhang? Und dann dieser Schlüssel und der Hinweis auf den Bahnhof in Berlin. Und die Warnung, dass er nicht zurück in die Schule gehen sollte. Dass er in Gefahr sei, was sich gleich danach durch das Auftauchen des Paares bestätigte. Und dann Jan, der auch genau zu diesem Zeitpunkt auf der Bildfläche erschien. Wie hing das alles zusammen? Und warum wurde er verfolgt?

Nick sah nur eine Möglichkeit, das herauszufinden.

»Bruno, wie komme ich am schnellsten nach Berlin?«

»Herzlichen Glückwunsch«, entgegnete Bruno, worauf Nick ein verständnisloses »Was?« ausstieß.

»Ich gratuliere dir dazu, mit viel Glück aus dieser Situation herausgekommen zu sein. Zumindest für den Moment. Ich hätte dich schon viel früher warnen können, denn mein Scanner hat deine Verfolger schon erfasst, als sie noch ein gutes Stück entfernt waren. Aber mir wurde ja verboten, etwas zu sagen.«

Nick rollte mit den Augen. »Ja, ja. Nun sei bloß nicht eingeschnappt. Es ist ja alles gut gegangen. Könntest du mir jetzt vielleicht trotzdem sagen, wie ich am schnellsten nach Berlin komme?«

»Wenn meine Dienste jetzt wieder genehm sind, könnte ich das natürlich. Allerdings lautet deine Aufgabe nicht, irgendwie nach Berlin zu kommen, sondern einen Schlüsselanhänger an dich zu nehmen und dann auf direktem Weg zur Schule zurückzukehren.«

»Das war, bevor ein Mann mit einem Messer in der Brust neben mir gestorben ist.«

»Trotzdem ist es meine Pflicht, dich darauf hinzuweisen …«

»Deine Pflicht ist es, mir zu helfen, wann immer ich es von dir verlange«, unterbrach Nick genervt Brunos Gerede. »Und jetzt sag mir, wie ich nach Berlin komme.«

»Unter der Achterbahn liegt, wie du weißt, der geheime Untergrundbahnhof der Black Arrows. Du wärst in exakt zwölf Minuten und dreiundfünfzig Sekunden am Bahnhof

Friedrichstraße. Allerdings brauchst du dafür einen Zugangscode. Daher würde ich dir eine Busfahrt empfehlen. Gleich hinter dem Ausgang des Freizeitgeländes gibt es einen großen Parkplatz, auf dem im Moment achtundzwanzig Busse parken. Die Wahrscheinlichkeit, dass einer von ihnen nach Berlin fährt, erachte ich als recht hoch.«

»Na also, geht doch. Und wo ist der Ausgang?«

»Zweiunddreißig Meter geradeaus, dann hinter dem Getränkestand links abbiegen. Nach etwa fünfzig Metern müsstest du den Ausgang schon sehen.«

»Danke.« Nick setzte sich in Bewegung.

»Bitte, gern geschehen. Auch wenn ich protestiere und dich nochmals darauf hinweise, dass du Ärger bekommst, wenn du nicht unverzüglich zur Schule zurückkehrst.«

»Größeren Ärger, als vielleicht umgebracht zu werden?«

Darauf gab Bruno keine Antwort.

16

Fünf Stunden später bahnte Nick sich seinen Weg durch die Menge der Reisenden am Berliner Hauptbahnhof. Tatsächlich hatten auf dem Parkplatz des Freizeitparks zwei große Reisebusse mit Berliner Kennzeichen gestanden. Sie gehörten zu zwei Schulklassen, die ihren Wandertag im Freizeitpark verbracht hatten, und es war Nick gelungen, sich unerkannt darunterzumischen, indem er vorgab, den Bus seiner eigenen Klasse verpasst zu haben. Die Lehrer waren nach dem langen Tag mit ihren Schülern so froh gewesen, bald nach Hause zu kommen, dass niemandem etwas aufgefallen war.

Als der Fahrer den Bus am Ausgang des Parks vorbeilenkte, hatte Nick sich noch einmal umgeblickt. Dort, gleich neben einer großen Säule, glaubte er inmitten einer Menschengruppe ein Gesicht gesehen zu haben, das sich suchend umblickte und das er gut kannte. Jan?

Warum stand Jan vor dem Ausgang? Und was hatte er dort gesucht? Oder wen?

Ihn? Und … war es überhaupt Jan gewesen oder hatte sein Verstand ihm einen Streich gespielt angesichts der sich überschlagenden Ereignisse der letzten Stunden?

Nick hatte beschlossen, erst einmal nicht darüber nachzudenken.

Er wusste, wo sich die Schließfächer des Bahnhofes befanden, und während er durch die Halle eilte, umschloss seine rechte Hand fest den Schlüssel, den Bernstein ihm kurz vor seinem Tod gegeben hatte. Was würde er wohl gleich vorfinden?

Das Fach mit der Nummer 873 befand sich am rechten Rand der langen Schließfachreihe auf Augenhöhe. Mit klopfendem Herzen steckte Nick den Schlüssel ins Schloss und drehte ihn um, zog die Tür auf und blickte auf eine Aktentasche, deren schwarzes Leder an vielen Stellen abgewetzt aussah.

Nick löste den Blick von der Tasche und sah sich in der Halle um. Gab es jemanden in seiner Nähe, der sich betont unauffällig benahm? Oder konzentriert in einer Zeitung las oder ausgiebig die Auslagen eines Kiosk betrachtete?

Nachdem er nichts Verdächtiges entdeckt hatte, zog Nick die Aktentasche heraus und stellte fest, dass sie nicht sonderlich schwer war.

»Das solltest du nicht tun«, mahnte Bruno. »Wer weiß, was passiert, wenn du die Tasche öffnest. Vielleicht steckt eine Bombe da drin?«

»Das werden wir gleich wissen«, entgegnete Nick leise. Nach einem erneuten Check seiner Umgebung drückte er die Schließfachtür wieder zu, zog den Schlüssel ab und ging los.

Er steuerte geradewegs auf die Toiletten zu und fühlte sich dabei, als trage er eine tickende Zeitbombe mit sich herum. Auch diese Situation hatte er während seiner bisherigen Ausbildung schon mehrfach geübt, aber wie er in diesem Moment feststellen musste, gab es zwischen Übungssituationen und der Realität einen entscheidenden Unterschied. Die Aufregung.

Als er endlich die Tür einer freien Kabine der Herrentoilette hinter sich verschlossen hatte, setzte er sich auf den Toilettendeckel und legte die Aktentasche auf seinen Oberschenkeln ab.

In der Mitte der Oberseite gab es ein Zahlenschloss, das zu seiner Überraschung aber schon richtig eingestellt war. Nur einen Atemzug lang dachte Nick an Brunos Warnung wegen einer möglichen Bombe, dann drückte er beherzt auf den Knopf des Verschlusses, woraufhin der Mechanismus mit einem klackenden Geräusch aufsprang.

Vorsichtig zog Nick die beiden Seitenteile auseinander, warf einen Blick ins Innere und konnte nur mit Mühe einen überraschten Schrei unterdrücken. Das Erste, was er dort sah, war der matt schimmernde Griff einer Pistole.

Nachdem er das Metall der Waffe eine Weile angestarrt hatte, packte er sie am Griff, zog sie heraus und betrachtete sie von allen Seiten. Sein erster Blick galt dabei dem Sicherungshebel, der den Abzug blockierte.

»Das ist nicht gut«, kommentierte Bruno. »Das ist gar nicht gut.«

Nick achtete nicht darauf und beschäftigte sich weiter mit der Pistole. Es handelte sich um eine GLOCK 17 Gen4 im Kaliber 9 mm Luger. Er schloss die Augen und hörte sofort die Stimme von Herrn Meier, seinem Lehrer für Waffenkunde, wieder in seinem Kopf.

GLOCK 17 Gen4, Halbautomatik, siebzehn Patronen im Magazin, eine im Lauf, Griffprofil l mit austauschbaren Griffrücken, Teleskop-Schließfederkit mit ineinanderlaufenden Federn, hat als Dienstwaffe des FBI die GLOCK G22 und G23 in .40 Smith & Wesson abgelöst …

»Du bist noch in der Ausbildung und somit nicht berechtigt,

eine Waffe zu tragen«, versuchte Bruno es erneut. »Das kann ernsthafte Konsequenzen …«

»Verdammt noch mal!« Nick hob den Arm und hielt ihn direkt vor sein Gesicht. »Weißt du, was Hardware ist?«

»Selbstverständlich weiß ich als …«

»Das sind die Teile eines Computers, die man zerstören kann. Jetzt halt also endlich dein elektronisches Stimm-Modul, sonst suche ich mir irgendwo einen Stein und setze deiner künstlichen Existenz ein Ende.«

»Also gut, wie du willst.« Da war er wieder, dieser beleidigte Tonfall. »Aber du wirst die Konsequenzen tragen müssen.«

»Ja, ja …«

Nick legte die Waffe beiseite und sah sich den restlichen Inhalt der Tasche an. Und der hatte es in sich.

Nacheinander beförderte er ein Handy, ein Ladekabel und je ein Bündel Euro- und englische Pfundnoten hervor. Außerdem ein Flugticket nach London sowie einen Reisepass. Beides war auf den Namen Marc Rücker ausgestellt. Im Pass klebte ein aktuelles Foto von Nick.

Fasziniert betrachtete er die Dinge, während sein Verstand auf Hochtouren lief. Wer hatte diese Ausstattung für ihn in dem Schließfach deponiert? Und warum? Woher konnte derjenige wissen, dass Nick in eine Situation kommen könnte, in der er die Dinge aus dem Schließfach brauchen konnte?

Bernstein hatte seinen Vater erwähnt. Sollte der etwa … Nein, das war unmöglich. Wenn sein Vater zwischenzeitlich wieder aufgetaucht wäre, hätte er sich auf irgendeine Art mit Nick in Verbindung gesetzt, da war er absolut sicher. Zudem konnte er sich nicht vorstellen, dass sein Vater ihm eine Waffe ins Schließfach gelegt hätte.

Aber wer sonst … Martin! Dass er an ihn nicht gleich gedacht hatte. Martin war für ihn immer so etwas wie ein Onkel gewesen. Das konnte nur er gewesen sein. Die Frage war nur, was er jetzt als Nächstes tun sollte.

Einer Eingebung folgend, drehte Nick die Tasche um und schüttelte sie, um sicherzugehen, dass er auch nichts übersehen hatte, und tatsächlich segelte ein kleines Kärtchen vor ihm zu Boden.

Er hob es auf und betrachtete die bedruckte Seite. Es handelte sich um die Visitenkarte einer Buchhandlung. Sie lag in der Portobello Road in London.

»Kannst du die Karte bitte mal ein bisschen drehen, damit ich die Schrift scannen kann?«

»Es ist eine Visitenkarte«, sagte Nick, dem gerade nicht nach Zankereien mit Bruno zumute war. »Von einer Buchhandlung.«

»Und wo ist diese Buchhandlung? Nun zeig mir schon die Karte.«

Nick hielt sein Handgelenk mit Bruno über die Visitenkarte.

»London. Sag mir bitte, dass du nicht vorhast, nach London zu reisen.«

»Nein.«

»Gut, dann hast du dir ja zumindest ein wenig deiner Vernunft bewahrt.«

»Ich meinte, nein, das sage ich dir nicht«, korrigierte Nick ihn und musste grinsen.

»Das ist nicht dein Ernst, oder? Du möchtest tatsächlich … ich protestiere aufs Schärfste und rate dir dringend, sofort mit diesem Unsinn aufzuhören und zur Schule zurückzukehren. Man wird sich dort schon Sorgen um dich machen und wer weiß was auf die Beine stellen, um dich zu finden.«

Nick betrachtete das Armband, in dem sich Bruno verbarg.

»Jetzt, wo du es sagst … kann man mich nicht sowieso über dich orten?«

»Nein, eben nicht. Dazu muss mein externer Modus aktiviert sein, was wiederum nur im Labor gemacht werden kann. Das passiert normalerweise erst, wenn du in echte Einsätze geschickt wirst.«

»Ach, ok«, entgegnete Nick knapp und war einerseits froh, dass man ihn von der Schule aus nicht orten konnte, fragte sich andererseits aber, was das gerade anderes war als ein echter Einsatz.

17

London. Das wurde ja immer verrückter. Allerdings passte die Adresse zu dem Bündel Pfundnoten, das auf seinem Schoß lag. Und das Ticket galt für einen Flug mit Easyjet zum London City Airport am nächsten Tag um elf Uhr fünfzig. Sein geheimnisvoller Helfer wollte also, dass er in die englische Hauptstadt reiste und dort diese Buchhandlung besuchte? Sosehr Nick sich auch den Kopf zerbrach, eine andere Möglichkeit fiel ihm nicht ein.

Sein Blick heftete sich auf das Handy. Er nahm es in die Hand und hatte den Finger schon auf der Taste liegen, mit dem es eingeschaltet wurde, als sich wieder die Stimme eines seiner Lehrer in seinem Kopf meldete. Dieses Mal war es die von Herrn Schulz, der sie in *Tarnen und Täuschen* unterrichtete.

Wenn ihr sichergehen wollt, dass auch der größte Amateur jede eurer Bewegungen verfolgen kann, dann lauft mit einem eingeschalteten Handy herum. Allerdings kann man damit seine Verfolger auch wunderbar auf eine falsche Fährte schicken.

Und genau das würde Nick als Erstes tun, sosehr ihn der Gedanke auch reizte, das Telefon zu benutzen, um jemanden anzurufen. Das hieß … nein, zuerst würde er noch etwas anderes erledigen.

Er stopfte alles bis auf die Pistole in die Tasche zurück. Die steckte er wie ein Gangster aus einem billigen Fernsehkrimi in den Hosenbund, zog das Shirt darüber und verließ die Toilette.

»Was hast du vor?«, wollte Bruno wissen. »Möchtest du eine Bank überfallen?«

»Wart's ab.«

Zurück an den Schließfächern öffnete Nick erneut die Tür mit der Nummer 873, verstaute die Waffe mit einer schnellen Bewegung darin und schloss sofort wieder ab.

Als er sich abwandte, fühlte er sich zumindest ein wenig erleichtert. Natürlich wusste er über alle möglichen Waffen Bescheid und er war auch einer der besten Schützen unter den Rookies, aber er fühlte sich einfach noch zu jung, um mit einer geladenen Pistole herumzulaufen.

»Das war eine sehr gute Idee«, fand Bruno. »Und jetzt zurück zur Schule.«

»Nein.«

»Und was hast du jetzt vor?«

»Das weiß ich noch nicht.« Nick vermied es bewusst, Bruno von seinen Gedanken zu erzählen. Dann hätte er überhaupt keine Ruhe mehr vor ihm.

Vor ihm begrüßten sich zwei Männer so, als hätten sie sich längere Zeit nicht gesehen. Einer von ihnen trug einen dunklen Anzug, der andere Jeans und ein helles Hemd. Während Nick auf sie zuging, wechselten sie lächelnd ein paar Worte.

»... Geschäftliche Termine in München«, erklärte der Anzugträger gerade, als Nick die beiden fast erreicht hatte. »Ich muss mich leider beeilen, mein Zug geht in fünf Minuten.«

München ... Das klang doch nicht schlecht. Nick beobachtete, wie die beiden sich verabschiedeten und der Anzugträger seine Notebooktasche umhängte, während er mit der anderen

Hand seinen Koffer hinter sich herzog. Das etwas abstehende Außenfach der Tasche lud ja geradezu ein, etwas hineinzustecken.

Nick folgte dem Mann und zog dabei das Handy aus der Aktentasche. Wie erwartet, ließ es sich ohne Code anschalten und verband sich sofort mit dem Telefonnetz. Zufrieden beschleunigte er seine Schritte. Als er den Mann erreicht hatte, rempelte er ihn von hinten an und hob die Hand, als er sich erschrocken zu ihm umwandte.

»Entschuldigung, ich habe Sie nicht gesehen, hab mich gerade umgeschaut, tut mir echt leid.«

Das Gesicht des Mannes entspannte sich. »Schon gut. Pass halt ein bisschen besser auf.«

Als er weiterging, stellte Nick fest, dass man das Telefon an der Außenseite seiner Notebooktasche so gut wie gar nicht sah.

Das war erledigt. Wer auch immer das Handy überwachte, würde feststellen, dass Nick auf dem Weg nach München war.

»Tarnen und täuschen …«, kommentierte Bruno das Geschehen. »Wie aus dem Lehrbuch.«

»Nicht wahr?«

»Ja, und von wem hast du das gelernt? Von den Leuten, die jetzt wahrscheinlich schon eine Spezialeinheit losgeschickt haben, weil sie davon ausgehen, dass du in Schwierigkeiten steckst.«

»Was ja auch stimmt. Oder wie würdest du es nennen, wenn jemand umgebracht wird, nachdem ich mich mit ihm unterhalten habe?«

»Also das hat …«

»Ich möchte jetzt nicht diskutieren, also sei still.«

Tatsächlich kam daraufhin nichts von Bruno zurück.

Gut. Es war Zeit, sich systematisch das Vorgehen für den nächsten Schritt zu überlegen, wie er es gelernt hatte. Offensichtlich wollte sein geheimer Helfer also, dass er nach London reiste. Geld hatte er ausreichend, einen Reisepass und ein Ticket ebenfalls. Blieb die Frage, wie er die Zeit bis zum Abflug nach London verbringen sollte.

Mittlerweile war schon später Nachmittag. Er hatte also noch gut achtzehn Stunden Zeit bis zum Abflug und er war zum ersten Mal seit rund drei Jahren wieder in Berlin. Er dachte an seine Pflegeeltern, die er anfangs sehr vermisst hatte. Ja, im Laufe der Zeit war es besser geworden, aber jetzt, wo er quasi in ihrer unmittelbaren Nähe war …

Sein Gespräch mit Herrn Schmitt fiel ihm ein.

»Wenn du dich entschließt, an unserem Programm teilzunehmen, wirst du für deine Pflegeeltern und deine Freunde weit weg sein«, hatte er gesagt. *»Aber nach einer gewissen Zeit wirst du sie ab und zu kontaktieren können.«*

Als Nick wissen wollte, nach welcher Zeit, hatte Schmitt geantwortet: *»Das hängt von der Entwicklung deiner Fähigkeiten und deines Verantwortungsbewusstseins ab. Normalerweise nach ungefähr drei Jahren.«*

Drei Jahre … Die waren mittlerweile um. Zudem war er in einer Ausnahmesituation. Warum also nicht?

Mit einer Mischung aus Vorfreude und gleichzeitig auch ein wenig Angst vor dem Wiedersehen durchquerte Nick die Halle und ging zum S-Bahnhof. Zehn Minuten später hatte er ein Ticket gelöst und saß in einem fast vollen Wagen.

Als er an der S-Bahn-Station ausstieg, kam ihm plötzlich alles so vertraut vor, als wäre er nur zwei Wochen weg gewesen. Selbst das Graffito an der grau gefliesten Wand auf dem Weg nach draußen war noch das gleiche.

Er lief die gewohnten Straßen entlang und konnte sich dabei gar nicht genug umsehen. Auch hier hatte sich kaum etwas verändert.

»Darf ich fragen, wohin du gehst?« Brunos Stimme klang so beiläufig, als würde es ihn in Wahrheit gar nicht interessieren. Nick fand es faszinierend, was das CBPI in den drei Jahren, seit es mit Nicks Handgelenk regelrecht zusammengewachsen war, alles gelernt hatte. Manchmal kam es ihm so vor, als imitiere Bruno nicht nur Gefühle, sondern empfinde sie tatsächlich.

»Nein.«

Beleidigtes Schweigen, während Nick um die letzte Ecke bog und überrascht stehen blieb. Das Haus seiner Pflegeeltern lag schräg vor ihm, aber im Gegensatz zu allem anderen sah es nicht mehr so aus, wie er es kannte. Elisabeth und Peter hatten die Fassade neu streichen lassen. In einem kräftigen Blauton, der nach Nicks Meinung so gar nicht zu ihnen passte. Auch der kleine Vorgarten, den Elisabeth so geliebt und in dem sie im Sommer viele Stunden unkrautrupfend auf den Knien verbracht hatte, war verschwunden. Der Platz war jetzt gepflastert und ein blauer Kleinwagen parkte darauf.

Ein ganz eigenartiges Gefühl beschlich Nick, als er sich dem Haus näherte. Er hätte sich eigentlich die Geschichte gedanklich zurechtlegen müssen, die er Elisabeth und Peter gleich über die letzten drei Jahre erzählen würde, aber sein Kopf fühlte sich mit einem Mal leer an.

Wie ferngesteuert ging er auf die Haustür zu, die einmal der Eingang zu seinem Zuhause gewesen war und die jetzt auf unerklärbare Weise kalt und abweisend auf ihn wirkte, und klingelte. Dass auf dem Schild neben der Klingel ein ihm unbekannter Name stand, sah er zwar, registrierte es aber erst, als er aus dem Inneren schon Schritte hörte und die Tür geöffnet wurde.

Vor ihm stand eine vollkommen fremde junge Frau und sah ihn fragend an. »Guten … Tag«, begann er verwirrt. »Ich wollte zu den Kramers. Peter und Elisabeth.«

»Kramer? Ach, das müssen die Vorbesitzer gewesen sein. Tut mir leid, die sind vor fast drei Jahren ausgezogen.«

»Ausgezogen?« Nicks Verwirrung wurde immer größer. »Wohin?«

»Das weiß ich leider nicht. Wir haben das Haus damals von einem Makler gekauft. Die Verkäufer haben wir nicht kennengelernt.«

»Nicht?«

»Ja.« Sie musterte ihn kritisch. »Bist du mit ihnen verwandt?«

»Ja, sie sind meine … Tante und mein Onkel.«

»Ah, ok. Der Makler meinte, sie hätten Berlin sehr plötzlich verlassen müssen und lebten jetzt im Ausland.«

Während Nick noch versuchte, diese Informationen zu verarbeiten, runzelte die Frau die Stirn. »Und du weißt nicht, dass dein Onkel und deine Tante seit drei Jahren nicht mehr hier wohnen? Das ist ja seltsam.«

»Ja, ich … Wir hatten lange keinen Kontakt und ich dachte mir, ich besuche sie mal wieder.«

»Tut mir leid, ich kann dir nicht weiterhelfen. Ein bisschen komisch war das schon, wenn ich jetzt so darüber nachdenke. Jetzt muss ich aber wieder rein, meine kleine Tochter ist alleine im Haus.«

Die Frau lächelte ihm noch einmal mitfühlend zu, dann wandte sie sich ab und schloss die Tür.

Nick war wie benommen. Die beiden Menschen, die einen

Großteil seines jungen Lebens geprägt hatten, waren umgezogen, und er hatte noch nicht einmal ansatzweise eine Ahnung, wo sie jetzt lebten.

Er wandte sich ab und ging los, drehte sich aber nach ein paar Metern noch einmal um und betrachtete ein letztes Mal das Haus, in dem er seine Kindheit verbracht hatte und das ihm nun so fremd erschien.

Ohne sich dessen bewusst zu sein, schlug er den gleichen Weg ein, den er gekommen war. Minuten später stand er wieder vor der S-Bahn-Station und sah sich um. Wo sollte er jetzt hin? Wem außer seinen Pflegeeltern konnte er so sehr vertrauen, dass er … Michael! Sein bester Freund. Zumindest war er das zu dem Zeitpunkt gewesen, als Nick mit einem futuristischen Gefährt mit 1000 Stundenkilometern durch eine Röhre geschossen war.

Michael hatte wie alle anderen nichts mehr von ihm gehört, seitdem er angeblich nach Amerika gegangen war. Wie würde er wohl reagieren, wenn Nick plötzlich vor ihm stand?

Das konnte er ja relativ leicht herausfinden. Wieder etwas aufgemuntert, ging er zu den Gleisen und wartete auf die nächste S-Bahn. Michael wohnte ebenfalls in Spandau, nur eine Haltestelle und fünf Gehminuten entfernt.

Anders als bei Peter und Elisabeth hatte sich am Haus von Michaels Eltern nichts verändert. Als Nick auf die Tür zuging, hatte er endlich zumindest ein wenig das Gefühl, nach einer längeren Reise nach Hause zu kommen. Und genau das war es ja auch, was er erzählen würde.

»Was machst du hier?«, meldete Bruno sich, als Nick gerade den Klingelknopf drücken wollte.

»Ich besuche einen alten Freund.«

»Der Begriff *alter Freund* passt bei logischer Betrachtung

nicht zu einem Fünfzehnjährigen. Zudem ist es dir strikt untersagt, ohne Erlaubnis des Direktors Kontakt zu jemandem außerhalb der Schule aufzunehmen.«

»Ich weiß«, erwiderte Nick und klingelte.

Michaels Mutter riss erst die Augen auf, als sie die Tür geöffnet hatte, und schlug sich dann eine Hand vor den Mund.

»Das gibt's doch nicht«, nuschelte sie kaum verständlich in ihre Handfläche und ließ den Arm sinken, als sie es selbst bemerkte. »Dominik … Wo kommst du denn her? Und wie groß du geworden bist.«

Geht so, dachte Nick, hob die Schultern und lächelte Tanja Buschmann an. »Ich komme aus New York und dachte, wenn ich schon hier bin, besuche ich auch Michael. Ist er zu Hause?«

Sie trat einen Schritt zur Seite und gab den Eingang frei. »Ja, komm rein, er ist oben.«

Während Nick an ihr vorbei die Diele betrat, musterte sie eingehend die Aktentasche. »Ich kann es nicht fassen. Du warst damals so plötzlich verschwunden und dann sind die Kramers auch noch fast zur gleichen Zeit weggezogen. Wir haben uns schon ein wenig Sorgen gemacht. Umso schöner, dass es dir gut geht. Es geht dir doch gut?«

»Na klar, alles ok«, versicherte Nick.

»Aber warum ging das denn vor drei jahren alles so schnell?«

Nick winkte lächelnd ab. »Ach, das ist eine komplizierte Geschichte. Es ging um meinen Vater.«

Nick wusste noch von früher, dass er mit der Erwähnung seines Vaters jede weitere Frage abwürgen konnte. Alle wussten, dass er im diplomatischen Dienst war und Nick nichts über ihn sagen konnte oder durfte. Es funktionierte auch dieses Mal. Tanja nickte verstehend und stellte keine weiteren Fragen.

Nick deutete zur Treppe. »Ich geh dann mal hoch.«

Und dann sind die Kramers auch noch fast zur gleichen Zeit weggezogen, wiederholte er in Gedanken Tanjas Worte, während er die Treppe hochstieg. Das war tatsächlich extrem seltsam.

Oben angekommen, klopfte Nick an die Tür zu Michaels Zimmer und wartete vergeblich auf eine Reaktion. Als auch nach dem zweiten Versuch nichts geschah, öffnete er und betrat den Raum.

Michael lag mit hinter dem Kopf verschränkten Armen auf seinem Bett und hatte Kopfhörer auf den Ohren. Als er bemerkte, dass jemand sein Zimmer betreten hatte, und Nick erkannte, klappte sein Unterkiefer nach unten. Mit einer Langsamkeit, die Nick für einen Moment glauben ließ, er hätte unbemerkt einen Adrenalinschub gehabt, hob sein Freund den Arm und streifte sich die Kopfhörer ab.

»Alter …« Ein, zwei Atemzüge lang lag er wie erstarrt, dann schwang er sich aus dem Bett und machte einen Satz auf Nick zu, wohl, um ihn in die Arme zu schließen, doch das wurde Nick erst nach seiner Reaktion klar, als das Denken wieder einsetzte.

Erst einmal wich er in einem antrainierten Reflex aus und ließ dabei die Aktentasche fallen, packte dann seinen Freund noch in der Drehbewegung an Unterarm und Schulter und drückte ihn schräg nach unten, während er den Arm nach oben bog. Erst Michaels Schmerzensschrei schaltete Nicks Denken wieder ein. Erschrocken ließ er sofort los und machte einen Schritt zurück. »Sorry, das war … Reflex.«

»Kacke …« Michael richtete sich auf und rieb sich die Schulter. »Was ist denn mit dir los? Warst du in den letzten drei Jahren da drüben bei den Navy Seals oder was?«

So ähnlich, dachte Nick, sagte aber: »Nein, aber ich mache hobbymäßig Kampfsport. Das war wirklich keine Absicht.« Es fühlte sich mies an, den besten Freund zu belügen, aber es ging nicht anders.

»Kampfsport«, wiederholte Michael und schüttelte lächelnd den Kopf. »Dommi, die Kampfmaschine. Hey, schön dich wiederzusehen.«

»Ja, das ist es.«

»Und jetzt erzähl mir sofort, wieso du vor drei Jahren einfach so verschwunden bist und wo du die ganze Zeit gesteckt hast. Und warum du jetzt wieder da bist.«

Nick ließ sich auf Michaels Bett fallen und wartete, bis sein Freund es sich neben ihm bequem gemacht hatte. Dann begann er, die Geschichte zu erzählen, die er sich zurechtgelegt hatte.

Er kam bis zu der Stelle, als er angeblich auf Wunsch seines Vaters in Amerika bei seiner neuen Gastfamilie angekommen war, dann brach er ab.

Michael sah ihn verwundert an. »Was ist?«

»Ich kann das nicht.«

»Wie? Was kannst du nicht?«

»Dich belügen.«

18

»Das darfst du nicht!« Brunos Stimme in Nicks Kopf hatte einen Befehlston angenommen. »Sag jetzt nichts, er darf nichts von mir erfahren. Und erzähle ihm auf keinen Fall von der Schule. Das ist Geheimnisverrat. Man wird dich sofort rauswerfen.«

Nick ignorierte es, atmete tief durch und sah seinem Freund in die Augen. »Was ich dir jetzt sage, darfst du unter keinen Umständen jemandem erzählen, schwörst du das?«

»Ähm … ja, klar.« Michael war sichtlich verwirrt.

»Ich muss mich darauf verlassen, Michael. Es geht um mein Leben.«

»Um dein …« Michael zögerte einen Moment, dann verzog sich sein Gesicht zu einem breiten Grinsen. »Ich verstehe. Navy Seals und so. Cool, hast mich voll erwischt. Einen Moment lang hab ich echt geglaubt …«

»Ich verarsche dich nicht. Ich bin vor drei Jahren nicht nach Amerika gegangen. Das hat man erfunden, damit niemand hier erfährt, wo ich wirklich bin. Nicht einmal die Kramers kannten die Wahrheit. Also noch mal: Schwörst du, zu niemandem ein Wort von dem zu sagen, was ich dir jetzt erzähle?«

»Ok. Ich schwöre.«

»Gut, dann hör zu. Was ich dir jetzt erzähle, klingt verrückt, das weiß ich, aber du musst mir glauben, es ist die Wahrheit.«

»Ok.«

Eine Weile sahen sie sich tief in die Augen, dann begann Nick mit dem angeblich geklauten Handy und seiner Verfolgungsjagd. Er ließ nichts aus bis auf Bruno. Etwas sagte ihm, dass es besser war, dieses letzte Geheimnis zu bewahren. Allein schon, um zu verhindern, dass Bruno sich aus Protest ganz abschaltete.

Trotzdem verspürte er mit jedem Satz, den er sagte, eine Erleichterung, als würde man ihm Steinchen für Steinchen eine riesige Last von den Schultern nehmen.

Nick erzählte eine gute halbe Stunde lang. Michael unterbrach ihn nicht und stieß lediglich hier und da ein »Alter« aus oder ein »Krass«.

»… tja, und jetzt sitze ich hier und habe gerade Geheimnisverrat begangen.«

Nick ließ sich mit dem Rücken gegen die Wand sinken und versuchte, im Gesicht seines Freundes abzulesen, was gerade in dessen Kopf vor sich ging. Alles, was er sah, war Verblüffung.

»Das ist ja abgefahren. Und du verarschst mich nicht?«

»Nein. Genau so war es.«

Michael schüttelte mehrmals den Kopf. »Und der Mann war echt tot?«

»Ja, da bin ich ziemlich sicher.«

»Dieser Jan … denkst du, der hat auch was mit der Sache zu tun?«

Darüber hatte Nick auch schon nachgedacht, war aber zu keinem Ergebnis gekommen. Seltsam war es schon, dass Jan vor dem Park aufgetaucht war, als der Bus gerade losfuhr.

Stunden, nachdem sie eigentlich beide schon wieder in der Schule hätten sein sollen.

»Keine Ahnung, ich glaube aber nicht.«

Nach einer Weile, in der Michael nachdenklich vor sich hingestarrt hatte, schaffte er schon wieder ein Grinsen. »007 Dommi Bond … Echt krass … Und jetzt? Ich meine, was hast du jetzt vor? Hey, ich weiß, du bleibst erst mal für 'ne Weile hier. Ich verstecke dich, kein Problem.«

Nick schüttelte den Kopf. »Das geht nicht. Ich fahre morgen nach London und suche diese Buchhandlung. Irgendwie hat das alles mit dem Verschwinden meines Vaters zu tun. Ich *muss* dahin.«

Nick wunderte sich, dass Bruno nichts dazu sagte, war aber auch froh darüber.

»Hm …«, machte Michael. »Und wie kommst du dahin?«

»Mit dem Flugzeug.«

»Ui … das ist bestimmt nicht billig.«

Nick griff nach der Aktentasche, öffnete sie und zog das Ticket und ein dickes Bündel Euro-Scheine heraus, woraufhin Michael große Augen bekam. »Heiliger Strohsack … du scheinst gut zu verdienen als Agenten-Schüler.«

»Quatsch, das war in dem Schließfach, habe ich dir doch erzählt.«

»Ja, aber nicht, dass da ein Vermögen drin war.«

»Jedenfalls werde ich gleich morgen früh fliegen.«

»Ok.« Michael sprang auf. »Und heute Nacht pennst du hier. Ich mach das mal eben mit meiner Mom klar.«

Nick wartete, bis Michael das Zimmer verlassen hatte, dann sagte er leise: »Bruno?«

Stille.

»Was ist los? Redest du nicht mehr mit mir?«

»Nein.«

»Und warum? Das passt doch gar nicht zu dir.« Es war das erste Mal, dass Bruno noch nicht einmal an ihm herumnörgelte, sondern einfach schwieg.

»Meine Programmierung erlaubt mir nicht, dir dabei zu helfen, gegen die Regeln der Schule zu verstoßen.«

»Man ist hinter mir her. Du solltest mir dabei helfen ...«

»Nein.«

Nick hob den Arm und starrte das dünne Band an, das wie eine zweite Haut um sein Handgelenk lag. »Dann kann ich dich ja ebenso gut auch abnehmen und in den Müll werfen.«

»Das kannst du nicht, ohne dich dabei ernsthaft zu verletzen, das weißt du.«

»Dann halt jetzt wieder die Klappe!«

»So, Alter, alles klar«, lenkte Michael Nicks Aufmerksamkeit auf sich. »Du kannst hier pennen. Ich freue mich.«

Nach einem gemeinsamen Abendessen mit Michaels Eltern, bei dem Nick viel von Amerika erzählen musste, schleppten sie eine Matratze neben Michaels Bett und legten sich hin. Sie hatten sich sehr viel zu erzählen und schliefen erst um Mitternacht ein.

Der Abschied am nächsten Morgen fiel Nick einerseits zwar nicht leicht, weil er nicht wusste, wann er Michael wiedersehen würde, andererseits konnte er es aber auch kaum erwarten, endlich nach London zu kommen und mit seinen Nachforschungen zu beginnen. Nick steckte fünfhundert Pfund für London und fünfhundert Euro für seinen Einkauf in Berlin in die Hosentasche und gab den Rest des Geldes – ein paar Tausend Euro und ebenso viel in englischen Pfundnoten – Michael, der es für ihn aufbewahren sollte. Falls er am

Flughafen kontrolliert wurde, hätten die Zollbeamten nicht schlecht gestaunt, wenn ein fünfzehnjähriger mit so viel Geld ausreisen wollte.

Die Taxifahrt bis zur Tauentzienstraße dauerte knapp eine halbe Stunde. Am Wittenbergplatz stieg er aus und betrat das Kaufhaus des Westens, wo er sich einen Kabinenkoffer und ein paar Kleidungsstücke sowie eine Zahnbürste und Duschgel besorgte. Dann nahm er ein zweites Taxi nach Schönefeld. Zwei Stunden später hatte er den Kabinenkoffer im Gepäckfach des Flugzeugs verstaut und seinen Platz am Fenster eingenommen.

Kaum dass er saß, setzte sich eine alte Dame mit einem Seufzer neben ihn und lächelte ihn an.

»Na, mein Junge, bist du alleine unterwegs?«

Nick bemühte sich ebenfalls um ein Lächeln. »Ja.«

»Besuchst du jemanden in London?«

»Ja«, antwortete er und richtete den Blick auf das Fenster. »Meinen Vater.«

Kurz nach dem Start schlief die Frau ein, was Nick ganz recht war. Seine Lust, Fragen zu beantworten, ging gegen null.

Er legte die Stirn gegen die Scheibe und schloss die Augen. Eine Weile drehten seine Gedanken sich um London und darum, was ihn dort wohl erwarten würde. Dann schlief er ein.

19

»Junger Mann?«

Nick riss die Augen auf und starrte benommen in das lächelnde Gesicht seiner Sitznachbarin, die sich so weit zu ihm herübergebeugt hatte, dass ihre Nase nur noch Zentimeter von seiner entfernt war. Auf diese kurze Distanz schien ihre Haut nur aus tiefen Falten zu bestehen.

»Wir sind gelandet.«

»Oh … danke.«

»Gern geschehen.«

Nick blickte nach draußen, wo gerade eine geparkte Boeing aus seinem Sichtfeld verschwand.

Der London City Airport in den Docklands … Ein paar Jahre zuvor, er musste neun oder zehn gewesen sein, war er schon einmal hier gelandet. Damals hatte er Englands Hauptstadt mit seinem Vater besucht.

Kurze Zeit später verließ Nick in einer Schlange mit den anderen Passagieren das Flugzeug durch die Gangway. Das Kofferband konnte er sich sparen, er hatte den neuen Koffer mit in die Kabine genommen und zog ihn nun hinter sich her.

Nach einer Biegung blieb er stehen und betrachtete die Szene, die sich vor ihm abspielte. In drei Kabinen, die im Abstand von etwa zwei Metern aufgestellt waren, saßen

Beamtinnen und Beamte der englischen Grenzbehörde und kontrollierten akribisch und mit steinerner Miene jeden Pass, tippten auf ihren Computern herum und verglichen mehrmals die Ausweisfotos mit den Gesichtern der wartenden Menschen, bevor die endlich weiterdurften. Hier und da stellten sie den Reisenden auch Fragen, wobei sie noch mürrischer dreinschauten.

Nick dachte an den gefälschten Reisepass, den er bei sich trug. Das Foto zeigte zwar eindeutig ihn, aber was war mit seiner erfundenen Identität? Was, wenn es diesen Marc Rücker tatsächlich gab und er vielleicht in der Datenbank gespeichert war? Mit seinem richtigen Foto?

Andererseits … wer auch immer ihm diesen Reisepass hinterlegt hatte, wird ebenfalls daran gedacht haben. Und dennoch …

Eine Gruppe von etwa zehn laut schwatzenden Jungen und Mädchen schob sich hinter einem erwachsenen Mann an Nick vorbei. Sie waren etwa in Nicks Alter und sprachen deutsch. Für eine Schulklasse waren es eigentlich zu wenige, aber das konnte Nick egal sein. Vielleicht klappte der Trick, sich unter die Schüler zu mischen, ja noch einmal und war die einzige Chance, ohne eine allzu intensive Kontrolle an den grimmigen Beamten vorbeizukommen.

Er zögerte nicht lange, sondern lief hinter der Gruppe her und schloss so dicht zu ihr auf, als würde er dazugehören.

Der Erwachsene, ein Mann von etwa Mitte dreißig, ging als Erster zu der Beamtin an der linken Kabine und redete mit ihr, während er auf die Gruppe Jugendlicher zeigte. Die Frau nickte mehrmals und winkte schließlich den ersten Jungen zu sich. Nach einem kurzen Blick auf den Ausweis ließ sie ihn durch und holte den nächsten zu sich.

Keine fünf Minuten später hatte auch Nick die Kontrolle passiert und ging erleichtert durch die Flughafenhalle auf den Ausgang zu.

»Gar nicht mal schlecht«, lobte Bruno.

Nick vergewisserte sich, dass ihn niemand beobachtete, bevor er leise antwortete.

»Ach, du redest wieder mit mir?«

»Die Tatsache, dass ich nicht gutheiße, was du gerade tust, und dich auf keinen Fall dabei unterstützen werde, bedeutet nicht, dass mir nicht auffällt, wenn du in schwierigen Situationen Einfallsreichtum und Kreativität beweist. So, wie man es dir in der Schule beigebracht hat, die du gerade verrätst.«

»Das tue ich nicht.«

»Tust du wohl.«

Nick hatte den Ausgang des Flughafens erreicht und betrachtete das Treiben vor der Halle. Überall waren Menschen mit Koffern unterwegs, manche schlendernd, andere hektisch eilend, Taxen wurden beladen und bestiegen.

Die Luft war erfüllt von einem Wortbrei aus Hunderten Stimmen, der hier und da vom Geschrei eines Kindes durchschnitten wurde.

Nick zog den Zettel aus der Hosentasche, auf dem er sich am Vorabend an Michaels Computer einige Notizen über seine Route gemacht hatte, und sah sich dann suchend um.

In einer Entfernung von etwa siebzig, achtzig Metern entdeckte er ein Hinweisschild auf die London City Airport DLR Station, einen Bahnhof, der sich erhöht auf einer Art Brücke, einem sogenannten *Viadukt*, befand. Dort musste er hin.

Ein freundlicher Angestellter der Docklands Light Railway ersparte ihm eine lange Suche und zeigte ihm, wo er einsteigen musste.

Mittlerweile sprach Nick fließend Englisch, ebenso wie Spanisch und Französisch. Alles in den letzten drei Jahren in der Schule gelernt, die er nach Brunos Meinung hinterging. Er schob den Anflug von schlechtem Gewissen beiseite und konzentrierte sich auf sein Vorhaben. Alles andere würde sich später zeigen.

Die Fahrt bis zur Stratford Underground Station, wo er umsteigen musste, dauerte rund vierzig Minuten, nach einer Wartezeit von einer viertel Stunde und einer weiteren, halbstündigen Fahrt stieg er an der Notting Hill Station aus und hatte noch einen Fußweg von achthundert Metern bis zur Portobello Road vor sich.

Um kurz vor fünf am Nachmittag betrat Nick schließlich die leicht ansteigende Straße, die zu beiden Seiten gesäumt war von kleinen, bunten Läden und Häuserfronten. Er ging an einem Antiquitätenladen mit dunkelroter Front vorbei, passierte dann einen Secondhandladen, der hinter knallblau gestrichenem Mauerwerk alles anbot, was man nicht brauchte. Dem *Highland Store*, dessen Besitzer es geschafft hatte, in dem winzigen Schaufenster ein noch winzigeres Zelt aufzubauen, folgte ein weiteres Antiquitätengeschäft, der zweite von unzähligen Läden dieser Art in der Portobello Road. Über alledem lag ein fremdartig süßlicher Duft in der Luft. Nach etwa hundert Metern stand Nick schließlich vor dem Schaufenster von *Barnes Bookstore*, in dem sich die tief stehende Sonne so stark spiegelte, dass er dicht an die Scheibe herangehen musste, um etwas von den Auslagen dahinter zu erkennen. Den Büchern nach, die dort dekorativ zwischen Accessoires wie Brillen, Füllern und sogar zwei uralten Schreibmaschinen angeordnet waren, schien es sich bei dem Laden um ein Antiquariat zu handeln.

Was würde ihn hier erwarten? Wusste der Inhaber des Ladens, dass Nick in seinem Geschäft auftauchen würde? Und – die vielleicht wichtigste Frage – kannte er Nicks Vater?

Nick wandte sich der Ladentür zu, gab sich nach kurzem Zögern einen Ruck und trat mit klopfendem Herzen ein.

Ein Glöckchen über der Tür kündigte mit hellem Ton sein Kommen an. Schon beim ersten Schritt in den Laden umfing ihn diese ganz besondere Atmosphäre, wie sie wohl nur von einer großen Ansammlung alter Bücher ausgestrahlt wurde.

Der Laden war nicht sehr groß und leer. Nick schloss die Tür hinter sich, ging langsam bis zur Mitte des Raumes und sah sich um. Die Wände rundum waren bis zur Decke mit massiven, dunklen Holzregalen zugebaut, in denen Hunderte, wenn nicht sogar Tausende Bücher aufgereiht waren. Unterbrochen wurde das Ganze lediglich von einem Durchgang in der gegenüberliegenden Wand, vor der ein großer Schreibtisch mit einer antiken Registrierkasse darauf stand.

Gleich vor Nick luden zwei schwere Sessel aus dunkelrotem Leder auf einem abgewetzten, gemusterten Teppich dazu ein, sich hineinfallen zu lassen. Die Rückenlehnen waren so hoch, dass man den Kopf bestimmt bequem anlehnen konnte. Zwischen ihnen auf einem runden Holztisch lag ein aufgeschlagenes Buch, so, als sei gerade jemand nur kurz aufgestanden und würde gleich wiederkommen, um weiterzulesen.

»Was kann ich für dich tun?« Der Mann, der im Durchgang aufgetaucht war, war durchschnittlich groß, leicht untersetzt und hatte ein Gesicht ohne jede Auffälligkeit.

Ein Momentgesicht, wie Herr Blum in *Observation und verdeckte Ermittlungen* es genannt hatte, weil man diese Gesichter sieht und sie im nächsten Moment schon wieder vergessen hat. *Die Kunst liegt darin, auch in diesen Gesichtern ein*

Alleinstellungsmerkmal zu finden, dass es erlaubt, sie auch nach Jahren wiederzuerkennen, hatte Blum sie belehrt. *Das kann lebenswichtig sein.*

Dieser Mann mochte fünfzig oder sechzig sein, Nick hatte immer etwas Probleme damit, das Alter von Leuten zu schätzen, die so viel älter waren als er selbst.

Sein Alleinstellungsmerkmal war ein Leberfleck gleich unter dem linken Auge, so klein, dass Nick ihn erst entdeckte, als der Mann auf ihn zukam und erst kurz vor ihm stehen blieb.

Im ersten Augenblick wusste Nick nicht recht, was er sagen sollte, doch schon Sekunden später gewann die in drei Jahren antrainierte Abgebrühtheit die Oberhand.

»Ich bin eigentlich hier, um Ihnen diese Frage zu stellen«, entgegnete er mit einem Achselzucken. Hoffentlich fiel seinem Gegenüber nicht auf, dass die Lässigkeit nur aufgesetzt war.

»Wie darf ich das verstehen? Suchst du einen Job?«

»Nein.« Nick zog die Visitenkarte aus der Tasche und hielt sie dem Mann entgegen. »Aber die hier habe ich in einem Schließfach gefunden. In Berlin.«

Der Buchhändler nahm die Karte entgegen und musterte sie eingehend. Dann sagte er: »Nick?«

Der Mann wusste also, wer er war. Hatte er ihn etwa schon erwartet? »Ja, der bin ich.« Nick hörte selbst die Erregung in seiner Stimme und ärgerte sich darüber. »Können Sie mir sagen, warum …«

»Wie ist der Name deines Vaters?«, wurde er mit ruhiger Stimme unterbrochen.

»Ben. Ben Nader.«

Nun streckte der Mann ihm die Hand entgegen. »Willkommen, Nick, mein Name ist Bob Barnes.«

Bob ging an Nick vorbei zur Ladentür, schloss sie ab und drehte das Schild, das auf Augenhöhe hing, von OPEN auf CLOSED. »Komm mit, wir haben einiges zu besprechen.«

Der Raum hinter dem Durchgang entpuppte sich als Büro, das mit Büchern und Akten derart vollgestopft war, dass Nick darauf achten musste, wo er seine Füße hinsetzte. Vor einem winzigen Schreibtisch stand ein freier Stuhl, einen zweiten befreite Bob von einem Stapel Ordner und deutete auf die Sitzfläche. »Setz dich.«

Nick ließ sich auf den Stuhl sinken und konnte es nicht erwarten, die Fragen loszuwerden, die ihm auf der Zunge brannten.

»Können Sie mir sagen, wer diese Sachen im Schließfach hinterlegt hat?«, platzte es sofort aus ihm heraus, woraufhin Bob beschwichtigend beide Hände hob.

»Von welchem Schließfach redest du, wer hat dir den Schlüssel dafür gegeben und warum zum Teufel bist du nicht in der Schule?«

Nicks Herz sank in die Hose. Er hatte gehofft, hier in der Portobello Road Antworten auf seine Fragen zu bekommen.

»Nick, wer immer dir diese Karte zugesteckt hat, wollte dich hierherlocken. Bitte erzähl mir ganz genau, was passiert ist.«

Für einen kurzen Moment wurde Nick schwarz vor den Augen. Er dachte daran, dass er seit dem Vormittag keine Flüssigkeit mehr zu sich genommen hatte, und bat Bob um ein Glas Wasser. Allerdings fragte er sich ernsthaft, wo in diesem Durcheinander etwas Trinkbares versteckt sein sollte.

Es stellte sich heraus, dass hinter einer Tür in Bobs Schreibtisch mehrere Wasserflaschen lagerten, von denen der Buchhändler eine Nick reichte. Nick leerte die Flasche in einem Zug und erzählte Bob dann die ganze Geschichte von seinem

Aufbruch in der Schule bis zu dem Flug nach London. Als er geendet hatte, stand Bob auf.

»Lass mich dir jetzt etwas über deinen Vater erzählen.«

»Was?« Seine nächste Frage hätte sich sowieso um seinen Vater gedreht, aber dass Bob jetzt von selbst darauf kam, überraschte Nick.

»Du weißt, dass er seit rund drei Jahren verschwunden ist, nicht wahr?«

»Ja. Das hat man mir in der Schule gesagt.«

»In der Schule …«

Etwas an der Art, wie Bob das sagte, alarmierte Nick. »Was? Ist etwas mit der Schule?«

»Nichts, ich dachte nur daran, dass ich deinen Vater kurz nach seinem Abschluss kennenlernte.« Bob schüttelte den Kopf. »Aber darum geht es jetzt nicht.«

»Darf ich zuerst eine Frage stellen?« Nick hörte selbst, wie dünn seine Stimme plötzlich klang.

»Ja.«

»Lebt mein Vater noch?«

20

Eine Weile sah Bob Nick tief in die Augen, dann nickte er langsam. »Davon bin ich fest überzeugt.«

Nick lehnte sich nach vorne, dem Mann entgegen. Das Herz pochte heftig gegen seine Brust. »Warum? Wie können Sie das wissen? Er ist mein Vater und ich bin hier wegen ihm, das haben Sie doch selbst …«

»Hab noch etwas Geduld.«

Nick sah ein, dass er Bob nicht drängen konnte, und ließ sich wieder gegen die Rückenlehne sinken. »Woher kennen Sie ihn? Können Sie mir das wenigstens erzählen?«

»Ja, das kann ich. Wir sind uns bei einem Einsatz begegnet. Ich war beim SIS.«

Wie über jede wichtige Geheimdienstorganisation, hatte Nick natürlich auch einiges über den SIS gelernt, und zählte in Gedanken die wichtigsten Fakten auf.

Britischer Auslandsgeheimdienst, besser bekannt unter dem Namen MI6. Hauptquartier am Vauxhall Cross an der Themse.

»Viel wichtiger dürfte für dich aber sein, was dein Vater in den Monaten vor seinem Verschwinden gemacht hat.«

Nick spürte ein leichtes Schwindelgefühl. Würde er jetzt endlich erfahren, warum sein Vater verschwunden war?

»Was denn?«

Nun lehnte Bob sich ein Stück weit nach vorne. »Er war

jemandem auf der Spur. Jemandem, der ein weltweit operierendes Imperium geschaffen hat. Und ich denke, er hat sich in dessen Organisation eingeschleust, um verdeckt zu ermitteln.«

Nicks Puls schlug immer heftiger. »Wem war er auf der Spur? Ich meine … wer ist das?«

Bob nickte, als hätte er mit dieser Frage gerechnet. »Hast du schon mal etwas von Victor Drago gehört?«

Nick dachte angestrengt nach, aber er war sicher, den Namen zum ersten Mal zu hören. »Nein.«

»Drago ist Besitzer eines multinationalen, weltweit agierenden Konzerns. Ihm gehören Telekommunikationsunternehmen, Zeitungen, Stahlkonzerne, Fluggesellschaften … Die Liste ist endlos lang, er ist da gar nicht wählerisch. Und was ihm noch nicht gehört, steht auf seiner Einkaufsliste. Er hat seine Finger in fast jedem namhaften Unternehmen.«

Nick wunderte sich immer mehr, dass er noch nichts von diesem Mann gehört hatte. »Aus welchem Land kommt er?«

Bob stieß geräuschvoll die Luft aus. »Das ist das Sonderbarste an Drago. Niemand weiß es. Weder, wo er herkommt, noch, wie alt er ist, noch, wie er aussieht. Bisher hat noch niemand diesen Mann zu Gesicht bekommen. Er scheint ein Geist zu sein. Ein unvorstellbar reicher Geist.«

Nick dachte fieberhaft darüber nach, was er mit diesen Informationen anfangen konnte. »Aber reich zu sein und sich nicht in der Öffentlichkeit zu zeigen ist doch kein Verbrechen. Was wollte mein Vater von ihm?«

»Wir vermuten, dass er mit seinem Firmengeflecht in großem Stil Geldwäsche betreibt und einen Teil des organisierten Verbrechens kontrolliert. Aber Ben war bis kurz vor seinem Verschwinden davon überzeugt, dass Drago außerdem noch irgendetwas ganz Großes vorhat. Etwas, das Auswirkungen auf die ganze Welt haben könnte. Und er meinte damit keine positiven Auswirkungen.«

»Und Sie denken, dieser Mann hat mit dem Verschwinden meines Vaters zu tun?«

»Nein, ich denke es nicht, ich weiß es.«

Bob lehnte sich zur Seite, öffnete eine Schublade seines Schreibtisches und zog ein Smartphone heraus. Ohne es zu kommentieren, legte er das Gerät auf den Tisch, tippte ein paarmal darauf herum und lehnte sich dann zurück. Sekunden später hörte Nick die Stimme seines Vaters.

»Bob, hör zu, ich ...« Es klang gehetzt, so, als hätte sein Vater sich sehr beeilen müssen, die Nachricht durchzugeben. »Ich bin aufgeflogen. Dragos Leute sind hinter mir her und werden mich jeden Moment finden. Ich lasse mich widerstandslos von ihnen fassen, das ist die Chance, an Drago ranzukommen. Sie werden mich nicht töten, das weiß ich. Drago wird versuchen, mich ...«

Es folgte ein undefinierbares Durcheinander an lauten Geräuschen und ein Poltern, als sei das Telefon zu Boden gefallen, dann brach die Verbindung ab.

Bob deutete auf das Smartphone. »Das war vor drei Jahren. Dein Vater sagte, dass er sich fassen lasse und dass er wisse, dass sie ihn nicht töten würden. Er hätte sich niemals in Dragos Hände begeben, wenn er nicht absolut sicher gewesen wäre, dass er eine Chance hat, da auch wieder rauszukommen. Ich weiß nicht, was ihn so sicher gemacht hat oder warum er dachte, für Drago so wertvoll zu sein, aber das ist der Grund, warum ich überzeugt bin, dass er noch lebt.«

Nicks Blick senkte sich und richtete sich auf einen Stapel Bücher, ohne sie wirklich zu betrachten. Seine Gedanken drehten sich um seinen Vater und um das seltsame Gefühl, das sich schnell in ihm ausbreitete.

Seit drei Jahren wusste er, dass sein Vater verschwunden war. Hatte Martin damals nicht auch behauptet, dass Ben Nader noch lebte? Anfangs hatte Nick fest daran geglaubt und sich daran festgehalten, wenn er seinen Vater so stark vermisste, dass es ihm körperliche Schmerzen bereitet hatte. Im Laufe der Zeit hatte er sich aber mehr und mehr mit der Möglichkeit beschäftigt, dass er seinen Vater nicht mehr wiedersehen würde. Sie waren schwer, diese Gedanken, und sie waren schmerzhaft, und Nick war noch weit davon entfernt, sich damit abgefunden zu haben, aber immerhin hatte er es in Betracht gezogen.

Und jetzt saß dieser Bob, selbst ehemaliger Geheimagent und angeblich ein Freund seines Vaters, vor ihm und erklärte im Brustton der Überzeugung, sein Vater sei noch am Leben, aber in der Gewalt dieses Mr. Drago. Nick wusste nicht, ob Bobs offenbar wirklich felsenfeste Überzeugung den Ausschlag gegeben hatte, aber plötzlich brannte dieses übermächtige Bedürfnis in ihm, loszuziehen und seinen Vater zu retten.

»Was kann ich tun?«

Bob musterte Nick von Kopf bis Fuß, als versuche er abzuschätzen, was man dem Jungen zutrauen konnte.

»Du kannst zurück in deine Schule gehen und darauf hoffen, dass man dich wegen deines Ausflugs nicht rauswirft.«

»Was? Aber mein Vater …«

Erneut legte sich Bobs kritischer Blick auf Nick. Nach einer Weile griff er nach einem Schnellhefter, der auf seinem Schreibtisch lag, und hielt ihn hoch. »Hier drin findest du alles Wichtige, was es über Drago zu wissen gibt. Schau es dir an und dann buchen wir dir einen Rückflug nach Berlin.«

Nick griff nach dem Ordner. Nun nach Berlin zurückzufliegen kam für ihn nicht infrage, aber das konnte er gleich noch klären. »Ich habe noch eine Frage: Wer hat die Sachen in das Schließfach in Berlin gelegt und warum jetzt, drei Jahre nachdem mein Vater verschwunden ist?«

»Wer dir geholfen hat, kann ich dir nicht sagen. Ich kann dir noch nicht einmal sagen, ob es eine Falle war. Immerhin ist jemand getötet worden.« Bobs Blick ging an Nick vorbei und schien in die Unendlichkeit zu starren. Dann richteten sich seine Augen wieder auf Nick. »Das bedeutet auch, dass die andere Seite mehr weiß, als wir alle dachten.«

Nick schlug den Schnellhefter auf und blätterte die Seiten durch. Sie enthielten hauptsächlich Listen von Firmen, die zu Dragos Unternehmensgruppe gehörten, einige davon auch in London. Des Weiteren gab es Steckbriefe von Geschäftsführern und Vorständen dieser Firmen sowie eine lückenhafte Entwicklungsgeschichte von Dragos Unternehmen, die rund zehn Jahre zuvor mit ein paar kleineren Technologiefirmen in den USA begonnen hatte.

Bob sah ihm dabei zu, wie er die Seiten überflog. Als Nick auf den letzten Seiten angelangt war, richtete der ehemalige Agent sich auf. »So, nun weißt du grob Bescheid. Ich werde dir jetzt einen Flug zurück nach Berlin buchen.«

Nick klappte den Ordner zu und legte ihn auf seinen Oberschenkeln ab. Sein Plan stand fest.

»Muss das wirklich sein? Ich würde gerne …«

Bob nickte. »Es muss.«

»Also gut. Aber dann kümmere ich mich selbst um alles. Ich habe drei Jahre Ausbildung hinter mir, da werde ich es wohl schaffen, zurück nach Berlin zu kommen. Ich habe alles, was ich brauche, um direkt am Flughafen zu buchen.«

Bob sah ihn eine Weile ernst an, nickte aber schließlich.

»Also gut. Ich verlasse mich auf dich.« Mit einem Griff in die Tasche zog er ein Handy hervor und legte es vor Nick auf den Tisch. »Nimm das. Prepaid, ganz neu, ohne Namen oder sonstige Daten gekauft. Wird garantiert nicht nachverfolgt. Für den Notfall.«

»Ist Ihre Nummer da drin gespeichert?«

»Keine Nummer im Speicher, keine Namen, nichts. Und jetzt ab mit dir nach Berlin.«

Zehn Minuten später verließ Nick den Buchladen.

Erst als er sich ein Stück von dem Laden entfernt hatte, hob er sein Shirt an und zog den Schnellhefter aus seinem Hosenbund.

»Das ist nicht gut.«

»Was?« Nick wurde bewusst, dass er schon geraume Zeit nichts mehr von Bruno gehört hatte.

»Nicht gut. Was war dort?«

»Was meinst du?« Nick bemerkte den seltsamen Blick einer jungen Frau, die wenige Meter neben ihm herging und sich offenbar über seine Selbstgespräche wunderte.

Er wandte sich ab und entfernte sich ein Stück von ihr.

»Ich möchte wissen, was du in diesem Gebäude gemacht hast.«

»Ich habe mich mit einem ehemaligen Agenten unterhalten, der meinen Vater gut kennt. Aber … du warst doch dabei.«

»Nein, das war ich nicht. Ein elektronisches Signal da drin hat mich gestört. Ich war außer Gefecht gesetzt, bis du gerade wieder ins Freie getreten bist. Und das ist nicht gut.«

Nick dachte über Brunos Worte nach. Das CBPI war seit drei Jahren sein ständiger Begleiter, aber es gehörte zur Schule, wo man sicher alles andere als begeistert von seinem Alleingang sein würde. Bruno hatte zwar behauptet, keinen Kontakt zum Schulserver zu haben, und er sagte nach Nicks Erfahrung immer die Wahrheit, aber vielleicht war es trotzdem nicht schlecht, wenn er nicht alles wusste. Bob hatte sicher einen Grund dafür, einen Störsender in seinem Laden zu installieren.

»Ich weiß nichts von einem Signal«, erklärte er. »Wir haben einfach ein bisschen über meinen Vater geredet.«

»Und? Hast du erfahren, weswegen du extra hierhergekommen bist? Und wirst du jetzt endlich zur Schule zurückkehren?«

»Nein. Ich bin hier, um meinen Vater zu suchen, und das werde ich auch weiter tun.«

»Und wenn du ihn nicht findest?«

Eine Frage, die Nick sich auch schon selbst gestellt, aber gleich wieder verdrängt hatte. »Dann gehe ich zurück.«

»Und wann wird das sein? Wann wirst du diese Suche aufgeben und wieder normal sein?«

»Das weiß ich noch nicht. Wenn es so weit ist, sage ich es dir. Hilfst du mir?«

»Ich werde dir helfen, zur Schule zurückzufinden. Ich suche dir sofort die besten Verbindungen mit einem geeigneten Verkehrsmittel heraus und sorge dafür, dass unterwegs niemand hinter dir her ist so wie jetzt.«

»Was?« Nick schaffte es, nicht stehen zu bleiben und sich auffällig umzusehen.

»Mein Scanner zeigt, dass dir jemand immer im ungefähr gleichen Abstand folgt, seit du das Gebäude verlassen hast. Den äußerlichen Merkmalen nach eine Frau.«

So unauffällig wie möglich blickte Nick sich um.

»Wo ist sie jetzt?«

»Nein.«

»Nein? Was meinst du damit?«

»Es ist Zeit zum Aufstehen … Direktor Bauer erwartet dich … deine Vitalfunktionen … Tarnen und Täuschen … connection refused … no further information … connection error …«

»Bruno?«

Stille. Nick hob das Handgelenk und betrachtete das CBPI. »Bruno, was ist denn los?«

Keine Antwort. Entweder war Bruno in den Stand-by-Modus gegangen oder er hatte zum ersten Mal eine Fehlfunktion.

Vielleicht hatte es etwas mit dem Störsender in Bobs Laden zu tun? Gut möglich, dass der Dauerschäden verursacht hatte. Bruno war der höchstentwickelte Computer, den Nick sich vorstellen konnte, seine Prozessoren mussten mikroskopisch klein sein und waren sicher entsprechend empfindlich.

Dumm nur, dass die Störung ausgerechnet in dem Moment auftrat, in dem Bruno ihm etwas über seine Verfolgerin sagen wollte.

»Bruno, kannst du mich hören?«, versuchte er es ein letztes Mal, doch Bruno blieb stumm.

Erneut sah Nick sich um. Keiner der Menschen um ihn herum schien sich für ihn zu interessieren. Hier und da wurde sein Blick kurz erwidert, doch schon im nächsten Moment beschäftigten sich die Männer und Frauen wieder mit sich selbst oder mit ihren Begleitern. Alle waren in Bewegung. Eine einzelne Frau, die sich in seiner Nähe aufhielt, konnte er nicht entdecken, also machte er sich wieder auf den Weg. Ein bestimmtes Ziel hatte er nicht. Noch nicht. Er brauchte einen Platz, wo er sich in Ruhe mit dem Schnellhefter von Bob beschäftigen konnte. Danach würde er entscheiden, was sein nächster Schritt war.

Nick erreichte einen kleinen Park und entdeckte eine freie Bank im Schatten, auf der er sich niederließ. Er zog den Schnellhefter aus der Tasche, schlug ihn auf und suchte nach den Unternehmen aus Dragos Firmenimperium, die in London ansässig waren. Es waren zwei. Eine Firma, die Computerchips und -platinen herstellte, und eine Musikproduktionsfirma mit angeschlossenem Tonstudio.

Nick entschied, der Musikgesellschaft einen Besuch abzustatten. Ein Gefühl sagte ihm, dass Leute aus der Musikbranche lockerer waren als Mitarbeiter einer IT-Firma. Obwohl ihm vollkommen klar war, dass er damit einem Klischee folgte, für das er weder Erfahrungswerte noch Beweise hatte, stand sein Entschluss fest.

Nick brauchte nur zwei Minuten, um den Weg zu der Firma vor sich zu sehen und angezeigt zu bekommen, dass er zu Fuß etwa eine viertel Stunde bis dorthin brauchen würde.

Als er das Handy wieder in die Tasche steckte, stellte er für sich fest, welch eine enorme Erleichterung so ein Gerät doch war.

Zumindest, wenn man kein funktionierendes CBPI mehr hatte.

21

Die Aspen Music Factory war in einem sechsgeschossigen, roten Backsteinbau in der Chevening Road südlich des Queen's Parks angesiedelt.

Nick blieb vor dem Gebäude stehen und legte den Kopf in den Nacken. Ein breiter Neonschriftzug mit dem Firmennamen und dem Logo des Musiklabels – ein gezeichneter Gitarrenhals, der sich wie eine Schlange um eine rote Note schlängelte – zog sich mehrere Meter breit über die Mitte der Hausfront. Mittlerweile war es halb sieben, und Nick fragte sich, ob er überhaupt noch jemand dort antreffen würde.

Bevor er die Stufen einer ausgetretenen Steintreppe zum Eingang hochstieg, sah er sich noch einmal um und versuchte, mit Bruno in Kontakt zu kommen. Beides ohne Ergebnis.

Die junge Frau, die tatsächlich noch hinter einem halbrunden Tresen im Empfangsraum der Musikfirma saß, blickte gelangweilt von ihrem Schreibtisch auf und sah Nick kaugummikauend entgegen. Sie trug ein pinkfarbenes Top, dessen dünne Träger auf grünen Pflanzenranken lagen, die sie über beide Schultern und wohl auch den Rücken tätowiert hatte. Die unnatürlich knallroten Haare fielen als strähniger Kontrast darüber.

»Hallo«, begrüßte Nick sie mit einem freundlichen Lächeln

und fügte nach einem Blick auf das Namensschild vor ihr hinzu: »Jenny.«

»Hi«, entgegnete sie, nachdem sie ihn von Kopf bis Fuß gemustert und auch einen Blick auf seinen Koffer geworfen hatte. Sie bemühte sich dabei gar nicht erst zu überspielen, dass sie sich gestört fühlte.

»Könnte ich bitte den Chef sprechen?« Nick hatte das Gefühl, gegen ihre offen zur Schau getragene Ablehnung würde nur Frechheit helfen.

Eine Weile sah sie ihn an, als hätte er sie dazu aufgefordert, ihm hundert Pfund zu schenken, wobei ihre Zähne unentwegt intensiv den Kaugummi bearbeiteten. »Warum?«

»Das würde ich lieber mit ihm selbst besprechen«, antwortete er hochnäsig.

»Aha. Hast du ein Demo? Das kannst du hier abgeben. Was machst du? Singen? Rap? Pop? Folk?«

Nick brauchte einen Moment, bis er verstand. »Nein, nichts dergleichen. Ich bin kein Musiker.«

Jenny verdrehte die Augen und widmete ihre Aufmerksamkeit demonstrativ wieder dem Magazin, das vor ihr aufgeblättert auf dem Tisch lag. »Und was willst du dann hier?«, fragte sie, während sie eine Seite umblätterte. »Willst du ein Autogramm von Mick Connor? Dann musst du morgen wiederkommen, wenn die Leute von der PR-Abteilung da sind.«

Nick besann sich auf die Unterrichtsstunde in taktischer Gesprächsführung. *Geh auf dein Gegenüber ein, zeige dich nicht so interessiert, die meisten Menschen erzählen dir von selbst, was du wissen willst, solange du nicht danach fragst.*

»Na ja«, er rümpfte demonstrativ gelangweilt die Nase. »Ich sehe schon, ich habe hier kein Glück. Dann muss ich eben doch in die Abbey Road Studios fahren für mein YouTube-

Feature, ich hatte gedacht, Aspen wäre so ein neues innovatives, wirklich *cooles* Label, aber offenbar machen hier alle schon um fünf Uhr nachmittags Feierabend. Ich hätte auf mein Management hören sollen. Der ganze Aufwand war umsonst.«

Damit schien er zumindest Jennys Interesse geweckt zu haben, denn sie hob den Kopf und schob eine Braue nach oben.

»YouTube?«

»Ich bin extra aus Deutschland hierhergekommen, weil ich auf meinem Kanal über euch berichten wollte. Aber ich kann ja noch nicht einmal mit einem führenden Mitarbeiter sprechen.«

Fast dachte Nick, er hätte ein bisschen übertrieben, aber dann hörte er, wie Jenny hörbar schnaufte. Sie deutete mit dem Kinn zur linken Seite, wo einige geschwungene Plastikstühle standen. »Also gut, setz dich dahin. Ich höre mal nach, ob jemand Zeit hat.«

Zehn Minuten später kam ein etwa Dreißigjähriger in Aged-Look-Jeans, roten Sneakers und einem weißen Shirt auf ihn zu und hielt ihm die Hand hin. »Hi, ich bin Ian.«

»Hallo, mein Name ist N… Marc. Marc Rücker.«

»Jenny sagte, du kommst extra aus Deutschland, um ein Video über uns zu drehen?«

»Ja, genau.«

Ian fuhr sich mit den gespreizten Fingern einer Hand durch seine blonde Strubbel-Frisur. Nick fand, dass er wie ein Junge aussah, der zu schnell erwachsen geworden war. »Und du bist alleine in London?«

»Nein, mein Vater ist mitgekommen, aber … na ja, er überlässt das Geschäftliche mir.« Und mit einem Blick auf Jenny fügte er hinzu. »Die meisten Erwachsenen haben ja sowieso keine Ahnung, was auf social media so abgeht.«

Ganz offensichtlich gefiel es Ian, dass Nick ihn wie einen Gleichaltrigen ansprach.

»Ich finde es jedenfalls toll, dass du dich für unsere Arbeit interessierst.« Sein Blick fiel auf den kleinen Koffer, den Nick neben sich abgestellt hatte. »Warum hast du einen Koffer dabei?«

Daran hatte er nicht gedacht, aber wieder zahlte sich das harte Gesprächstraining aus, das er in der Schule durchlaufen hatte. Ohne einen kleinsten Anflug von Verlegenheit antwortete er mit ruhiger Stimme: »Wir sind recht spät gelandet und ich dachte, wenn wir zuerst im Hotel einchecken, treffe ich hier niemanden mehr an. Daher habe ich ihn mitgenommen.«

»Aha«, machte Ian und wirkte nicht zu hundert Prozent überzeugt, nickte ihm aber dann doch lächelnd zu. »Ok, dann komm mal mit, Marc.«

Nick folgte dem Mann zum Aufzug und warf Jenny im Vorbeigehen einen Blick zu, den sie jedoch nicht bemerkte. Sie war schon wieder in ihr Magazin vertieft.

Ians kleines Büro war vollgestopft mit Musikinstrumenten, Ordnern, Musikmagazinen und allem möglichen Kram, der irgendwie mit Musik zu tun hatte. An den Wänden hingen aufgereiht goldene Schallplatten und Konzertfotos von Sängerinnen, Sängern und Bands, wovon die meisten Nick nichts sagten. Lediglich eine der wahrscheinlich bekanntesten Rockbands aus England erkannte er sofort auf einem der Fotos.

»Nun erzähl mal.« Ian ließ sich auf den Stuhl hinter seinem Schreibtisch fallen. »Was genau möchtest du wissen?«

Er bot Nick keinen Platz an, was daran liegen konnte, dass es keine andere Sitzgelegenheit in dem kleinen Raum gab. Zumindest soweit Nick das in dem Durcheinander sehen konnte. Nick überlegte fieberhaft, was er antworten sollte, und beschloss dann, die Strategie zu wechseln und gleich mit der Tür ins Haus zu fallen.

»Ich habe mir die Aspen Music Factory ausgesucht, weil ich gern ein Interview mit Drago machen möchte. Er ist der geheimnisvollste Konzernchef der Welt und ich habe irgendwo gelesen, dass ihm auch Aspen gehört. Kannst du mir da einen Kontakt herstellen, Ian?«

Täuschte Nick sich oder ging eine Veränderung mit Ian vor sich? Es schien, als sei zumindest ein Teil seiner Lockerheit mit einem Mal von ihm abgefallen.

»Wo hast du das gelesen?«

Nick zuckte mit den Schultern und schob die Unterlippe vor. »Weiß nicht mehr, in irgendeiner Zeitung. Da stand auch, dass niemand ihn bisher gesehen hat. Aber das ist bestimmt Quatsch. Du kennst ihn doch sicher, oder? Er ist ja schließlich dein Chef.«

Ians Lächeln erreichte seine Augen nicht. »Ich dachte, du wolltest etwas über die Musikbranche erfahren. Konzentrieren wir uns doch lieber darauf.«

»Ich möchte aber auch über die Hintergründe informieren. Und die finde ich hier sehr interessant.«

Ian warf einen Blick auf seine Uhr und stand auf. Von der überschäumenden Freundlichkeit zu Anfang war nichts mehr übrig. Das Lächeln lag noch immer auf seinem Gesicht, aber das Jungenhafte darin war verschwunden. Stattdessen wirkte es wie das Grinsen einer Marionette. »Tut mir leid, du musst dich geirrt haben, ich kenne keinen Mr. Drago und er ist ganz bestimmt nicht mein Chef.« Er nahm eine Visitenkarte von seinem Schreibtisch und hielt sie Nick entgegen. »Wenn du noch Fragen zu unserer Arbeit hast, dann schick sie uns doch einfach per Mail, ich werde dafür sorgen, dass du für deinen Kanal ein paar Imagevideos von uns bekommst. Zumindest, soweit sie mit der Musikbranche zu tun haben. Ach … wie war noch mal dein Name?«

»Marc Rücker.«

»Ja, genau, Marc. Jetzt muss ich aber leider los.«

Keine fünf Minuten später stand Nick wieder vor dem Gebäude und warf einen letzten Blick auf das riesige Firmenlogo und die Neonschrift, bevor er sich enttäuscht abwandte.

Das war ja ein toller Erfolg gewesen. So hatte er sich das nicht vorgestellt. Statt etwas über Mister Drago zu erfahren, war er nach Hause geschickt worden wie ein kleiner Junge. Wie zuvor schon von Bob.

Kurz dachte er darüber nach, ob er es in der Computerchipfirma versuchen sollte, war sich aber ziemlich sicher, dass er dort eine ähnliche Erfahrung wie gerade machen würde. Und trotzdem … Es ging doch um seinen Vater. Nick war noch keine hundert Meter von dem Backsteinbau entfernt, als die Enttäuschung sich zu trotziger Entschlossenheit wandelte. Er würde einen Weg finden, mehr über diesen …

»Summe aus N plus eins von I gleich N mal Klammer N plus eins Klammer …«

»Bruno?«

»Nick?«

Nick blieb erfreut stehen. »Da bist du ja endlich wieder. Was hast du gerade gesagt?«

»Nick?«

»Ja, wer denn sonst. Was ist los mit dir?«

»Connection refused … no further information … connection refused … Nick refused … Nick?«

Er legte eine Hand auf das Band, das sein rechtes Handgelenk umschloss. »Bruno … Was ist nur los mit dir?«

Keine Antwort.

Nach zwei weiteren Versuchen gab Nick es auf. Bruno war völlig von der Rolle, seit sie Bobs Buchladen verlassen hatten.

Als er sich auf den Weg machen wollte, glaubte er, keine zwanzig Meter entfernt einen Schatten um die Ecke verschwinden zu sehen. Mit entschlossenen Schritten ging er zu der Stelle, doch als er die schmale Querstraße erreicht hatte, war nichts von einem Verfolger zu sehen. Der nächste Passant trottete gute hundert Meter von ihm entfernt auf der gegenüberliegenden Straßenseite und war bestimmt achtzig Jahre alt.

Nick ließ sich mit dem Rücken gegen eine Hauswand sinken und überlegte, was er als Nächstes tun konnte. Mittlerweile war es schon nach sieben, also schon Abend. Zeit, sich zu überlegen, wo er übernachten konnte. Andererseits … Nick stieß sich von der Wand ab. Er hatte einen schönen Batzen Geld in der Tasche, genug jedenfalls, um sich eine Nacht in einem Hotel leisten zu können. Mit dem Prozedere des Eincheckens kannte er sich aus, das hatte er oft genug mit seinem Vater erlebt.

Er zog das Handy aus der Tasche und suchte ein Hotel ganz in der Nähe aus. Er wurde schnell fündig, die Unterkunft lag nur wenige Minuten von seinem Standort entfernt.

Der Mann an der Rezeption war sehr schlank und trug einen dunklen Anzug. Von seinen Haaren war nur noch ein grauer Kranz übrig, der wie ein halbes Stirnband seinen Kopf von Ohr zu Ohr umschloss. Ein Namensschild auf seiner Brust wies ihn als Ch. Lonnegan aus.

»Guten Abend«, grüßte Nick freundlich und stellte seinen

Koffer neben sich ab, woraufhin Ch. Lonnegan ihm zunickte. »Guten Abend.«

»Ich würde gerne ein Zimmer für eine Nacht buchen.«

Der Mann zog die Stirn kraus und sah an Nick vorbei zur Tür. »Und wo sind deine Eltern, junger Mann?«

»Die kommen morgen erst.«

»Morgen? So, so. Wie alt bist du denn?«

»Sechzehn.«

»Hm … du siehst jünger aus, aber auch mit sechzehn kann ich dir leider ohne Begleitung eines Erwachsenen kein Zimmer geben.«

Nick hatte damit gerechnet, dass genau das zu Komplikationen führen könnte, hoffte aber immer noch darauf, den Mann überreden zu können. »Ich weiß, aber … Eigentlich sollten mein Eltern heute schon kommen, aber ihr Flug ist gestrichen worden. Wo soll ich denn sonst hin?«

Lonnegans Hand streckte sich Nick mit nach oben gerichteter Handfläche entgegen. »Also gut. Ruf deine Eltern an und lass mich mit ihnen sprechen.«

»Das … ähm … geht gerade nicht. Sie sind in einem … Funkloch.« Verdammt!

Lonnegan nickte, als hätte er nichts anderes erwartet.

»Dann tut es mir leid.«

»Könnten Sie nicht eine Ausnahme machen? Ich weiß wirklich nicht …«

»Gesetz ist Gesetz.« Der Tonfall des Mannes ließ keinen Zweifel daran, dass er sich nicht umstimmen lassen würde.

Schließlich drehte Nick sich um und verließ die Hotellobby.

Draußen stellte er seinen Koffer ab und sah sich um. Das fing ja gut an.

22

Nicks Enttäuschung dauerte nur eine knappe Minute, dann zog er das Handy aus der Tasche und öffnete den Browser. Aufgeben kam überhaupt nicht infrage. Er würde schon noch eine Unterkunft finden, wenn er es nur geschickt genug anstellte.

Das nächste Hotel, in dem er es versuchen wollte, lag fünf Minuten entfernt und war ein imposantes Gebäude mit einer bis fast zur Straße reichenden Überdachung und dem wohlklingenden Namen *Miracle*.

Vor dem Eingang atmete er noch einmal tief durch und betrat dann die Lobby. Die beiden jungen Frauen hinter dem Tresen der Rezeption sahen ihm interessiert entgegen, als er mit sicheren Schritten auf sie zuging.

»Guten Abend«, sagte er lächelnd. »Marc Rücker ist mein Name. Haben meine Eltern schon eingecheckt? Stephan und Tanja Rücker.«

Die rechte der beiden Frauen, eine Mittzwanzigerin mit hellblondem, schulterlangem Haar, sagte: »Kleinen Moment, ich schaue eben nach.«

Ihre langen, rot lackierten Nägel huschten über die Computertastatur, während sie angestrengt auf den Monitor blickte. Eine ältere Frau kam zur Rezeption und fragte die Kollegin der Blonden nach einem Stadtplan. Nick sah ihr dabei zu, wie sie sich zeigen ließ, wo sie sich gerade befand, und den Plan dann einsteckte.

Nach einer Weile legte die Rezeptionistin die Stirn in Falten. »Wie war der Name noch mal?«

»Rücker«, wiederholte Nick lächelnd. »R-Ü-C-K-E-R. Tanja und Stephan mit PH.«

Erneut klackerten die Tasten unter ihren Nägeln, doch schließlich schüttelte sie den Kopf. »Tut mir leid. Wir haben keine Gäste mit diesem Namen. Auch keine Reservierung.«

Nick machte große Augen. »Was? Aber … Sind Sie ganz sicher? Das kann nicht sein. Mein Vater sagte … Ah, Moment, lautet die Reservierung vielleicht auf den Namen Zimmermann? Das ist der Name der Sekretärin meines Vaters. Sie hat das Zimmer gebucht.«

Kurz darauf hatte die Frau festgestellt, dass auch auf diesen Namen keine Reservierung vorlag.

»Ok, da muss irgendetwas falschgelaufen sein. Einen Moment bitte.«

Betont ungeschickt nestelte Nick das Telefon aus der Tasche, tippte zwei-, dreimal darauf herum, als wähle er eine Nummer aus den Kontakten aus, und hielt sich das Gerät dann ans Ohr, während er ein paar Schritte zur Seite machte.

Er wartete ein paar Atemzüge lang, bevor er auf Deutsch sagte: »Hi! Wo seid ihr denn? … Was? Aber warum … Oh! So ein Mist. Ist mit euch alles in Ordnung? … Gott sei Dank. Und wann kommt ihr? … Morgen erst?« Er legte sich die Hand auf die Stirn. Die Verzweiflung in seiner Stimme war deutlich hörbar, da war er sicher. Schauspielunterricht im letzten Jahr im Fach *Tarnen und Täuschen*.

»Und was soll ich jetzt machen? Ich bin schon im Miracle … Nein, eben nicht. Die sagen, sie haben keine Reservierung auf unseren Namen … Nein, danach habe ich auch schon gefragt … Das kann man wohl sagen … Ja, gut. Ich versuche es … Ok. Und ihr kommt ganz sicher morgen früh? … Ok. Ja, ich melde mich gleich noch mal. Tschüss.«

Nick ließ die Hand mit dem Handy sinken und ging langsam wieder zur Rezeption zurück, wo die beiden Frauen ihm erwartungsvoll entgegensahen. »Ich habe ein Problem. Ich komme von meinem Internat in der Schweiz und wollte mich hier in London mit meinen Eltern treffen. Die wollten aus München herfliegen, aber sie hatten auf dem Weg zum Flughafen einen Unfall. Ihnen ist nichts passiert, aber der Porsche ist hin. Sie haben ihren Flug verpasst und können erst morgen Vormittag kommen. Bei der Reservierung muss die Sekretärin meines Vaters einen Fehler gemacht haben, aber mein Vater meinte, Sie hätten ja vielleicht noch ein Zimmer frei, wo ich heute Nacht bleiben kann. Ich kenne sonst niemanden in London.«

»Hm …«, machte die Blonde und tauschte einen erneuten, dieses Mal nachdenklichen Blick mit ihrer Kollegin aus. »Wir haben zwar noch was frei, aber die Zimmer hier sind nicht billig. Und einfach so können wir einem jungen …«

»Das ist kein Problem«, unterbrach Nick sie schnell. »Mein Vater sagt immer, man soll nie ohne eine Reserve an Bargeld reisen. Ich habe genug Geld dabei und kann direkt bezahlen. Bitte, lassen Sie mich hier übernachten. Ich weiß doch nicht, wo ich sonst hinsoll. Und wenn ich mir vorstelle, die Nacht alleine irgendwo da draußen verbringen zu müssen, weil Sie mich weggeschickt haben …«

»Ich denke, wir können es nicht verantworten, den jungen Mann wegzuschicken«, mischte die Kollegin der Blonden sich ein. »Wer weiß, wo er dann landen würde.«

Eine viertel Stunde später bezog Nick sein Hotelzimmer.

Der Raum war winzig und – soweit er es beurteilen konnte – sündhaft teuer, aber immerhin gab es eine Minibar, die vollgestopft war mit Getränken, Süßigkeiten und Knabberzeug. Während Nick die Leckereien betrachtete, wurde ihm bewusst, dass er zum letzten Mal im Flugzeug etwas gegessen hatte, und das war auch nur eine Kleinigkeit gewesen. Eigentlich hätte er lieber etwas Herzhaftes gehabt, aber er fühlte sich ziemlich erschöpft und hatte keine Lust, das Hotel noch mal zu verlassen, um ein Restaurant zu suchen. Außerdem war die Gefahr viel zu groß, dass das Personal an der Rezeption zwischenzeitlich wechselte und dann jemand dort stehen würde, der ihm unangenehme Fragen stellte und vielleicht nicht so nett war wie die beiden Frauen.

Also öffnete er eine Flasche Orangensaft und ließ sich dazu erst Kartoffelchips, dann Erdnüsse und schließlich einen Schokoriegel schmecken.

Anschließend ließ er sich aufs Bett fallen, verschränkte die Arme hinter dem Kopf und richtete den Blick gegen die weiß getünchte Zimmerdecke.

Seine Gedanken kreisten um die letzten beiden Tage und die Tatsache, dass sein Leben zu einem Zeitpunkt aus der Bahn geworfen worden war, an dem er endlich begonnen hatte, den Alltag seiner Spezialausbildung als Normalität zu empfinden.

Andererseits … war er nicht seit drei Jahren auf genau solche Situationen vorbereitet worden? Und kam ihm das nun nicht zugute? Immerhin hatte er es geschafft, unbemerkt vom Vergnügungspark nach Berlin und von dort nach London zu gelangen und durch eine List ein Hotelzimmer zu bekommen. Das konnte er durchaus als Erfolg verbuchen.

Andererseits war sein erster Anlauf, etwas über diesen mysteriösen Mr. Drago zu erfahren, kläglich gescheitert. Und darauf, dass sein erster Außeneinsatz mit einem Toten beginnen würde, hatte ihn auch niemand vorbereitet.

Und dennoch … aus einem unerfindlichen Grund fühlte Nick sich in diesem Moment seinem Vater so nahe wie seit dem Zeitpunkt nicht mehr, an dem er erfahren hatte, dass Ben Nader kein Diplomat, sondern ein Geheimagent war. Ein spurlos verschwundener Geheimagent.

Nick dachte an die Nachricht seines Vaters auf Bobs Handy.

Nichts geschieht ohne logischen Grund, hatte Frau Schneider ihnen in *Verschlüsselungstechniken und Geheimschriften* immer wieder eingetrichtert. *Und wenn es für etwas offensichtlich keinen logischen Grund geben kann, dann ist etwas faul an der Sache.*

Als Nicks Vater die Nachricht auf Band gesprochen hatte, war er offenbar in einer gefährlichen Situation gewesen. Vielleicht in einer lebensbedrohlichen Situation. Seine Stimme hatte regelrecht fremd geklungen. Schon nach seinem Vater, aber auf eine Art, wie Nick sie noch nie gehört hatte.

Warum hatte sein Vater in diesem extremen Moment ausgerechnet einen ehemaligen SIS-Agenten angerufen statt seinen engsten Vertrauten Martin?

Martin! Nick richtete sich auf. Wenn er es schaffen würde, den Freund seines Vaters zu erreichen, sähe die Welt schon wieder ganz anders aus. Das war allerdings schwierig ohne Telefonnummer oder Adresse. Aber darüber konnte er sich gleich noch den Kopf zerbrechen, erst musste er den Gedanken von gerade zu Ende führen. Er spürte, dass das wichtig war.

Also, Punkt eins: Sein Vater war in einer gefährlichen Situation gewesen. So gefährlich, dass sie wahrscheinlich zu seinem Verschwinden geführt hatte. Er hatte aber noch die Zeit für ein Telefonat gehabt.

Punkt zwei: Es gab da jemanden, der nicht nur genau wusste, welchem Beruf Ben Nader nachging, sondern dem er auch absolut vertraute. So sehr, dass er ihm jederzeit das Leben seines einzigen Sohnes anvertraute. Martin.

Punkt drei: Dann gab es noch einen ehemaligen Agenten des britischen Geheimdienstes, Bob, der einige gemeinsame Einsätze mit Nicks Vater gehabt hatte. Sonst nichts.

Punkt vier: In besagter Notsituation meldet der erfahrene Geheimagent Ben Nader sich nicht bei seinem engsten Vertrauten – ebenfalls Geheimagent –, sondern bei einem anderen Kollegen und spricht ihm mit fremd klingender Stimme auf die Sprachbox.

Fazit: Entweder hatte Nicks Vater Martin nicht erreichen können, oder – aus logischen Gesichtspunkten um einiges plausibler – die Geschichte, die Bob ihm erzählt hatte, war schlicht und ergreifend gelogen. Denn wenn es seinem Vater möglich gewesen war, eine Nachricht für diesen Bob zu hinterlassen, hätte er auch Martin auf die Mailbox sprechen können. *Das* wäre logisch gewesen.

Warum aber führte ihn die Spur aus dem Schließfach im Berliner Hauptbahnhof dann ausgerechnet nach London zu ebendiesem Ex-Agenten?

Das war doch zum Verrücktwerden. Nick schüttelte ein paarmal den Kopf, als könne er damit seinen Verstand dazu bewegen, das alles zu verstehen.

Martin. Er *musste* ihn irgendwie erreichen und er glaubte jetzt auch zu wissen, wie er das bewerkstelligen konnte.

Nick zog das Prepaid-Handy hervor und tippte darauf eine

Nummer ein. Schon nach dem zweiten Klingeln meldete sich Michael.

»Hallo, ich bin's, Ni… Dommi.«

»Hi!«, kam es erfreut zurück. »Und? Hast du es geschafft? Bist du in London? Erzähl schon.«

»Ja, ich bin in London und ich habe mittlerweile sogar ein Hotelzimmer, was gar nicht so einfach war. Hör zu, du musst mir einen Gefallen tun.«

»Klar. Alter, ist das krass. Ich helfe einem echten Geheimagenten, der zudem noch mein Freund ist. Was soll ich denn tun?«

»Du musst zu dem Haus, in dem ich früher gewohnt habe.«

»Ehm … ok.« Michaels Stimme war deutlich anzuhören, dass ihn Nicks Bitte überraschte. »Ich dachte, deine Pflegeeltern wohnen da nicht mehr.«

»Das stimmt auch, aber da ist hoffentlich noch etwas versteckt, das ich brauche.«

»Und was?«

»Ein Zettel mit Telefonnummern.«

»Welche Tel…«

»Michael«, unterbrach Nick seinen Freund. »Es stehen Nummern auf diesem Zettel, die ich brauche, ok?«

»Oh, ich verstehe. Geheimsache. Schon gut. Und wo liegt dieser Zettel?«

»Hinter einem Holzbrett im Gästebad.«

»Im Gästebad? Warum nicht in deinem Zimmer?«

»Weiß ich nicht. Mein Vater hat ausdrücklich gesagt, ich soll ihn im Gästebad verstecken. Mittlerweile denke ich, er hat damit gerechnet, dass irgendwann vielleicht jemand mein Zimmer durchsucht, und mir deshalb den Platz genannt, an dem man wohl zuallerletzt etwas Wichtiges vermuten würde:

das Gästebad, in das jeder Besucher problemlos hineinkommt.«

»Hm … Da ist also die Telefonnummer deines Vaters drauf? Bestimmt so eine Agenten-Geheimnummer, oder?«

»Ja, so was in der Art. Du musst also irgendwie aufs Gästeklo kommen. Eine Wand dort ist mit Holzbrettern verkleidet, falls die neuen Besitzer es nicht geändert haben. Das dritte Brett von links lässt sich lösen, dahinter findest du den Zettel.«

»Ok. Ich weiß zwar noch nicht, wie ich es anstellen soll, aber ich versuche es morgen gleich nach der Schule.«

»Nein, ich brauche die Nummern heute Abend noch.«

»Was?«, stieß Michael entsetzt aus. »Alter, wie soll das denn gehen? Schon mal auf die Uhr geschaut? Ich bin kein Supergeheimagent wie du. Ich muss morgen zur Schule. Meine Mutter erzählt mir was, wenn ich jetzt noch mal aus dem Haus gehe. Und was glaubst du, was die neuen Besitzer eures Hauses wohl sagen, wenn ich um diese Zeit dort klingle und frage, ob ich mal ihr Klo benutzen darf?«

»Ich weiß, dass es schwierig ist, aber es gibt immer eine Lösung. Immer. Man muss sie nur finden. Du schaffst das. Schreib dir meine Nummer auf und ruf mich zurück, wenn du den Zettel hast.«

Nick diktierte langsam die Nummer seines Handys mit der englischen Vorwahl.

»Boah, ich weiß echt nicht …«

»Du kriegst das hin. Bis später.«

Nick legte schnell auf, bevor Michael noch etwas entgegnen konnte, und ließ sich mit dem Handy in der Hand rückwärts aufs Bett fallen.

Sein Vater hatte ihm den Zettel mit seiner und Martins

Nummer im Jahr vor seinem Verschwinden gegeben. Für den Notfall, wie er damals sagte.

Nick befand sich zweifellos in einer Situation, die man als Notfall bezeichnen konnte. Die Frage war nur, ob Martin nach so langer Zeit noch die gleiche Nummer hatte.

Und was passieren würde, wenn Nick die Nummer seines Vaters wählte.

23

Nick musste fast zwei Stunden auf Michaels Rückruf warten. Mittlerweile machte sich die Aufregung der letzten beiden Tage bemerkbar. Immer wieder fielen ihm die Augen zu, sodass er irgendwann aufstand und begann, im Zimmer auf und ab zu laufen. Als dann endlich sein Handy klingelte, hatte er es sofort am Ohr. »Michael? Und? Hast du den Zettel?«

»O Mann, ich kann dir sagen, das war nicht easy. Die Frau, die mir …«

»Hast du den Zettel?«, würgte Nick seinen Freund ab, was ihm in der nächsten Sekunde schon wieder leidtat, aber er brauchte dringend Martins Nummer.

»Ja, hab ich«, kam Michaels Stimme mit beleidigtem Unterton zurück.

»Hey, tut mir leid. Ich kann mir vorstellen, dass das nicht einfach war, aber ich *muss* Martin anrufen und dazu brauche ich die Nummern auf diesem Zettel.«

Zwei, drei Sekunden vergingen schweigend, dann sagte Michael: »Ich musste so tun, als ob ich mir in ein paar Sekunden in die Hose mache, damit sie mich endlich reinließ. Das war peinlich. Ich bin mir vorgekommen wie ein Baby. Und dann wollte sie auch noch meinen Namen und meine Adresse haben. Wahrscheinlich wird sie meine Mutter anrufen, und die wird mir Fragen stellen, von denen ich noch nicht weiß, wie ich sie beantworten …«

»Michael! Die Nummern!«

»Ja, ja. Der Zettel war noch an der gleichen Stelle und ich habe ihn. Gern geschehen. Hast du was zum Schreiben?«

»Habe ich.«

Michael diktierte ihm die beiden Telefonnummern.

»Super, danke dir. Und hey … Nicht böse sein, ok? Ich bin echt ziemlich gestresst wegen der ganzen Sache.«

»Schon gut«, entgegnete Michael und fügte hinzu: »Du Nullnullsieben.«

»Bis bald. Und nochmals danke für deine Hilfe.«

Nick legte auf und betrachtete die beiden Zahlenkolonnen, die er auf einem Notizblock des Hotels notiert hatte.

Er hatte damals keine Namen dazugeschrieben, sich aber gemerkt, dass die erste Nummer die seines Vaters war und er mit der zweiten Martin erreichen konnte. Damals. Galt das auch noch nach über drei Jahren? Das würde er in wenigen Sekunden wissen. Sein Blick legte sich auf die oben stehende Zahlenreihe. Was würde geschehen, wenn er sie wählte? Sein Vater würde sicher nicht drangehen. Wahrscheinlich war das Telefon sowieso zerstört worden. Aber was, wenn nicht? Was, wenn Dragos Leute es hatten und genau auf eine solche Gelegenheit warteten, um den Anrufer zu orten und ihm eine ganze Horde von Killern nachzuschicken? Nein. Er konnte es drehen und wenden, wie er wollte, der Versuch, seinen Vater anzurufen, würde so oder so nichts bringen und wäre wahrscheinlich sogar ein leichtsinniger Fehler.

Ohne weiteres Zögern tippte er Martins Nummer ein und hielt sich das Handy mit klopfendem Herzen ans Ohr. Wenn

Martin unter dieser Nummer nicht mehr erreichbar war, hatte er ein Problem.

»Ja?«, meldete sich die bekannte Stimme und löste damit einen Gefühlssturm in Nick aus.

»Martin, Gott sei Dank!«, stieß er unendlich erleichtert aus.

»Nick … Das gebe ich gerne zurück. Ich habe gehofft, dass du dich meldest. Wo steckst du?«

»Ich bin in London.«

»Wo in London?«

»In einem Hotel in Westminster, Martin, ich brauche …«

»Nick, hast du eine Ahnung, was hier los ist? Du hast dich vom Schulgelände entfernt und bist nach deiner Prüfung nicht zurückgekommen. Unter der Geisterbahn wurde die Leiche von Oliver Bernstein gefunden und Jan hat dich schon seit eurem Versuch, mit dem Lastenaufzug rauszukommen, nicht mehr gesehen.«

»Martin, ich … ich weiß, dass Bernstein tot ist. Ich habe ihn gefunden, da hat er noch gelebt und … ich weiß vielleicht, wo mein Vater ist.«

Martin schwieg eine Weile. Dann räusperte er sich. »Nick, bitte erzähl mir jetzt der Reihe nach, was ist passiert ist. Glaube mir, du steckst in großen Schwierigkeiten. Ich muss alles wissen.«

Nick ließ sich erleichtert auf sein Bett fallen. Martin war sein einziger Vertrauter. Wenn er erfuhr, was geschehen war, konnten sie vielleicht zusammen seinen Vater finden. Er lehnte sich zurück und erzählte Martin die ganze Geschichte, angefangen von seiner Fahrt in der Geisterbahn bis zu seiner Suche nach einem Hotelzimmer. Besonders beunruhigend fand Martin die Sache mit dem Schließfach und der Waffe. Dann fragte er Nick, wo genau er sich gerade aufhalte.

»Im Miracle.« Nick nannte Martin die Adresse. »Und wo bist du?«

»Es ist besser, wenn du das nicht weißt. Ich kann morgen Vormittag in London sein. Ich möchte, dass du das Hotel bis dahin nicht verlässt. Morgen sehen wir dann weiter.«

»Ok. Weißt du, was ich mich frage?«

»Nein, was?«

»Ich frage mich, was passiert wäre, wenn Jan vor mir bei Herrn Bernstein angekommen wäre.«

»Das weiß ich nicht, Nick, und ich kann auch nicht abschätzen, was in diesem Fall geschehen wäre.«

»Kennst du Victor Drago?«

»Ja, den kenne ich allerdings, und ich bin gespannt darauf zu erfahren, was du über ihn herausgefunden hast. Aber jetzt leg dich ins Bett und ruhe dich aus. Morgen wird ein anstrengender Tag.«

»Ich bin froh, dass ich dich erreicht habe.«

»Ich auch. Gute Nacht. Ach, noch etwas … unter welchem Namen hast du dort eingecheckt? Doch sicher nicht als Nick Nader, oder?«

»Als Marc Rücker.«

»Ok. Schlaf gut, Marc Rücker.«

Nick legte das Telefon zur Seite und schloss die Augen. Er war wirklich heilfroh, nicht mehr alleine mit dieser Situation dazustehen. Und er war sehr gespannt, was Martin ihm erzählen würde, wenn er ihn am nächsten Morgen traf. Aber irgendetwas kam ihm seltsam vor, doch sosehr er sich auch den Kopf zermarterte, er wusste nicht, was es war. Vielleicht lag es einfach an dem Chaos, das er im Moment erlebte. Nicks Blick fiel auf sein Handgelenk, an dem das CBPI matt schimmerte. »Bruno?«

»Try to connect … connection refused … error … try to …«

Bildete Nick es sich nur ein oder klang Brunos Stimme tatsächlich dünn und schwach wie die eines kranken Menschen? Offensichtlich hatte der Störsender in Bobs Bücherladen ihn tatsächlich dauerhaft beschädigt. Aber vielleicht wusste ja Martin, was in diesem Fall zu tun war.

Nick öffnete seinen Koffer, nahm den neuen Kulturbeutel heraus und ging damit ins Bad.

Kurze Zeit später lag er im Bett und entschloss sich, für ein paar Minuten den Fernseher einzuschalten, bis ihm die Augen zufielen.

Er zappte durch alle Sender, in denen allerdings nichts lief, was ihn auch nur ansatzweise interessierte. So entschied er sich für einen englischen Nachrichtenkanal, in dem gerade ein Bericht über die Ausstellung der Kronjuwelen im Londoner Tower lief. In diesem Jahr sollte eine ganz besondere Krone gezeigt werden, die man nur alle zehn Jahre für ein paar Stunden aus dem Tresor nahm. Angeblich bestand der zentrale Stein der Krone aus einem Material, das extrem selten war. Den komplizierten Namen des Stoffes vergaß Nick sofort wieder.

Nick lauschte dem Beitrag für einige Minuten, dann schaltete er das Gerät aus und ließ seinen Kopf auf das Kissen sinken. Ohne sein bewusstes Zutun wanderte seine Hand wie so oft zur Brust und suchte nach dem Bild seiner Mutter, das aber in seiner Unterkunft in der Schule lag. Es war ihnen nicht gestattet, in der Schule Ketten, Anhänger oder Fotos um den Hals zu tragen.

Er hatte seine Mutter nicht gekannt und vermisste sie dennoch unendlich.

Sekunden später fiel er in einen tiefen, traumlosen Schlaf.

Als Nick von einem penetranten Klopfen geweckt wurde und die Augen aufschlug, richtete er sich im Bett auf und sah sich verwirrt um. Er brauchte eine Weile, bis ihm wieder einfiel, wo er sich befand. Währenddessen klopfte es im Sekundentakt an die Zimmertür.

»Nick?« Obwohl die Stimme durch das Holz dumpf klang, erkannte Nick sie sofort. Mit einem Satz schwang er die Beine aus dem Bett, stand auf und öffnete die Tür.

»Martin!«

»Hey, du Abenteurer.« Martin machte einen Schritt auf Nick zu und schloss ihn in die Arme. »Schön, dich zu sehen.«

»Das kann man wohl sagen.« Nick löste sich aus der Umarmung. »Du bist aber früh hier.«

»Ich bin so schnell gekommen, wie es mir möglich war. Außerdem …« Er warf einen Blick auf seine Armbanduhr. »Es ist Viertel nach zehn. Das nennst du früh?«

»Oh …« Nick überlegte, dass er mindestens zehn Stunden geschlafen hatte. Offensichtlich hatte ihn das alles doch ziemlich mitgenommen.

Martins Hand legte sich auf seinen Oberarm. »Komm, lass uns reingehen, dann erzählst du mir noch einmal, was Bob Barnes dir gesagt hat. Erinnerst du dich noch an den genauen Wortlaut der Sprachnachricht?«

Nick wiederholte, was er auf Bobs Handy gehört hatte. »Seine Stimme klang irgendwie merkwürdig. Vielleicht, weil er in Gefahr war.«

Martin nickte. »Das passt alles nicht gut zusammen.«

»Ja, das fand ich auch. Vor allem, dass mein Vater ihn angerufen hat und nicht dich. Aber sag doch mal: Seit wann weißt du eigentlich von diesem Mr. Drago?«

»Wir vermuten schon eine ganze Weile, dass dein Vater

Drago auf der Spur war. Das Problem ist, dass ich bei den Nachforschungen sehr vorsichtig sein muss, um deinen Vater nicht zu gefährden.«

Nick sah Martin fest in die Augen. »Du denkst also auch, dass Mr. Drago ihn gefangen hält. Und warum glaubst du, dass mein Vater noch am Leben ist? Es ist jetzt drei Jahre her. Denkst du wirklich, dieser Mr. Drago hat ihn die ganze Zeit über irgendwo eingesperrt? Warum sollte er das tun?«

Martin betrachtete seine Hände. »Offenbar ist es bisher niemandem gelungen, Drago so nahe zu kommen, wie dein Vater es wohl geschafft hat. Es gibt zwei Gründe, weshalb ich denke, dass dein Vater noch lebt. Erstens ist es für Drago wichtig zu wissen, was genau dein Vater weiß und wem er wie viel gesagt hat. Er wird ihm nichts antun, solange er diese Informationen nicht hat, und dein Vater ist geschickt und hart genug, ihm die eben nicht zu geben. Das ist so was wie seine Lebensversicherung. Außerdem hat Drago mit deinem Vater einen der Topagenten Europas in seiner Gewalt und damit ein Pfand, das er im Zweifelsfall gegen etwas anderes eintauschen kann.«

Das sah Nick ein. Und trotzdem … »Aber er wird ihn nicht ewig gefangen halten.«

»Nein, und deshalb werden wir beide etwas dagegen unternehmen. Ok?« Martin hielt ihm die geballte Faust zu einem Fist-Bump entgegen.

»Ja, ok.« Nicks Faust berührte die von Martin, woraufhin der sich erhob. »Dann los.«

»Wohin gehen wir?«

»Wir werden dir einen Anzug besorgen.«

»Einen … Anzug? Was soll ich damit?«

»Wir haben heute Abend eine Einladung in die kongolesische Botschaft.«

Nick verstand kein Wort. »Und was sollen wir da?«

»Der Botschafter ist ein alter Bekannter von mir. Er war früher selbst beim Geheimdienst. Ich habe herausgefunden, dass Mr. Drago in letzter Zeit öfter im Kongo aufgetaucht ist, und hoffe, der Botschafter kann mir ein bisschen mehr darüber erzählen. Irgendwo müssen wir ja ansetzen.«

Als Nick neben Martin das Hotel verließ, hatte er schon wieder das Gefühl, aus den Augenwinkeln einen Schatten gesehen zu haben, der schnell in Deckung huschte. Martin gegenüber erwähnte er jedoch nichts davon, weil er befürchtete, sich zu blamieren, falls sich wie am Vortag herausstellte, dass er sich geirrt hatte.

Das Geschäft, in das Martin ihn führte, war nur etwa zehn Gehminuten vom Hotel entfernt und sah so aus, wie Nick sich eine englische Maßschneiderei vorgestellt hatte.

An den beiden Anzügen, die die stumpf dreinblickenden Puppen im schmucklosen Schaufenster trugen – einer in dezentem Dunkelblau, der andere in Braun –, waren weder Preisschilder noch irgendwelche Beschreibungen angebracht.

Im Inneren des Ladens wurden sie von einem Geruchsgemisch aus Leder und Stoffen empfangen, das Nick – ohne zu wissen, warum – mit altem, englischem Adel verband.

»Was kann ich für die Gentlemen tun?«

Der Mann, der ihnen von seinem Platz hinter der Theke aus Mahagoniholz entgegenblickte, war bestimmt schon sechzig Jahre alt. Er trug einen anthrazitfarbenen Anzug mit silbernen Nadelstreifen, dazu ein blütenweißes Hemd mit dunkler Krawatte und eine Weste aus dem gleichen Stoff, aus dem auch der Anzug war. Ein grauer Schnauzbart zierte seine Oberlippe, darüber ruhte eine randlose Brille auf der schmalen Nase.

»Wir hätten gerne einen Anzug für den jungen Mann hier«, erklärte Martin und zeigte auf Nick.

Der Schneider musterte Nick von Kopf bis Fuß und ließ dabei seinen Blick mit gerümpfter Nase lange auf den Jeans und den Sneakers liegen, die er trug.

»Ich gehe davon aus, es ist der erste Anzug für den ... Gentleman?«

»Nein, ich habe zu Hause den Kleiderschrank voll davon«, konnte Nick sich nicht verkneifen. »Aber mir ist hier in London kurzfristig ein Geschäftstermin dazwischengekommen und ich habe nicht die entsprechende Garderobe dabei, sodass ich bis heute Abend einen neuen Anzug brauche.«

»Ein Geschäftstermin also ...« Der Schneider kam hinter seinem Tresen heraus, nahm die Brille ab und ging einmal um Nick herum. Plötzlich verzog sich sein Mund zu einem Grinsen. »Ich nehme an, es geht dabei um Kinderspielzeug?«

»Nicht ganz«, antwortete Martin lachend. »Aber es geht tatsächlich um ein wichtiges gesellschaftliches Ereignis.«

»Da könnten Sie sogar Glück haben. Ich habe noch einen Anzug hier, den ich für den Spross eines guten Kunden angefertigt habe, der sich dann allerdings geweigert hat, ihn auch zu tragen. Der junge Mann ist dreizehn und etwa von gleicher Gestalt wie ... er.« Dabei deutete er mit dem Kinn auf Nick.

»Allerdings habe ich nur feinste Stoffe verwendet, was sich im Preis niederschlägt. Ich weiß ja nicht ...«

Mit einem Griff in die Hosentasche zog Nick sein Bündel Pfundnoten heraus und zeigte es dem Mann.

»Denken Sie, das wird reichen?«

Der Mann ließ seinen Blick eine Weile auf den Scheinen ruhen, bevor er sich wortlos umwandte und in einem Nebenraum verschwand, der mit einem schweren, dunklen Vorhang vom Ladenlokal abgetrennt war. Als er kurz danach wieder erschien, hatte er einen dunklen Anzug dabei.

Jacke und Hose passten so perfekt, als seien sie tatsächlich für Nick angefertigt worden, und nachdem sie auch ein weißes Hemd und eine Krawatte gefunden hatten, zahlte Nick den tatsächlich recht hohen Preis und sie verließen unter den rätselnden Blicken des Schneiders das Geschäft.

Dieses Mal war Nick sicher, jemanden um die Ecke huschen zu sehen, als sie ins Freie traten. Und er zweifelte keine Sekunde daran, denjenigen zu erwischen.

24

»Bin gleich zurück«, rief Nick, während er gleichzeitig losspurtete, ohne sich um Martins Reaktion zu kümmern. Verrückterweise fühlte er sich wie drei Jahre zuvor, als er einen Jungen in Berlin verfolgte, der einem Mädchen das Handy aus der Hand gerissen hatte.

Er erreichte die Ecke, um die die Gestalt verschwunden war, und blieb stehen. Das Bild, das sich ihm bot, glich dem vom Vortag, als er schon einmal versucht hatte, seinen vermeintlichen Verfolger zu stellen, nur dass hier mehr Menschen auf der Straße waren. Sein Blick scannte erst die linke, dann die rechte Straßenseite. Alles normal. Eigentlich zu normal, zumindest, was die Person betraf, die im dunklen Sweatshirt mit über den Kopf gezogener Kapuze etwa zwanzig Meter von Nick entfernt vor einem Schaufenster stand und augenscheinlich intensiv die Auslagen betrachtete. Der Klassiker bei einer Observation.

Natürlich konnte das Zufall sein, aber daran wollte Nick nicht wirklich glauben. Also setzte er sich in Bewegung und steuerte direkt auf die Gestalt zu, die nicht größer war als er selbst. Er hatte sich schon bis auf zehn Meter genähert, als sein vermeintlicher Verfolger sich herumwarf und losspurtete. Nick wollte sofort nachsetzen, doch eine Hand, die sich fest auf seine Schulter legte, hielt ihn zurück. »Nicht!« Das war Martins Stimme. Nick drehte sich um und sah Martin fragend an. »Warum? Der Kerl verfolgt mich schon seit gestern. Ich möchte wissen, wer das ist und warum er mir nachläuft.«

»Das kann auch ebenso gut eine Falle sein. Wenn der Kerl dich wirklich verfolgt, wird es eine andere Gelegenheit geben, wo wir ihn dann gemeinsam stellen können. Das ist der erste Außeneinsatz für dich. Kein Spiel, keine Simulation. Anders als in der Schule kann es hier ernsthaft gefährlich werden. Dir fehlt noch die Erfahrung in solchen Situationen. Ich möchte, dass du nichts ohne mich unternimmst, ok?«

Nick wollte ihm sagen, dass er sich gerüstet fühlte für solche Situationen, dass er dafür schließlich ausgebildet wurde und … dass es bei alledem nicht um irgendeinen Auftrag ging, sondern um seinen Vater. Stattdessen nickte er nur ergeben und sagte nach einem letzten Blick in die Richtung, in die sein Verfolger weggerannt war: »Also gut. Aber beim nächsten Mal schnappen wir uns den Kerl. Vielleicht weiß er etwas über meinen Vater.«

»Das tun wir. Gemeinsam. Und jetzt komm.«

Um neunzehn Uhr fuhren sie mit einer schwarzen Limousine vor der Botschaft der Demokratischen Republik Kongo in der Great Portland Street vor. Martin hatte das Gefährt geordert, weil es zum guten Stil gehörte, zu einem solchen Anlass in einem entsprechenden Wagen zu erscheinen, wie er Nick erklärte. Das Fahrzeug wurde von einem Parkwächter übernommen, der Martin im Gegenzug für den Schlüssel einen Zettel überreichte.

Das von außen eher schmucklose Gebäude war hell erleuchtet, zwei Männer in perfekt sitzenden Anzügen kontrollierten am Eingang die Einladungen. Sie trugen In-Ear-Kopfhörer, von denen aus dünne, gedrehte Kabel an ihren Nacken vorbei unter den Kragen ihrer Hemden verschwanden.

Nick fühlte sich seltsam in der ungewohnten Montur aus Anzug, Hemd und Krawatte, war aber nicht umhingekommen, nach einem Blick in den Spiegel im Hotel festzustellen, dass er in dieser formellen Kleidung älter und reifer wirkte. Und er fand, ein bisschen was von James Bond hatte es auch.

Anders als die anderen Gäste begrüßten die beiden Männer Martin zu Nicks Überraschung mit Handschlag und klopften Nick auf die Schulter, nachdem Martin ihn als seinen Neffen vorgestellt hatte. Eine Einladung mussten sie nicht vorzeigen. Die beiden wechselten ein paar leise Worte mit Martin, dann betraten sie die Botschaft. Nick bewunderte den Vertrauten seines Vaters für sein souveränes Auftreten. Und er war ihm dankbar. Ohne Martin wäre er in London wohl recht hilflos gewesen.

Der Empfang fand in einem Saal statt, dessen Stirnwand mit einer großen Fahne der Demokratischen Republik Kongo geschmückt war, die einen diagonalen, roten Streifen auf blauem Grund und einen goldenen Stern im oberen linken Bereich zeigte. Die Wände zierten Holzmasken in verschiedenen Größen und mit teilweise verstörendem Aussehen sowie Gemälde von stolz dreinblickenden Männern und Frauen in bunten Gewändern.

Etwa achtzig bis hundert Männer und Frauen standen in Grüppchen und mit Gläsern in den Händen herum und unterhielten sich angeregt, während im Hintergrund leise afrikanische Musik lief. Einige der Frauen waren in bunte Gewänder gehüllt, wie sie auf den Gemälden zu sehen waren. Dazu hatten sie Tücher aus dem gleichen Stoff kunstvoll um die Köpfe geschlungen.

»Da vorne ist der Botschafter«, riss Martin Nick aus seinen Betrachtungen. »Komm, ich stelle dich vor.«

Der Mann war jünger, als Nick gedacht hatte, höchstens fünfzig, und trug ebenso wie die meisten männlichen Gäste einen dunklen Anzug. Nick war nicht sicher, was er erwartet hatte, aber der Mann, der ihnen nun entgegenlächelte, sah enttäuschend wenig nach einem Botschafter aus.

Als sie ihn erreicht hatten, reichte er Martin die Hand. »Ich freue mich, dich wiederzusehen, alter Freund.«

Martin nickte. »Die Freude ist ganz auf meiner Seite. Es ist schon wieder viel zu lange her.« Er deutete auf Nick. »Darf ich vorstellen: Das ist Nick Nader, der Sohn von Ben Nader.«

»Oh ja, natürlich. Er gleicht seinem Vater sehr.«

Nick konnte sich selbst nicht erklären, was es war, aber irgendetwas störte ihn an dem Lächeln, mit dem der Botschafter ihn dabei betrachtete. Nun wandte Martin sich an Nick. »Das ist seine Exzellenz Djuma Bangala, Botschafter der Demokratischen Republick Kongo und ein guter Freund.«

Nachdem sie einige Floskeln ausgetauscht hatten, zog Martin Nick ein Stück zur Seite und sagte leise: »Kann ich dich für eine Weile alleine lassen? Ich möchte den Botschafter unter vier Augen sprechen und versuchen, etwas darüber zu erfahren, was Mr. Drago in letzter Zeit angeblich häufiger in den Kongo treibt. Vielleicht kann ich ja sogar an ein Foto von ihm herankommen.«

»Kein Problem.« Nick sah sich um und entdeckte das gut gefüllte Buffet. »Ich werde mal was essen. Ist schon wieder eine Weile her.«

Er sah Martin nach, wie der gemeinsam mit dem Botschafter durch eine mit Schnitzereien versehene Holztür im angrenzenden Raum verschwand. Gleich darauf postierte sich ein kräftig gebauter Mann vor der Tür und blickte grimmig in die Runde.

Nick ging zum Buffet, nahm sich einen vorgewärmten Teller vom Stapel und schlenderte an den aufgebauten Köstlichkeiten entlang, ohne zu wissen, womit er anfangen sollte.

»Du solltest das Moambe versuchen.«

Diese Stimme ... Erschrocken fuhr Nick herum und starrte in das hübsche Gesicht einer etwa Achtzehnjährigen. In ein bekanntes Gesicht?

»Ich ... wer ...«, stammelte er, während sein Verstand fieberhaft nach einer Erklärung dafür suchte, dass er trotz starker äußerlicher Veränderung ahnte, nein, *wusste*, um wen es sich handelte, dass das aber wiederum unmöglich schien.

»Das ist das kongolesische Nationalgericht«, plauderte sie drauflos und strahlte ihn aus wasserblauen Augen an, während Nick sie noch immer sprachlos und mit offenem Mund anstarrte. »Das Wort bedeutet auf Lingala einfach *acht*, weil es aus genau acht Zutaten besteht. Aus Palmnüssen, Hühnchen, Fisch, Erdnüssen, Reis, Kassawa-Blättern, Bananen und scharfer Pfeffersoße.«

Sie trug ein elegantes kurzes Kleid, das ihre sportliche Figur betonte, und dazu klobige Schnürstiefel. Ihre blonden Haare fielen in leichten Wellen auf die Schultern, die schmale Nase richtete sich an ihrer Spitze ein wenig nach oben. Obwohl sie eine andere Haarfarbe hatte, die Brille fehlte, überhaupt die ganze Erscheinung ihm vollkommen fremd vorkam und es sowieso einfach nicht sein konnte ... Nick *wusste*, wer da vor ihm stand. »Caroline?«

Das Lächeln wurde verschmitzt. »Eigentlich heiße ich Carol. Mein Vater ist Engländer und wollte es so.«

»Ich ... Du siehst so anders aus.«

»Mach den Mund wieder zu, Nick.« Caroline … *Carol* sah sich unauffällig um. »Die Leute denken sonst, ich hätte was Schlimmes zu dir gesagt.«

Sie deutete zur Seite. »Lass uns da rübergehen, dann erkläre ich dir alles.«

Nick folgte ihr und fühlte sich dabei ein bisschen so, als würde er schlafwandeln.

»Also, die Kurzfassung: Als ich mitbekommen habe, dass es bei eurer Zwischenprüfung Komplikationen gab, bin ich dir gefolgt. Ich …«

»Aber wie konntest du mich finden?«

Carol deutete auf Nicks Handgelenk. »Bruno. Das erkläre ich dir gleich. Ich habe dich geortet und war hinter dir her, seit du in diesen Buchladen gegangen bist.«

Nicks Augen wurden groß. »Du warst das die ganze Zeit?«

»Ja.«

»Aber warum hast du dich vor mir versteckt?« Er hatte das letzte Wort noch nicht ausgesprochen, als ihm die Antwort darauf einfiel. »Ach, ich weiß. Weil du zuerst herausfinden musstest, ob mir noch jemand anderes folgt. Deshalb hast du mich und mein Umfeld erst einmal nur beobachtet.«

Sie nickte. »Genau, wie wir es gelernt haben. Aber jetzt muss ich mich bei Bruno einloggen, um ihn ein wenig umzuprogrammieren. Die Verbindung zur Schule habe ich schon gekappt, als du den Buchladen verlassen hast. Aber das war nur der erste Schritt. Um ihn ein wenig zu … verbessern, muss ich mich mit ihm verkabeln. Halt still.«

Nick merkte, dass Carol an seinem Handgelenk herumnestelte, beachtete es aber nicht. Er konnte nicht anders, als sie anzustarren und gedanklich immer wieder mit der Caroline aus der Schule zu vergleichen.

Carol sah aus wie ihre eigene ältere Schwester, die nicht nur äußerlich viel flippiger und auffälliger war, sondern auch von ihrem ganzen Wesen her.

»Nun krieg dich mal wieder ein«, sagte sie lächelnd, als sie seinen Blick bemerkte.

»Du hast dich so krass verändert. Ist das deine wirkliche Begabung? Bist du so was wie eine Gestaltenwandlerin?«

Lachend schüttelte sie den Kopf. »Nein, sicher nicht. Meine Hauptbegabung liegt darin, das ich binär denken und analysieren kann.«

»Was? Was bedeutet das?« Nick wusste, dass, stark vereinfacht gesagt, jeder Computersprache der Binärcode zugrunde lag, der genau zwei Zustände beschreibt: *null* und *eins*.

»Ich kann in Maschinensprache denken, also jeden Programmiercode gedanklich in seine kleinsten Segmente zerlegen. Anders gesagt, ich kann mich mit Computern in ihrer Ursprache unterhalten und damit jedes System hacken, ganz egal, wie sehr es verschlüsselt ist.« Sie deutete mit dem Kinn nach unten, wo ihre beiden CBPIs mit einem dünnen Kabel verbunden waren. »Genau das tue ich gerade mit Bruno.«

»Aber warum …«

»Hat er dir gesagt, er hätte die Verbindung zum Schulserver verloren?«

»Ja, woher weißt du das? Hat er etwa gelogen?«

»Nein, er kann nicht lügen. Man hat ihm einprogrammiert, genau das in bestimmten Situationen zu *denken*. Sie haben quasi eine Sperre in seine Selbstanalyse eingebaut. Bruno war überzeugt von dem, was er dir gesagt hat, aber ohne es selbst zu merken, hat er die ganze Zeit über deine Daten an die Schule weitergegeben. Und an jeden, der sich dazwischenhacken konnte. So wie ich.«

So langsam klärten sich zumindest einige der Rätsel der letzten beiden Tage auf. Das war also der Grund für die wirren Antworten, die Bruno ihm zuletzt gegeben hatte. »Und jetzt?«

»Ich habe ein kleines Update entwickelt, das ich gerade übertrage. Damit bleiben Brunos Fähigkeiten und alles, was er in den drei Jahren mit dir gelernt hat, erhalten, aber die von der Schule eingebauten sogenannten *Backdoors* sind raus. Er gibt deine Daten nicht mehr weiter und ist nur noch auf dich fixiert. Sonst ist alles wie zuvor.«

Als wäre es sein Stichwort gewesen, meldete sich Brunos Stimme hinter Nicks Ohr.

»Nick?«

»Bruno?«

Carol lächelte verstehend und sah sich um.

»Warum hast du mich deaktiviert?«

»Das habe ich nicht, aber das ist eine lange Geschichte. Ist wieder alles in Ordnung?«

»Selbstverständlich. Ich bin das am weitesten entwickelte Computersystem der Welt. Bei mir ist immer alles in Ordnung. Deine Frage wundert mich.«

»Du hast recht«, flüsterte Nick Carol zu. »Er ist ganz der Alte.«

»Sehr gut. Und um deine Frage von eben vollständig zu beantworten: Schauspiel und Verkleidungen sind ein Hobby von mir.« Sie zwinkerte ihm zu und nippte an ihrem Glas, das eine hellrote Flüssigkeit enthielt.

»Und wie alt bist du wirklich?«

»Siebzehn. Aber jetzt hast du genug Fragen gestellt. Alles andere erkläre ich dir später. Erst musst du mir unbedingt erzählen, was genau während dieser Zwischenprüfung passiert ist. In der Schule hat man uns kaum etwas darüber gesagt, aber es gingen die wildesten Gerüchte um.«

Nick setzte gerade an, Carol von seinem Erlebnis zu berichten, verstummte aber gleich wieder. Martin und der Botschafter kamen zurück, und während der Kongolese wie immer breit lächelte, verhieß Martins Blick nichts Gutes.

25

Kurz bevor sie Nick und Carol erreicht hatten, blieben Martin und der Botschafter stehen und schüttelten sich die Hände. Martin beugte sich nach vorne und sagte dem Mann aus dem Kongo noch etwas ins Ohr, dann wandte er sich um und kam zu ihnen herüber.

Vor Carol blieb er stehen und betrachtete sie von Kopf bis Fuß. »Wie ich sehe, hast du die Zeit genutzt und die Bekanntschaft einer hübschen jungen Dame gemacht«, stellte er fest und lächelte dabei sogar wieder. Doch schon im nächsten Moment verengten sich seine Augen, deren Blick noch immer auf Carol ruhte.

»Das ist …«, setzte Nick an, doch Martin hob die Hand und ließ ihn verstummen.

» … die Vorzimmerdame von Direktor Bauer aus der Schule, hab ich recht?«, vervollständigte Martin den Satz. »Ich erinnere mich an sie, auch wenn sie mittlerweile eine deutliche Veränderung durchgemacht hat.«

Er reichte Carol die Hand. »Ich bin Martin, ein Freund von Nicks Vater. Und ein Freund von Nick. Wie bist du hierhergekommen?«

Carol verdrehte die Augen. »Das ist ziemlich verrückt. Wir haben uns gerade durch Zufall getroffen. Ich bin hier in London zu Besuch bei meinem Vater, der zu dem Empfang eingeladen war, aber keine Lust hatte, herzukommen. Also bin ich an seiner Stelle hier.«

Martins rechte Braue wanderte nach oben. »Was macht dein Vater? Ist er Politiker?«

»Nein, er ist Musiker.«

»Aha. Kennt man ihn?«

»Die meisten wohl schon. Sein Name ist Mick Connor.«

»Mick Connor?«, wiederholte Nick ungläubig. »*Der* Mick Connor?«

Carol hob die Schultern und nickte. »Ich denke schon.«

»Wow! Ich habe gestern in der Plattenfirma noch ein Foto seiner Band hängen sehen.«

»Du warst in der Music Factory? Was hast du da gemacht?«

Nick winkte ab. »Ach, das erzähle ich dir später.«

»Mick Connor«, wiederholte Martin den Namen von Carols Vater. »Interessant.« Damit schien das Thema für ihn beendet, denn er wandte sich wieder Nick zu. »Ich muss kurz mit dir reden.«

Als Nick ihn verständnislos ansah, fügte er mit einem kurzen Seitenblick auf Carol hinzu: »Unter vier Augen.«

Nick musste nicht lange nachdenken und schüttelte den Kopf. »Nein, halt. Das ist Quatsch. Carol ist nicht zufällig hier und du brauchst mit mir nicht unter vier Augen zu reden. Sie ist mir ohne Wissen der Schule gefolgt, um mir zu helfen. Sie war es auch, die mich gestern und heute beobachtet hat.«

Und an Carol gewandt fügte er hinzu: »Martin kennt mich schon, seit ich ein kleiner Junge war.«

Ein, zwei Sekunden lang herrschte Stille. Nicks Blick wanderte von Martin zu Carol und zurück. »Wir brauchen also keine Geheimnisse voreinander zu haben und können uns vertrauen.«

Sowohl in Martins als auch in Carols Blick konnte Nick zumindest leichte Zweifel sehen, aber beide nickten und lächelten sich an.

»Ok, dann lasst uns zusammen verschwinden«, schlug Martin vor und blickte sich um, als wolle er sichergehen, von niemandem beobachtet zu werden. Wahrscheinlich eine Berufskrankheit, dachte Nick. Seit er am Vortag zum ersten Mal das Gefühl gehabt hatte, verfolgt zu werden, hatte er auch immer wieder seine Umgebung gecheckt.

»Ich fühle mich irgendwie anders als sonst«, erklärte Bruno, während Nick hinter Martin und Carol das Botschaftsgebäude verließ.

»Du kannst nicht fühlen«, entgegnete Nick leise.

»Ach, und woher willst du das wissen?«

»Du bist nur eine Maschine.«

»Eine perfekte Maschine mit einem Emotions-Chip, der mich befähigt, sehr wohl Gefühle zu empfinden. Jetzt gerade fühle ich mich zum Beispiel gekränkt, weil du mich *nur eine Maschine* genannt hast. Du siehst, ich kann fühlen. Und deshalb fühle ich mich anders als zuvor.«

»Kannst du nicht, und jetzt hör auf mit dieser Diskussion.«

Tatsächlich schwieg Bruno, was Nick zu der Feststellung gelangen ließ, dass Carols Programm tatsächlich eine deutliche Verbesserung brachte. Zumindest dachte er das für einen Moment, denn als die Limousine gebracht wurde und Nick neben Carol hinten einstieg, murmelte Bruno: »Kann ich doch.«

Nachdem Martin den schweren Wagen in den Londoner Verkehr eingefädelt hatte, sagte er: »Djuma Bangala hat mir etwas sehr Interessantes erzählt.« Er musste vor einer roten Ampel anhalten und drehte sich zu Nick um. »Es betrifft Victor Drago.«

»Echt?« Nick lehnte sich im Sitz nach vorne. »Weiß er etwa, wer er ist?«

Die Ampel sprang auf Grün, sodass Martin wieder nach vorne schauen musste, aber er sprach trotzdem weiter. »Djuma sagte, ein Bevollmächtigter von Mr. Drago habe ihn vor Kurzem wegen einer geschäftlichen Angelegenheit in der Botschaft besucht und dabei davon erzählt, dass es etwa fünfzig Kilometer außerhalb von London ein Anwesen gibt, das Drago gehört und das als eine Art *Gästehaus* fungiert, wo Leute untergebracht seien, die für Drago wichtig wären. Der Botschafter meinte, die Art, wie der Mann das gesagt hatte, ließe darauf schließen, dass diese Leute nicht ganz freiwillig dort wohnen.«

»Und du meinst, mein Vater könnte vielleicht auch dort sein?«

»Ausschließen kann man es nicht, und wenn meine Vermutung stimmt, wäre es auch logisch, wenn Drago einen solchen Platz hätte, wo er seine Geiseln für den Notfall unterbringt.«

»Dann müssen wir dorthin. Wann fahren wir?«

Martin blickte in den Rückspiegel. »Wir sind schon auf dem Weg.«

»Wow!«, stieß Carol aus. »Du zögerst aber nicht lange. Sollen wir nicht besser bis morgen warten?«

»Warum?« Nick wunderte sich über Carols Einwand. »Wenn mein Vater dort wirklich gefangen gehalten wird, müssen wir sofort dahin.« Er sah an sich herunter und zeigte auf die Krawatte. »In der Aufmachung zwar etwas seltsam, aber was soll's.«

»Das sehe ich genauso«, stimmte Martin ihm zu. »Und was den Anzug betrifft … schon mal James Bond gesehen?«

Nick lächelte. »Danke, Martin.«

Der Blick, den Carol ihm daraufhin zuwarf, war schwer zu deuten.

»Carol spielt auf das an, was man euch beigebracht hat«, meldete Bruno sich. »Wenn die Situation es zulässt, sollte man jede Aktion akribisch planen, um Überraschungen und Fehler auszuschließen. Dein Vater ist seit drei Jahren verschwunden, da wird es auf einen Tag nicht ankommen. Fazit: Die Situation ließe es zu.«

Das war in der Ausbildung, na und?, hätte Nick am liebsten geantwortet, verkniff es sich aber.

Endlich hatte er eine Spur, die zu seinem Vater führen würde. Er wollte jetzt nicht warten und akribisch planen. Martin würde schon wissen, was in dieser Situation richtig war. Und dass Carol offensichtlich ebenso dachte wie Bruno, enttäuschte Nick ein wenig. Er hatte sie anders eingeschätzt. Zumindest die neue Carol.

Mittlerweile hatten sie die Stadtgrenze von London erreicht. »Wie gehen wir vor, wenn wir dort sind?«, wandte Nick sich an Martin.

»Das wird euer erster gemeinsamer Einsatz. Wie der Botschafter mir sagte, patrouillieren vierundzwanzig Stunden am Tag rings um das Anwesen bewaffnete Wachen. Um ins Haus zu kommen, muss man sie ablenken. Das werde ich übernehmen, denn es ist der gefährlichste Teil der Aktion. Die Männer sind gut ausgebildet und haben Schießbefehl. Sie werden nicht zögern, ihre Waffen zu benutzen. Da ist es mir lieber, ich bin das Ziel. Währenddessen dringt ihr in das Haus ein. Djuma hat mir einen Grundriss gegeben und die Stelle markiert, wo die Sicherheitsvorkehrungen am geringsten sind.«

»Woher hat der Botschafter diesen Plan?« Die Frage drängte

sich Nick sofort auf. Er erntete einen anerkennenden Blick von Carol dafür.

»Die Demokratische Republik Kongo hat einen hervorragend funktionierenden Geheimdienst. Als Djuma vom Zweck des Anwesens erfuhr, hielt er es für eine gute Idee, für alle Fälle den Plan des Hauses zu haben. Drago hat irgendwelche großen Geschäfte im Kongo vor, da ist es nicht verkehrt, in alle Richtungen vorzusorgen.«

Nicht zum ersten Mal stellte Nick fest, dass er noch einiges lernen musste.

Die Fahrt dauerte rund eine Dreiviertelstunde und mit jedem Kilometer, den sie ihrem Ziel näher kamen, wuchs Nicks Aufregung. Anfangs versuchte er sich abzulenken, indem er mit Carol über die Schule reden wollte, doch ihre Antworten fielen so knapp aus, dass er nach einer Weile die Lust verlor und durch das Seitenfenster in die Dunkelheit der Nacht starrte. Seit sie im Auto saßen, hatte sie sich vollkommen verändert. Nick fragte sich, ob das damit zu tun hatte, dass auch sie aufgeregt war, oder ob sie die Eile missbilligte, mit der Martin und er vorgingen.

Brunos Einwand fiel ihm wieder ein. Er hatte Carol recht gegeben, und das, nachdem sie ihr Software-Update aufgespielt hatte. Ausgerechnet. War das ein Zufall? Nick wusste nicht, was genau sie an Bruno umprogrammiert hatte, nachdem sie einfach so aus der Schule verschwunden und ihm gefolgt war. Warum hatte sie das getan? Und dann die Geschichte mit ihrem berühmten Vater, der zufälligerweise auch in London wohnte, die sie so aus dem Nichts parat hatte …

»Wir sind da«, riss Martins Stimme Nick aus seinen Gedanken.

Er beugte sich nach vorne und sah an ihm vorbei nach

draußen, konnte aber um sie herum nichts als Bäume erkennen. »Hier?«, fragte er.

Martin öffnete seinen Sicherheitsgurt, ohne den Blick von den Bäumen vor ihm abzuwenden, die von den Lichtkegeln der Autoscheinwerfer aus der Dunkelheit gerissen wurden.

»Das Haus liegt etwa fünfhundert Meter weiter auf einer Lichtung. Näher kann ich nicht heranfahren, ohne die Wachen auf uns aufmerksam zu machen. Aber schauen wir uns zuerst den Plan an.«

Er zog ein Blatt aus der Innentasche seines Sakkos, faltete es auseinander und drehte sich dann zu Nick und Carol um. »Das ist der Grundriss des Hauses. Wir nähern uns von hier.« Sein Finger beschrieb ihren Weg auf dem Papier. »Überall dort, wo die roten Kreuze aufgemalt sind, gibt es Sensoren der Alarmanlage. Also an allen Türen und Fenstern. Aber hier …« Er deutete auf einen blauen Kreis, der im hinteren Bereich des großen Hauses ein Stück außerhalb der Mauern eingezeichnet war. »Hier endet ein Fluchttunnel, der gut getarnt und deshalb nur mit einem Schloss gesichert ist. Das zu knacken sollte für euch ja kein Problem sein.«

Das war es sicher nicht. Schlösser aller Bauarten zu öffnen hatten sie in der Schule geübt, bis sie es im Schlaf konnten.

Allerdings gab es da einen Haken.

26

»Ich habe mein Besteck im Hotel liegen«, erklärte Nick kleinlaut. Er hatte sich die flache Stofftasche mit dem Spezialwerkzeug, das von allen nur Besteck genannt wurde, vor der Zwischenprüfung in die Hosentasche gesteckt und hatte es auch riskieren können, sie mit ins Flugzeug zu nehmen, weil die Werkzeuge aus einer einzigartigen Hartplastikmischung hergestellt waren, die weder von den Scannern noch den Detektoren bei der Sicherheitsüberprüfung entdeckt wurde. Allerdings hatte er darauf verzichtet, es wieder einzustecken, als er am Abend in den Anzug für den Botschaftsempfang geschlüpft war.

»Damit habe ich gerechnet«, sagte Martin mit einem leichten Grinsen und hielt ihm eine Tasche hin, die exakt genauso aussah wie die, die im Hotelzimmer in der Nachttischschublade lag.

Nick nahm sie wortlos und ließ sie in der Innentasche seines Jackets verschwinden.

»Ok, da könnt ihr also rein. Im Haus seid ihr dann allerdings auf euch selbst gestellt. Leider ist aus dem Plan nicht ersichtlich, wozu die einzelnen Räume genutzt werden. Ihr müsst alles durchkämmen, aber seid vorsichtig. Es ist weder euch noch Nicks Vater damit gedient, wenn die euch schnappen. Alles klar?«

»Ja«, sagte Nick und sah Carol an. Sie blickten sich tief in die Augen und versuchten, die Gedanken des anderen in seinem Gesicht abzulesen.

»Es ist ok«, brach Carol das mit jeder Sekunde unerträglicher werdende Schweigen. »Ich habe während der Fahrt lange darüber nachgedacht. Einerseits ist dieses Vorgehen vollkommen anders, als wir es gelernt haben, aber ich kann euch trotzdem verstehen.« Sie nahm Nicks Hände. »Es geht um deinen Vater. Dass du da keine Minute länger warten möchtest, ist vollkommen klar. Also: Du kannst dich auf mich verlassen.«

Nick war so erleichtert, dass er drauf und dran war, ihr um den Hals zu fallen, hielt sich aber zurück und sagte stattdessen nur: »Danke.«

»Dann ist ja jetzt alles geklärt«, stellte Martin fest. »Also los, gehen wir. Und achtet darauf, dass ihr euch ruhig verhaltet.«

Sie stiegen aus und machten sich schweigend auf den Weg, der kein Weg war. Sie mussten sich unter tief hängenden Zweigen wegducken, Aufhäufungen von Unterholz ausweichen und kamen nur langsam voran. Für Nicks Gefühl viel zu langsam. Er brannte darauf, in dieses Haus einzudringen und nachzusehen, ob vielleicht tatsächlich sein Vater dort gefangen gehalten wurde. Allein der Gedanke daran, dass er es schaffen könnte, ihn zu befreien, löste in ihm einen Gefühlssturm aus, den er kaum bewältigen konnte.

Als er zum zweiten Mal mit der Krawatte am hervorstehenden Ast eines Gestrüpps hängen blieb, zog er sie sich mit einer wütenden Bewegungen vom Hals und steckte sie in die Sakko-Tasche.

Die Bäume lichteten sich plötzlich und Carol blieb abrupt stehen, sodass Nick fast gegen ihren Rücken prallte.

»Da ist es«, sagte Martin leise, woraufhin sie alle drei in die

Hocke gingen und die Szene beobachteten, die sich ihnen bot.

Das Haus war tatsächlich recht groß und aus Natursteinen gebaut. Ringsum angebrachte Scheinwerfer tauchten es in gelbliches Licht, nur an wenigen Stellen warfen Mauervorsprünge Schatten oder erzeugten dunkle Nischen, in die man sich vielleicht hineindrücken konnte. Auf dem Gelände rund um das Haus gab es keinen einzigen Baum oder Strauch, was die Deckungsmöglichkeiten dort gegen null gehen ließ. Und dann waren da noch die Wachen. Allein im vorderen Bereich, den sie von ihrem Platz aus einsehen konnten, patrouillierten vier dunkel gekleidete Gestalten mit Maschinengewehren.

»O Mann«, stieß Nick leise aus. »Das ist ja die reinste Festung.«

»Keine gute Idee!«, bemerkte Bruno.

»Halt die Klappe.«

Sowohl Carol als auch Martin sahen Nick fragend an, verstanden dann aber und richteten ihre Aufmerksamkeit wieder auf das Haus, während Bruno ein kurzes »Pöh!« von sich gab.

Nach einer Weile richtete Martin sich vorsichtig auf. »Ok, gehen wir um die Lichtung herum zur anderen Seite. Der Ausgang des Fluchttunnels muss in einem großen Busch versteckt sein.«

Sie schlichen erst wieder ein Stück in den Wald hinein, gerade so weit, dass sie die Lichtung noch zwischen den dicken Stämmen erkennen konnten, dann gingen sie im Schutz der Bäume zur Rückseite des Anwesens.

Nach wenigen Minuten hatten sie eine Stelle erreicht, von der aus das Gebüsch gut zu sehen war. Es handelte sich um mehrere große Kirschlorbeersträucher, die etwa fünfzig Meter vom Waldrand entfernt wuchsen, was für Nick und Carol bedeutete, dass sie ein gutes Stück über ungeschütztes Feld laufen mussten, um ihn zu erreichen. Und das würde sich schwierig gestalten, denn auch in diesem Bereich patrouillierten vier schwer bewaffnete Wachen umher.

»Ok«, zischte Martin ihnen zu. »Ihr wartet hier, bis ich auf der anderen Seite bin. Ich werde dafür sorgen, dass auch die Wachen von hier nach vorne kommen. Sobald das der Fall ist, sprintet ihr los. Ihr müsst in das Gebüsch hinein.«

»Alles klar«, bestätigte Nick und sah zu Carol hinüber. Die zeigte ihm den gehobenen Daumen. »Bei mir sowieso.«

»Ich bezweifle, dass dieser Plan funktioniert«, hörte Nick Brunos Stimme in seinem Kopf, was eine in dieser Situation völlig zusammenhanglose Frage aufwarf.

»Warum habt ihr eigentlich kein CBPI?«

Martin hatte sich schon abgewandt, drehte sich aber wieder zu ihnen um. Statt ihn zu fragen, wie er jetzt auf diese Frage kam, entgegnete er ruhig: »Wie kommst du darauf, dass wir keines haben? Und wen meinst du mit *wir*?«

»Ich meine die Lehrer, Direktor Bauer … und dich.« Nick deutete auf Martins Handgelenk. »Bei meinem Vater habe ich auch nie eins gesehen.«

»Das kannst du auch nicht, weil wir die Geräte implantiert haben.« Er deutete auf seinen Nacken, an die Stelle, an der man Nick den kleinen Lautsprecher unter die Haut gesetzt hatte. »Das wird erst gemacht, wenn du die Abschlussprüfung bestanden hast. Vorher weiß man ja nicht genau, ob du die Ausbildung nicht vielleicht abbrichst oder bei der Prüfung durchfällst. Für diesen Fall ist es einfacher, das CBPI vom Handgelenk abzunehmen, als es operativ entfernen zu müssen. Anders als der Lautsprecher, den du trägst, verbinden sich die Platinen unserer Geräte in einem äußerst komplexen Vorgang direkt mit dem Nervensystem.«

Das leuchtete Nick ein, wenn auch die Vorstellung, dass sich ein Computer in die Nervenbahnen seines Körpers einklinkte, ihm einen Schauer über den Rücken trieb.

Knappe fünf Minuten später wurden von der anderen Seite Rufe laut. Prompt rannten die Wachleute von der Rückseite weg.

Nick konnte nicht fassen, wie dilettantisch die Männer sich verhielten. Sie mussten doch damit rechnen, dass das ein Ablenkungsmanöver war, und hätten die Rückseite des Gebäudes nie unbewacht lassen dürfen. Aber das kam ihnen natürlich zugute.

»Jetzt!« Nick sprang auf und lief geduckt auf den Busch zu, ohne sich noch einmal nach Carol umzusehen.

Erst als er das mindestens zweieinhalb Meter hohe Gewächs erreicht hatte, drehte er sich um. Carol war direkt hinter ihm und nickte ihm schnell atmend zu. »Alles klar. Sehen wir zu, dass wir da reinkommen.«

Sie fanden die Lücke in den wild durcheinanderrankenden Ästen nur zwei Meter weiter. An dieser Stelle war die Blätterwand nur dünn und bei genauem Hinsehen erkannten sie eine freie Fläche gleich dahinter. Dort wuchsen die Sträucher wie eine Glocke um ein freigeschnittenes Gitter am Boden herum. Nick zog das Telefon von Bob aus der Tasche und aktivierte die Taschenlampenfunktion.

Auf einer Seite des Gitters waren Scharniere angebracht, auf der anderen ein geradezu lächerliches Vorhängeschloss, darunter riss der schwache Schein die obersten Sprossen einer Leiter aus der Dunkelheit, bevor er sich in der Schwärze verlor.

»Ich glaube es ja nicht«, flüsterte Nick. »Rundherum ist das Haus gesichert wie eine Festung, mit Alarmanlagen und schwer bewaffneten Wächtern, und hier mit einem solchen Schlösschen?«

»Das ist wirklich seltsam«, stimmte Carol ihm zu und betrachtete das Schloss.

Nick zog die Bestecktasche aus der Jacke, klappte sie auf und zog ein passendes Werkzeug heraus. »Wahrscheinlich rechnet der Besitzer nicht damit, dass jemand auf die Idee kommen könnte, in den Busch zu kriechen. Wirklich professionell ist das nicht.«

Er ließ sich auf die Knie sinken und begann mit der Arbeit, während er darüber nachdachte, wie unwahrscheinlich es war, dass sein Vater in diesem Gebäude gefangen sein sollte. Wenn schon dieser Eingang so unzureichend gesichert war, gab es auch noch andere Lücken im Sicherheitskonzept. Ben Nader wäre schon nach einem Tag entkommen, wenn man ihn hier festgehalten hätte.

Eine knappe Minute später zog Nick das Gitter hoch. Der Einstieg war frei.

Ohne zu zögern, setzte er sich an den Rand, suchte mit den Füßen die oberste Sprosse der Leiter und begann dann dicht gefolgt von Carol mit dem Abstieg.

Er schätzte, dass sie etwa fünf Meter nach unten gestiegen waren, als er den Boden erreichte. Zum Glück zweigte der Gang nur in eine Richtung von der Abstiegsöffnung ab, sodass sie nicht in eine falsche Richtung laufen konnten. Die Handylampe leuchtete den Weg gerade so weit aus, dass sie zwei, drei Meter mehr erahnen als sehen konnten. Die Decke war ebenso wie die Wände und der Boden mit Beton ausgegossen und hoch genug, dass sie aufrecht gehen konnten.

»Hoffen wir mal, dass die am anderen Ende des Gangs nicht doch noch eine bessere Sicherung eingebaut haben als am Einstieg«, flüsterte Nick und setzte sich in Bewegung.

Dass das nicht der Fall war, konnte er nach rund zwei Minuten feststellen, als er die Klinke der Tür, vor der sie angekommen waren, vorsichtig herunterdrückte und mit sanftem Druck testete, ob sie verschlossen war. Sie gab nach.

»Das ist ja fast schon zu einfach«, stellte er mit vor Aufregung rasendem Puls, aber nicht ohne ein Gefühl des Triumphes fest. Dann atmete er tief durch, öffnete die Tür weit genug, dass er hindurchschlüpfen konnte, und machte einen ersten Schritt auf den gefliesten Boden dahinter. Bevor er zu einem zweiten kam, sagte eine Männerstimme: »Da seid ihr ja«, dann tauchte die Mündung einer Maschinenpistole von der Seite auf und richtete sich auf seine Stirn. Einen Atemzug später war die Tür ganz aufgezogen worden und gab den Blick auf drei schwarz gekleidete Männer frei, die sich vor ihnen aufgebaut hatten und ihre Waffen auf sie richteten.

»Mist«, flüsterte Carol neben Nick. Fast gleichzeitig meldete sich Bruno zu Wort. »Die Tür muss einen Bleikern haben. Mein Scanner konnte sie nicht erfassen.«

Warum zum Teufel passierte nichts mit ihm? Noch nie war Nick in so einer bedrohlichen Lage gewesen. Sein Körper müsste Adrenalin in rauen Mengen ausstoßen. Warum lief die Zeit nicht langsamer ab, jetzt, wo er es dringend brauchte. Was nutzte ihm seine außergewöhnliche Begabung, wenn er sie nicht einsetzen konnte, wenn es nötig war.

»Na los, rein hier.« Es war der gleiche Kerl, der gerade als Erster die Mündung seiner Waffe auf Nicks Kopf gerichtet hatte. Der Mann war groß und schlank, hatte kurz geschorene, kupferrote Haare und schien der Anführer der drei zu sein.

Fieberhaft dachte Nick nach. Die Männer hatten sie offensichtlich erwartet. Das konnte nur bedeuten, dass es irgendwo auf dem Grundstück Kameras gab, die nicht auf dem Plan eingezeichnet waren. Wahrscheinlich waren sie in unmittelbarer Nähe des Busches angebracht, in dem der Fluchttunnel endete.

Nick überlegte, ob es sinnvoll war, sich dumm zu stellen und zu behaupten, sie hätten den Eingang im Busch durch Zufall entdeckt, verwarf den Gedanken aber gleich wieder. Wenn es dort draußen Kameras gab, dann hatte man sie auch beim Aufbrechen des Schlosses beobachtet. Also blieb nur die Flucht nach vorne.

»Ein Freund von mir weiß, dass wir hier sind«, erklärte er und sagte damit sogar die Wahrheit. Schließlich war Martin irgendwo da draußen. »Wenn wir in fünf Minuten kein Lebenszeichen von uns geben, wird er die Polizei verständigen.«

»Ach ja?« Es war erneut der Rothaarige, der nun verächtlich grinste. »Das glaube ich nicht.« Auch die Gesichter seiner beiden Kumpel verzogen sich zu einem gemeinen Grinsen. Nick spürte, wie sein Magen sich zusammenzog. Wenn das nicht nur ein Bluff war, konnte es nur bedeuten, dass auch Martin überrumpelt worden war. Das würde ihre ohnehin nicht gerade günstige Situation allerdings wirklich brenzlig machen.

Der Lauf einer Waffe bohrte sich in Nicks Rücken.

»Los, Hände nach oben und dann an die Wand. Beide.«

Nick tat, was der Kerl verlangte, und ließ es ebenso wie Carol wortlos über sich ergehen, dass er abgetastet wurde. Er bekam einen Stoß in den Rücken. »Gehen wir. Dort den Gang lang.«

Er tauschte einen Blick mit Carol, die ihm auf eine Art zunickte, die wohl sagen wollte: *Geh nur, wir kommen hier wieder raus.*

Sie wurden in einen fensterlosen Raum von der Größe seines Zimmers in der Schule dirigiert, dessen Einrichtung aus vier Stühlen und einem alten Holztisch bestand. Wände und Decke waren weiß getüncht, der Boden bestand aus grau gestrichenem Beton. Neben der nun wieder geschlossenen Tür war ein flacher, grauer Kasten angebracht, der Nick vage an die Sensoren an den Türen in der Schule erinnerte, die mit den CBPIs geöffnet wurden.

»Setzen«, sagte der Rothaarige und deutete mit dem Lauf seiner Maschinenpistole zu den Stühlen. Seine beiden Kollegen waren draußen geblieben. Er wartete, bis sie seinem Befehl gefolgt waren, und ging zurück zur Tür. Bevor er sie öffnete, wandte er sich ihnen aber nochmals zu. »Ihr werdet bald feststellen, dass es keine gute Idee war, hier einzubrechen.« Mit einem gemeinen Grinsen auf den Lippen hielt er sein Handgelenk vor den grauen Kasten. Das Band, das er trug, war zwar schmaler und um einiges dicker als die CBPIs und es lag auch nicht so eng auf der Haut wie Bruno, aber die Technik darin schien doch ähnlich zu sein. Als die Tür mit einem Summton aufsprang, verließ der Kerl den Raum, ohne sie eines weiteren Blickes zu würdigen. Hinter ihm knallte die Tür ihres Gefängnisses wieder zu.

Sofort griff Carol nach ihrem Handy, warf einen Blick darauf und steckte es mit einem Kopfschütteln wieder weg. »Kein Netz, war klar.« Auch Nick prüfte den Empfang, kam aber zum gleichen Ergebnis. Der Raum musste gegen jegliche Art von Wellen und Strahlung isoliert sein.

»Verdammter Mist!« Nick sprang auf, ging zur Tür und versuchte sie wider besseres Wissen zu öffnen. Natürlich war sie abgeschlossen. »Mist, Mist«, wiederholte er und begann, die Wände rundum abzutasten und nach einer Erhebung oder irgendeinem anderen Anzeichen für einen versteckten Mechanismus zu suchen. Erst als er wieder an der Tür angekommen war, sah er sich nach Carol um, deren Lippen sich fast lautlos bewegten. Nick hörte von dem, was sie offenbar zu ihrem CBPI sagte, nur ein undeutliches Murmeln.

»Was tust du?«, fragte er, woraufhin sie sich den ausgestreckten Zeigefinger auf die Lippen legte und dann erst auf den Raum und dann auf ihre Ohren deutete. Man würde sie wahrscheinlich abhören, sollte das wohl bedeuten, womit sie natürlich recht hatte.

Also setzte sich Nick wieder auf den Stuhl neben sie und wiederholte flüsternd. »Was machst du da?«

»Ich versuche, mich in ihr Sicherheitssystem einzuklinken. Wenn ich es schaffe, kann ich vielleicht …«

Die Tür wurde so unvermittelt aufgestoßen, dass sie beide erschrocken zusammenfuhren. Ein schlanker Mann um die fünfzig kam herein. Seine kurzen grauen Haare waren akkurat auf der Seite gescheitelt und verliehen ihm in Kombination mit dem schwarzen Anzug und den Schuhen aus weichem, schwarzem Leder den Anschein eines seriösen Geschäftsmannes.

»Sieh an, sieh an, Dominik Nader, noch dazu im Abendanzug«, stellte er im Plauderton fest und ließ sich auf einem der freien Stühle nieder. Sein Blick wanderte zu Carol und glitt über ihr leicht verschmutztes Cocktailkleid. »Und wer bist du?«

»Wonder Woman«, antwortete sie ohne Zögern, woraufhin der Mann süffisant lächelte. »Deine große Klappe wird dir schon noch vergehen.«

Er wandte sich wieder an Nick und musterte ihn geringschätzig von Kopf bis Fuß. »Du bist also der Sohn von Ben

Nader. Angeblich sollst du ja besonders talentiert sein.« Er hob die Hände und deutete mit einem gemeinen Lachen auf Nick. »Es war aber ziemlich einfach, Supermann junior zu überwältigen. Ich habe schon immer gesagt, dass man dich ebenso überschätzt wie deinen Vater.«

Nicks Oberkörper straffte sich. »Was ist mit meinem Vater? Wo ist er?«

Der Mann tat, als hätte er die Fragen überhört. »Und ich hatte wieder einmal recht. Wenn du wirklich so ein besonderes Bürschchen wärst, würdest du jetzt bestimmt nicht hier vor mir sitzen, nicht wahr?«

Nick hielt es nicht mehr auf seinem Stuhl. Mit einem Satz fuhr er hoch und baute sich vor dem Kerl auf. »Jetzt sagen Sie mir endlich, was mit meinem Vater ist.«

Die Mundwinkel des Mannes zuckten, dann schüttelte er lachend den Kopf, stand auf und blickte auf Nick herab, der einen guten Kopf kleiner war. »Nun schau sich einer den Kleinen an. Spielt sich auf, als wäre er schon erwachsen. Nein, ich werde dir nicht sagen, was mit deinem Vater ist. Und jetzt?«

»Ich habe versucht, in ihr System einzudringen«, hörte Nick Brunos Stimme, während die Wut in ihm immer größer wurde. »Ich schaffe es nicht. Der Zugangscode ist mit einer 256-Bit-Verschlüsselung gesichert.«

Wieder wünschte sich Nick sehnlichst, seine Begabung gezielt einsetzen zu können. Wenn er jetzt einen Adrenalinschub in seinem Körper herbeiführen könnte, hätte er diesen Typen außer Gefecht gesetzt, ehe er begriff, was mit ihm geschah.

Das Lachen verschwand so schnell vom Gesicht des Mannes, als sei es abgestellt worden. Er deutete auf den Stuhl, auf dem Nick zuvor gesessen hatte. »Setzen.« Als Nick nicht reagierte, machte er einen Schritt auf ihn zu, sodass ihre Fußspitzen fast aneinanderstießen. »Setzen, habe ich gesagt. Sofort.«

Nick schätzte, dass er aufgrund seiner Ausbildung im Nahkampf durchaus eine Chance gegen den Kerl hatte, obwohl der ihm körperlich überlegen war, ließ es aber dennoch nicht darauf ankommen. Selbst wenn es ihm gelang, den Mann zu überwältigen, wären sie immer noch eingeschlossen. Also ließ er sich wieder auf den Stuhl sinken. Erst einmal.

»Unser Experte für Computer-Interfaces wird gleich hier sein und dich von deinem elektronischen Begleiter befreien.« Die Augen des Mannes wanderten zu dem Armreif an Nicks Handgelenk. »Wir wollen doch nicht, dass er Dinge weitergibt, die niemanden etwas angehen, nicht wahr?«

»Das wird nichts mehr nützen«, entgegnete Nick trotzig. »Br… Mein Interface hat unsere Position schon längst weitergegeben.«

Wieder legte sich das boshafte Grinsen auf das Gesicht des Mannes. »Zerbrich dir mal nicht unseren Kopf, wir wissen, was wir tun. Das Ding wird entfernt.«

Nicks Verstand rotierte. Der Kerl konnte nichts von Carols Manipulation an Bruno wissen, wusste aber genau, wer Nick war, und damit sicher auch, wo er in den letzten drei Jahren gewesen war. Also musste er davon ausgehen, dass das CBPI noch der Programmierung der Schule folgte. Wie konnte es ihm egal sein, wenn Bruno vielleicht Signale zur Schule geschickt hatte?

»Ich werde euch jetzt ein paar Fragen stellen und …« Weiter kam der Geschniegelte nicht, denn plötzlich brach ein ohrenbetäubender Lärm los.

27

Noch während der Kerl im Anzug aus dem Stuhl hochschnellte, sprang die Tür auf, gleichzeitig begann es aus mehreren Düsen in der Decke zu regnen.

»Verdammt«, stieß der Grauhaarige aus und war mit ein paar Sätzen am Eingang und in der nächsten Sekunde aus ihrem Blickfeld verschwunden. Der Knall, mit dem die Tür zugeschlagen wurde, ging im auf- und abschwellenden Ton der Sirene unter, die – wodurch auch immer – ausgelöst worden war. Jedoch blieb die Tür nicht geschlossen, sondern sprang sofort wieder auf.

»Los, raus hier«, rief Carol Nick zu und schlug ihm auf die Schulter. »Feueralarm!«, kommentierte Bruno und fügte hinzu: »Allerdings ohne Feuer. Ich gebe ja zu, es zwar nicht geschafft zu haben, mich in das System …«

»Ja, schon gut.« Nick rannte los, hielt kurz an der Tür an und warf einen schnellen Blick nach draußen. Der Gang war leer.

»Die sind beschäftigt«, presste Carol schwer atmend hervor. »Ich habe alle ihre Alarm- und Feuerschutzsysteme aktiviert.«

Nick zeigte ihr den erhobenen Daumen und drückte sich vom Türrahmen ab. Auch im Flur versprühten mehrere Düsen in der Decke Wasser und sorgten dafür, dass ihnen innerhalb kürzester Zeit die Haare in nassen Strähnen am Kopf und im Gesicht klebten.

Nick wollte den gleichen Weg nehmen, den sie gekommen waren, zuckte allerdings an der ersten Biegung zurück, als er im nächsten Gang zwei der Wachen stehen und aufgeregt miteinander reden sah.

»Hier kommen wir nicht weiter«, sagte er dicht an Carols Ohr, denn die Sirene heulte noch immer in gnadenloser Lautstärke.

»Das hätte ich dir vorher sagen können, aber meine Informationen sind ja nicht gewünscht«, maulte Bruno.

Sie wandten sich ab und liefen wieder zurück, kamen an der geöffneten Tür ihres Kurzzeitgefängnisses vorbei und hielten vor der nächsten, ebenfalls offen stehenden Tür an. Der Raum dahinter war um ein Vielfaches größer als der, in dem man sie eingesperrt hatte. Die Gerätschaften und Apparaturen darin erinnerten Nick an eine Mischung aus einem Labor, wie er es aus der Schule kannte, und einer Schlosserwerkstatt. Seltsamerweise kam hier kein Wasser von der Decke.

Das Interessanteste war aber die seltsam aussehende Maschine, die in der Mitte stand und von zwei bewaffneten Männern bewacht wurde, denen der fürchterliche Lärm nichts auszumachen schien.

Das Gebilde hatte etwa die Größe eines Kleinwagens und bestand aus einem quadratischen, silbrigen Körper, an dem unzählige Kästchen, Leitungen, Antennen und mehrere gewölbte, glänzende Teile angebracht waren, die aussahen wie Suppenteller in verschiedenen Größen. Am auffälligsten war das etwa zwei Meter lange, armdicke Rohr. Ein Teil davon war von einem geriffelten Blech umgeben und ließ es wie den Lauf einer riesigen Waffe aussehen. Nicks Blick wanderte zurück zu den tellerähnlichen Gebilden. In ihrer Mitte war ein Logo angebracht, das Nick schon einmal gesehen hatte, und das war noch gar nicht lange her: ein gezeichneter Gitarrenhals, der sich wie eine Schlange um eine rote Note schlängelte.

Nick zog den Kopf zurück und drückte sich gegen die Wand.

»Die Instrumente und die technische Ausstattung deuten darauf hin, dass es sich um einen Satelliten handelt«, erklärte Bruno. »Die Funktion dieses ... *Rohrs* finde ich allerdings nicht in meiner Datenbank.«

»Da drin sind zwei Kerle«, zischte Nick Carol zu. »Sie bewachen etwas, das aussieht wie ein Satellit, meint Bruno. Mit einem Monster-Gewehrlauf dran. Und einem Logo. Es ist das der Music Factory.«

»Ich habe das nicht gemeint, sondern festgestellt. Und das sieht nicht aus wie ein Satellit, das *ist* ein Satellit.«

Carol sah Nick ungläubig an. »Ein Satellit mit Gewehrlauf?«

»Ja. Nur ohne diese Flügel aus Sonnenkollektoren.«

»Mit dem Aspen-Logo?«

»Verrückt, oder? Egal, wir müssen an den Kerlen vorbei.«

Carol nickte ihm zu und beugte sich etwas nach vorne. Nick beobachtete, wie ihr Blick über die Wand rund um die Tür strich und offensichtlich fand, wonach sie gesucht hatte.

Sie hob die Hand, sagte ein paar schnelle Worte in Richtung ihres CBPIs und blickte dann erwartungsvoll zur Tür. Es dauerte nur ein, zwei Atemzüge, bis eine Reaktion erfolgte. Mit einer gleichmäßigen Bewegung schwang die Tür zu und blieb zu Nicks Überraschung auch geschlossen. Als nur Sekunden später dumpfe Schläge zu hören waren, lächelte Carol. »Jetzt können wir.«

Der Gang machte einen Knick nach links, führte an zwei weiteren, zum Glück leeren Räumen vorbei und endete schließlich vor einer grauen, weit geöffneten Stahltür, hinter der das hell erleuchtete Gelände vor dem Haus zu sehen war.

Gerade als sie hinausschlüpfen wollten, rief Bruno »Stopp!«. Nick bremste so abrupt ab, dass Carol fast gegen ihn prallte. »Was ist?«

»Mein Scanner hat da draußen einen Mann mit einer Waffe entdeckt.«

Tatsächlich sah Nick einen der dunkel gekleideten Kerle, als er einen vorsichtigen Blick riskierte. Allerdings war er gerade dabei, aus seinem Blickfeld zu verschwinden. Als er schließlich um die Ecke gebogen war, streckte Nick den Kopf weiter hinaus und versuchte, sich zu orientieren. Offenbar führte der Ausgang seitlich aus dem Haus. Sie würden eine Strecke von etwa fünfzig Metern über freies Gelände ohne Deckung laufen müssen, um den Waldrand zu erreichen.

Nachdem er sich in alle Richtungen vergewissert hatte, dass niemand mehr in der Nähe war, gab Nick Carol ein Zeichen und rannte gebückt los.

Als sie gerade zwischen den ersten Bäumen in den Wald eintauchten, hörte das Heulen der Sirene hinter ihnen endlich auf. Nick duckte sich unter einen tief hängenden Ast und suchte das freie Stück zwischen dem Haus und ihrem Standort ab. Es schien ihnen niemand zu folgen.

»Puh, das war knapp«, sagte er und sah sich um. »Wir müssen Martin finden. Ich hoffe, die haben ihn nicht auch geschnappt.«

»Ich kann Martin nirgendwo in der Umgebung scannen«, berichtete Bruno. »Aber vom Haus her nähern sich zwei Personen.«

Tatsächlich lösten sich zwei Schatten von dem Gebäude und kamen mit erhobenen Waffen langsam über die Lichtung auf sie zu, wobei sie sich sekündlich nach allen Seiten umblickten.

»Wir müssen hier weg«, sagte Nick leise und deutete mit

dem Kinn in die Richtung, aus der die Männer kamen. »Hoffen wir, dass Martin es geschafft hat, rechtzeitig zu fliehen.«

»Und wenn nicht?«

Nick hob die Schultern. »Dann können wir im Moment nichts für ihn tun. Jetzt sollten wir auf jeden Fall hier verschwinden. Wir umrunden in einigem Abstand das Haus. Vielleicht hat Martin sich ja irgendwo versteckt.«

»Das glaube ich nicht«, bemerkte Bruno. »Ich kann ihn nirgendwo orten.«

Sie gingen ein paar Meter in den Wald hinein, gerade so weit, dass sie vom Haus aus nicht gesehen werden konnten, und machten sich dann auf den Weg. Nick war bei Weitem nicht so entspannt, wie er Carol gegenüber tat. Im Gegenteil, war der Gedanke, dass Martin etwas passiert sein konnte, für ihn unerträglich, und die Tatsache, dass er zumindest in diesem Moment nichts tun konnte, außer durch den Wald zu laufen, ließ Wut in ihm aufsteigen.

Was hatten die drei Jahre Ausbildung gebracht, in denen er auf alles verzichtet hatte, was Jungs in seinem Alter normalerweise taten? Er war weder in der Lage, etwas über seinen Vater herauszufinden, noch Martin zu helfen, wenn diese Kerle ihn wirklich geschnappt hatten. Und dann die Sache mit seiner bescheuerten Begabung. Was nutzte sie ihm, wenn er sie nicht steuern konnte? Letztendlich war er doch nur ein ganz normaler Fünfzehnjähriger, dem man eingeredet hatte, er sei etwas Besonderes.

Ein Ast peitschte ihm ins Gesicht. Die Wut wurde immer größer und schwappte mittlerweile wie eine heiße Welle durch seinen Körper. Plötzlich zuckte ein heißer Schmerz von seiner Wade aus durch das rechte Bein, und noch bevor er wusste, was passiert war, erstarrte die Welt um ihn.

Nick sah zu Carol herüber, die unendlich langsam mit der Hand einen Ast beiseitedrückte. In den Sekunden, die er sie betrachtete, schaffte sie höchstens zwanzig Zentimeter. Da war es, das Adrenalin. Aber warum in diesem Moment? Und was war mit seiner Wade? Der Schmerz war ebenso schnell wieder verschwunden, wie er aufgetaucht war, was ebenfalls mit dem Adrenalinschub zu tun hatte, wie er wusste. Er ließ ihn nicht nur unglaublich schnell werden, sondern verhinderte auch, dass er Schmerzen empfand.

Als Nick sich ein wenig bückte, sah er gleich, was passiert war. Ein spitz zulaufendes Holzstück ragte unweit seines Fußes schräg aus dem Boden. Es hatte sich beim Laufen in seine Wade gebohrt und ein Loch in seiner Anzughose hinterlassen. Nick schob den Stoff der Hose ein Stück hoch und betrachtete die Wunde. Sie war zum Glück nicht sehr tief und auch nicht groß, sodass sie ihn beim Laufen nicht behindern würde. Lediglich der Schmerz würde zurückkehren, sobald die Zeit für ihn wieder normal verlief.

Nick bückte sich und tastete die Wunde vorsichtig ab. Es war nicht erforderlich, sie nähen zu lassen, das konnte er mit seinem während der Ausbildung erworbenen medizinischen Wissen abschätzen. Aber sie hatte wohl dazu geführt, dass sein Körper ihm eine Portion Adrenalin beschert hatte.

Seltsam …

Nick richtete sich wieder auf. Kurz kam ihm der Gedanke, auf die Lichtung zu laufen und die beiden Männer zu entwaffnen, doch er entschied sich dagegen. Gut möglich, dass er in ein paar Sekunden wieder in den normalen Zeitfluss zurückfiel.

Carol hatte sich ihm mittlerweile zugewendet und riss gerade in einer ungläubigen Geste Augen und Mund gleichzeitig auf. Noch während Nick darüber nachdachte, dass die Szene in ihrer Langsamkeit fast schon lustig aussah, war es wieder vorbei. Er war zurück im normalen Zeitfluss.

Carol stieß einen spitzen Schrei aus und hielt sich die Hand vor den Mund. »Nick …«, setzte sie an, doch er würgte sie ab.

»Später. Wir müssen weg. Wenn die dich gehört haben, sind sie in einer Minute hier.«

Sie wandten sich um und rannten durch das Unterholz tiefer in den Wald hinein. Der Schmerz war zwar wieder da und schoss jedes Mal durch seinen Unterschenkel, wenn er auftrat, aber er war zu ertragen.

Erst nach einer gefühlt ewig langen Zeit, in der sie sich keuchend einen Weg zwischen Bäumen und Büschen hindurch gesucht hatten, blieben sie schwer atmend stehen.

»Ich denke, das reicht.« Nick beugte sich nach vorne und stützte die Hände auf den Knien ab, Carol ließ sich mit dem Rücken gegen einen mächtigen Baumstamm sinken.

»Das … war gerade … unglaublich«, stieß sie hervor. »Du warst auf einmal veschwunden. Einfach weg. Und dann war da ein … ich weiß nicht, wie ich es beschreiben soll. So was wie ein Schatten, der so schnell vorbeihuschte, dass ich nicht einmal sicher war, wirklich etwas gesehen zu haben.«

Nick wurde sich bewusst, dass es gerade das erste Mal gewesen war, dass Carol diese Situation mit ihm erlebte. »Das war diese Sache. Meine *Begabung*.«

»Das ist mir klar. Ich wusste ja, dass das manchmal passiert, aber das war echt … Wahnsinn.« Sie atmete tief durch und stieß sich dann wieder von dem Stamm ab. »Warum gerade in diesem Moment? Ich dachte, das geschieht nur, wenn du angegriffen wirst.«

Genau diese Frage beschäftigte Nick gerade auch. »Das

dachte ich auch«, antwortete er wahrheitsgemäß und deutete auf seinen Unterschenkel. »Ich habe mich am Bein verletzt. Vielleicht deshalb.«

»Was? Wo?«

Nick zog das Hosenbein ein Stück nach oben, sodass sie die Wunde sehen konnte.

»Autsch! Tut es sehr weh?«

»Eben war es schon heftig. Aber es lässt langsam nach.«

Offensichtlich wurde der Adrenalinschub, der sein Zeitgefühl veränderte, nicht nur durch einen Angriff oder einen Überraschungsmoment ausgelöst, sondern auch durch Schmerz. Starken Schmerz.

28

»Was machen wir jetzt?« Carol lehnte sich gegen die Motorhaube der Limousine, mit der Martin sie hergebracht hatte.

Nick versuchte überflüssigerweise, die Tür zu öffnen, obwohl er wusste, dass Martin sie abgeschlossen hatte. »Wir müssen zurück in die Stadt. Ich habe meine Sachen noch im Hotel. Und wir müssen Martin finden.«

»Kein Problem.« Carol kam ebenfalls zur Tür. »Der Wagen kann per Fernsteuerung geöffnet werden, also mit einem codierten Signal. Dauert nicht lange.«

Sie hob den Arm und begann, mit monotoner Stimme und irrer Geschwindigkeit ein Kauderwelsch zu reden, von dem Nick nicht ein einziges Wort verstand. Es klang gespenstisch, fast wie eine Beschwörung. Nick glaubte lediglich, dazwischen immer wieder lange, unverständliche Zahlenkolonnen zu hören.

Seine Gedanken schweiften ab und beschäftigten sich erneut mit der Frage, was genau dazu geführt hatte, dass er aus der Zeit gesprungen war. Aus der Zeit gesprungen … *gesprungen*. Der Begriff gefiel ihm.

Was also hatte dazu geführt, dass er, ohne direkt angegriffen zu werden, *gesprungen* war? Die Verletzung. Starker Schmerz. Er konnte seine Gabe also nur kontrollieren, indem er sich starken Schmerz zufügte? Was für eine unnütze Fähigkeit …

Nick registrierte das satte *Plopp*, mit dem das Türschloss aufsprang, und schob diese Gedanken beiseite. »Nicht schlecht«, kommentierte er die Aktion und öffnete die Fahrertür.

Autofahren war eines der Dinge, die er im dritten Jahr seiner Ausbildung gelernt hatte. Dazu hatten sie vier Wochen lang die Vormittage jeweils zu dritt mit einem Fahrlehrer auf einer eigens dafür gebauten Strecke hinter dem Freizeitpark verbracht.

»Es ist vielleicht besser, wenn ich fahre«, hielt Carols Stimme Nick jedoch vom Einsteigen ab. Er stockte.

»Aber du hast doch genauso wenig einen Führerschein wie ich.«

»Das stimmt, aber … na ja, falls wir angehalten werden, nutzt es vielleicht, wenn ich sage, dass Mick Connor mein Vater ist.«

»Wie ist es denn so, die Tochter des berühmtesten Rockstars aller Zeiten zu sein?«

»Glaube mir, das ist nicht immer eine Freude. Er und seine Bandkollegen sind bei der Polizei bestens bekannt. Ich weiß nicht, wie oft die schon bei uns zu Hause waren, weil die Jungs mal wieder ein Hotelzimmer zerlegt haben. Dann verteilt Dad immer ein paar Autogramme an die Polizisten und alles ist wieder gut. Dass Mick Connors Tochter ohne Führerschein Auto fährt ist da schon ein Bagatelldelikt.«

Sie benötigten fast eine Stunde bis zum Miracle Hotel, weil Carol es trotz allem vorzog, die Hauptverkehrswege zu meiden, und stattdessen auf wenig befahrene Nebenstraßen auswich. Während der Fahrt versuchte Nick ein paarmal bei Martin anzurufen. Jedes Mal meldete sich die Sprachbox. Martin war nicht erreichbar.

Carol parkte den Wagen halb auf dem Gehweg etwa fünfzig

Meter vor dem Hoteleingang und blieb sitzen, als Nick ausstieg und kurz darauf das Hotel betrat.

Als die Frau hinter der Rezeption, die ihm am Vortag das Zimmer gegeben hatte, ihn erkannte, lächelte sie und steuerte auf ihn zu.

»Marc Rücker?«

Nick blieb stehen. »Ja?«

»Hast du etwas vergessen?«

»Ehm ... nein, ich wollte in mein Zimmer.«

Die Frau hob eine Braue. »Aber dein Vater hat doch längst deine Sachen abgeholt.«

»Was?« Nick ging zur Rezeption. »Mein Vater? Wann?«

»Das war vor etwa drei Stunden.«

Drei Stunden? Etwa zu dieser Zeit waren sie mit Martin gerade im Wald vor dem Haus angekommen. Wie war das möglich?

»Wie hat der Mann ausgesehen?«

Sie lächelte unsicher. »Du weißt nicht, wie dein Vater aussieht?«

»Doch, das weiß ich.« Nick hörte selbst, dass seine Stimme härter klang, als er beabsichtigt hatte, aber das war ihm in diesem Moment egal. »Aber mein Vater kann meine Sachen nicht abgeholt haben, weil er bei mir war.«

»Hm ... Das ist ja seltsam. Der Mann war vielleicht Anfang vierzig, groß, schlank, mit kurzen, schwarzen Haaren.«

»Und Sie haben ihn einfach so in mein Zimmer gelassen? Ohne seinen Ausweis zu kontrollieren?« Mittlerweile war der Ärger in Nicks Stimme unüberhörbar. Das bemerkte auch die Rezeptionistin, aus deren Gesicht mit einem Mal das freundliche Lächeln verschwunden war. »Du hast uns gestern gesagt, deine Eltern kämen heute hier an. Warum sollte ich daran zweifeln, dass der Mann dein Vater sei? Er hat schließlich deine Rechnung bezahlt. Gestern hast du dich auch nicht darüber beschwert, dass ich *deinen* Ausweis nicht sehen wollte.«

Nick sah ein, dass eine Diskussion zu nichts führen würde. »Ja, schon gut.« Damit wandte er sich um und verließ das Hotel.

»Du hättest dir den Mann genauer beschreiben lassen sollen«, bemerkte Bruno, als Nick ins Freie trat und auf die Limousine zusteuerte, in der Carol wartete. »Denkst du, das könnte tatsächlich dein Vater gewesen sein?«

»Was?« Nick blieb fassungslos stehen. »Das ist nicht dein Ernst, oder?«

»Nein«, gab Bruno zu. »Ich wollte nur sichergehen, dass du dich nicht an einen vollkommen absurden Gedanken klammerst.«

»Na vielen Dank auch«, entgegnete Nick frustriert und setzte sich wieder in Bewegung. »Schreib mal eine Notiz in deine Datenbank: Dein Emotions-Chip ist Kacke.«

Nick stieg auf der Beifahrerseite ein und knallte mit einer wütenden Bewegung die Tür zu. »So ein Mist.«

Carol sah fragend zu ihm herüber. »Was ist passiert?«

»Irgendwer hat sich als mein Vater ausgegeben und meine Sachen aus dem Hotel geholt.«

»Oh … Wann?«

»Als wir gerade mit Martin zu diesem Haus unterwegs waren.«

»Derjenige muss also gewusst haben, dass du so schnell nicht zurückkommst.«

Nick dachte darüber nach. »Das ist echt Mist, bei den Sachen waren auch mein falscher Pass und der Schnellhefter von Bob Barnes mit den Informationen über Victor Drago. Wenn derjenige, der den Schnellhefter jetzt hat, wusste, dass wir zu diesem Haus unterwegs waren und man uns dort schon erwartete …« Er wandte sich im Sitz Carol zu. »Mann, na klar! Die haben uns nicht mit Überwachungskameras entdeckt. Die wussten schon vorher, dass wir kommen. Und das kann ihnen nur einer gesagt haben: Der kongolesische Botschafter, wer sonst?«

»Das ergibt Sinn«, bestätigte Carol und blickte durch die Windschutzscheibe nach vorne.

Nach einem Moment nachdenklichen Schweigens sagte Nick: »Ich habe langsam das Gefühl, die stecken alle unter einer Decke.«

»Wen meinst du?«

»Na, die Typen aus dem Haus, der Botschafter, die von der Plattenfirma …«

»Meinst du die Aspen Music Factory?«

»Ja. Die waren doch auch plötzlich ganz zugeknöpft, als ich nach Drago fragte. Und deren Logo war doch auf diesem komischen Satelliten. Ich frage mich nur, was die vorhaben. Wenn mein Vater noch lebt, dann haben die ihn jetzt drei Jahre in ihrer Gewalt. Drei Jahre! Da muss es doch um etwas ganz Großes gehen.«

»Und du glaubst wirklich, die Factory hängt da mit drin?«

»Ja, das glaube ich. Schließlich gehört sie auch diesem Drago.«

»Ok.« Carol startete den Motor und fuhr los.

»Wo fahren wir hin?«

»Na, rate mal. In die Botschaft reinzukommen, ist zwar möglich, wird aber auf jeden Fall einigen Staub aufwirbeln. Also fahren wir besser zur Music Factory. Erst einmal.«

»Mitten in der Nacht? Da ist doch jetzt niemand mehr.«

»Genau deswegen. Du weißt ja, dass mein Vater mit seiner Band bei denen unter Vertrag ist. Ich bin schon als Kind mit ihm dort gewesen, wenn sie ein neues Album aufgenommen haben, und während er im Studio saß, bin ich da herumgelaufen. Ich kenne so ziemlich jeden Raum. Und … ich kenne ihr Sicherheitssystem.«

Nick lehnte sich zurück. »Na dann los.«

Der Gedanke, etwas zu unternehmen, statt sich irgendwo einen Schlafplatz zu suchen und die Hände in den Schoß zu legen, gefiel Nick ebenso wie Carols Art, Dinge anzugehen.

Unterwegs probierte er noch einmal, Martin anzurufen. Vergebens! Sicherheitshalber hinterließ er eine Nachricht, dass sie auf dem Weg zur Music Factory waren.

Carol parkte die Limousine in einer Nebenstraße, die letzten zweihundert Meter gingen sie zu Fuß. Sie näherten sich dem Gebäude der Music Factory von der Rückseite, die in völliger Dunkelheit lag und fast ein wenig unheimlich wirkte.

Noch während sie auf eine der rückseitigen Türen zugingen, sagte Carol flüsternd zu ihrem CBPI: »Das Gebäude vor uns. Welches System?«

»Das könnte ich auch«, erklang Brunos Stimme hinter Nicks Ohr.

Nick drehte sich ein wenig zur Seite, um Carol nicht zu stören, die offensichtlich ihrem CBPI zuhörte. »Könntest du nicht.«

»Natürlich. Wenn Carols CBPI das kann, könnte ich es auch. Wenn du könntest, was Carol kann.«

»Ach, jetzt bin ich schuld, dass du dich nicht in einen Computer hacken kannst?«

»Natürlich.«

»Nein, bin ich nicht, denn wenn du wirklich ein so hoch

entwickeltes Genie wärst, wie du glaubst, könntest du das ganz alleine.«

»Pah! Das kann Carols Interface auch nicht.«

»Ok«, sagte in diesem Moment Carol leise. »Öffnen.«

Als die Tür aufsprang, grinste Nick. »Noch Fragen?«

Darauf schwieg Bruno.

»Willkommen im Reich der Musik«, sagte Carol leise und öffnete die Tür.

»Kannst du eigentlich alle Alarmanlagen ausschalten und alle Türen öffnen?«

Carol lächelte. »Solange sie computergesteuert sind … ja. Türen öffnet mein Interface alleine, bei komplizierten Sicherheitssystemen muss ich schon mal nachhelfen. Noch. Ich habe vor Kurzem erst mit den Modifikationen begonnen.«

Der Bereich vor ihnen lag in fast vollkommener Dunkelheit. Nick wollte schon die Taschenlampenfunktion seines Handys aktivieren, als ein schwacher rötlicher Schein den Gang, der nun erkennbar vor ihnen lag, gerade so weit aus der Dunkelheit riss, dass sie ihre Umgebung erkennen konnten.

»Notbeleuchtung«, erklärte Carol, worauf Nick sich ein Grinsen nicht verkneifen konnte.

»Lass mich raten: computergesteuert?«

»Könnte ich doch«, bemerkte Bruno, worauf nun aber Nick nicht mehr einging.

Nach wenigen Metern führte – ebenfalls in schwachen roten Schein getaucht – auf der rechten Seite eine Treppe nach unten, gleich dahinter eine weitere in die erste Etage.

»Oben sind nur Büroräume und die Studios«, erklärte Carol. »Es ist schon eine Weile her, dass ich dort war, und es kann sich natürlich einiges geändert haben, aber im Keller war ich noch nie.«

Nick betrachtete die hinabführende Treppe. »Dann los, steigen wir in die Katakomben.«

Nachdem sie vorsichtig den ausgetretenen Steinstufen nach unten gefolgt waren, tat sich vor ihnen ein Gang auf, der dem im Erdgeschoss ähnlich war. Er war mindestens fünfzehn Meter lang und endete in einer nur schemenhaft erkennbaren Tür. Auch zu beiden Seiten gingen mehrere Räume ab, die allesamt geschlossen waren.

»Hoffentlich sind die nicht abgeschlossen«, flüsterte Nick und fragte sich im gleichen Moment, warum er das tat. Sie waren augenscheinlich alleine hier unten. »Ich glaube nicht, dass diese Schlösser computergesteuert sind.«

Statt etwas darauf zu entgegnen, trat Carol an die erste Tür heran, drückte die Klinke herunter und öffnete sie mit einem beherzten Griff.

In dem Raum dahinter gab es keine Notbeleuchtung, aber durch mehrere Oberlichter knapp unter der Decke fiel etwas Licht von einer Straßenlaterne draußen herein und ließ sie erkennen, dass es hier bis auf ein Regal mit einigen verstaubten Dosen und Kisten nichts gab.

Auch hinter den beiden nächsten Türen verbarg sich nichts Spektakuläres. Erst bei Raum Nummer vier auf der gegenüberliegenden Seite wurde es interessant. Er war als Einziger abgeschlossen und offensichtlich mit einem Zahlencode gesichert, denn neben dem Rahmen befand sich ein Kästchen mit einem Zahlenblock.

»Da muss ja was ganz Besonderes drin sein«, kommentierte Carol und setzte an, ihrem CBPI einen Befehl zu geben, als Nick sie unterbrach. »Warte!«

Als Carol ihn fragend ansah, hob er die Hand. »Bruno, öffne die Tür.«

»Das kann ich nicht.«

»Aha. Dann wäre das also geklärt.«

»Bruno kann die Tür nicht öffnen, weil ihm der Schnittstellen-Code fehlt.«

»Noch Fragen?« Der Triumph in Brunos Stimme war nicht zu überhören.

»Aber du hast recht, vielleicht werden wir das mal brauchen. Es dauert nicht lange, ich kann den Code per Kabel übertragen. Das machen wir sofort, wenn wir da drin sind. Sorry, dass ich noch nicht daran gedacht habe.«

Die Tür sprang auf und blieb einen Spalt weit geöffnet, durch den sich die Dunkelheit drückte, als wolle sie aus dem Raum fliehen. Nick legte die Hand auf das kühle Metall der Tür und schob sie weiter auf.

Der rötliche Schein der Notbeleuchtung drang ein, zwei Schritte weit in den Raum ein, dann wurde er von der Finsternis verschluckt. Hier gab es also kein Fenster, sodass ihnen nichts anderes übrig blieb, als das Licht einzuschalten.

Als die Neonleuchten an der Decke aufflammten und ihr kaltes, abweisendes Licht auf jedes kleinste Detail legten, ahnte Nick schon auf den ersten Blick, dass sie etwas Wichtiges entdeckt hatten.

Der Raum war recht groß, Nick schätzte ihn auf vierzig oder fünfzig Quadratmeter. An der Wand dem Eingang gegenüber reihten sich einige Aktenschränke nebeneinander, rechts davon befand sich ein langer, schmaler Tisch, auf dem mehrere Computermonitore standen, dazwischen lagen einzelne Blätter und Stifte herum. Neben dem letzten Bildschirm stand ein halb gefülltes Wasserglas.

Das interessanteste Möbelstück aber befand sich in der Mitte und dominierte den gesamten Raum.

Es handelte sich um einen massiven, dunklen Holztisch mit gedrehten Beinen, auf dem ein mindestens zwei Meter langes und fast ebenso breites Plakat oder Poster lag, auf dem Nick von ihrem Standpunkt aus nur ein Chaos aus schwarzen Linien erkennen konnte. Erst als sie sich beide wortlos näherten, erkannten sie, dass es sich um eine technische Zeichnung handelte, die irgendein kompliziertes Bauteil zeigte und mit Bemaßungslinien und technischen Begriffen übersät war.

Nick betrachtete das Linienwirrwarr fasziniert und registrierte nur nebenbei, dass Carol sich währenddessen an Bruno zu schaffen machte. »*Travelling Wave Tube*«, las Nick laut die Überschrift, die mittig am oberen Rand angebracht war. Sein Blick glitt über die unzähligen Begriffe, die über das Blatt verteilt waren und von denen aus Pfeillinien auf verschiedene Bauteile des länglichen Gerätes zeigten. »HF-Eingang, Helix-Wendel, Elektronenkollektor … Das ist der Plan einer Wanderfeldröhre.«

»Aha«, machte Carol und schob die Unterlippe vor. »Was du alles weißt.«

»*Nachrichtendienstliche Kommunikation,* drittes Ausbildungsjahr«, erklärte Nick, woraufhin Carol die Augen verdrehte. »Gut, dass ich andere Schwerpunkte habe.«

Er richtete seine Aufmerksamkeit wieder auf die Zeichnung. »Wanderfeldröhren werden zur Verstärkung schwacher Signale in Radargeräten und in der Satellitenkommunikation eingesetzt.«

Nicks Blick fiel auf eine weitere zusammengerollte Zeichnung am Rand des Tisches. Als er danach greifen wollte, stoppte Carol ihn. »Kleinen Moment noch. Die Übertragung ist durch.« Sie griff nach dem Kabel und zog es von Bruno ab.

»Ah«, machte der. »Ich fühle mich, als hätte ich gerade ein Stück leckere Schokolade gegessen.«

Nick verzichtete darauf, ihm zu sagen, dass er nicht wissen konnte, wie Schokolade schmeckte.

Er griff nach der Rolle, breitete sie auf dem Tisch aus und stieß ein überraschtes »Ich werd verrückt!« aus.

Obwohl die Zeichnung zweidimensional und ebenfalls mit Bemaßungslinien und Fachbegriffen übersät war, erkannte Nick auf Anhieb, was dort vor ihm lag.

Es war eine Darstellung des Satelliten, den sie bei ihrer Flucht aus dem Anwesen gesehen hatten. Inklusive des armdicken Rohres. Auch Carol begriff, um was es sich bei der Zeichnung handelte, und riss die Augen auf. »Das ist der Satellit, stimmt's?«

»Ja. Und damit ist auch klar, dass zumindest ein paar Leute dieser Music Factory mit den Kerlen in dem Haus da draußen unter einer Decke stecken.«

Nicks Aufmerksamkeit richtete sich auf ein rot eingezeichnetes Kästchen, an dem offenbar der lange Lauf befestigt war, den er am Abend schon live an dem Satelliten gesehen hatte. Es war das einzige farbige Element der gesamten Zeichnung. Ebenfalls in Rot waren fett die Buchstaben FT eingezeichnet.

Nick hatte keine Ahnung, was damit gemeint sein konnte.

»Was hat eine Musikproduktionsfirma mit einem Satelliten zu tun?«, dachte er laut nach.

Carol hob die Schultern. »Wer weiß, vielleicht wollen sie einen eigenen Musikkanal eröffnen und dafür den Satelliten ins All schießen lassen.«

Nick tippte mit dem Finger auf die Darstellung des Laufes. »Und damit werden die Songs dann wohl zur Erde geschossen.«

Ein Blatt Papier zog seine Aufmerksamkeit auf sich, auf dem nur zwei handgeschriebene Worte standen, ebenfalls in Rot. Er griff danach und betrachtete es. Das erste der Worte war eingekreist:

Farbolit!

Darunter stand doppelt unterstrichen: *WOHER???*

Nick zuckte innerlich zusammen. Farbolit … das konnte hinter den Buchstaben FT in der technischen Zeichnung des Satelliten stecken. Zudem war er ganz sicher, dass er diesen Begriff schon einmal gehört oder gelesen hatte, und das war noch nicht lange her.

»Drei Männer mit Waffen kommen durch den Gang auf die Tür zu«, erklärte Bruno, als würde er den Wetterbericht verlesen.

»Was?« Nick wandte sich an Carol und sah sofort, dass sie gerade das Gleiche von ihrem Interface gehört hatte.

»Mist, was sollen …«, weiter kam er nicht, da flog mit einem Knall die Tür auf.

29

Die drei Männer stürmten mit Getöse in den Raum, jeder von ihnen hatte eine Waffe auf Carol und Nick gerichtet. Der vordere, ein kleiner, untersetzter Endfünfziger, trug eine Maschinenpistole, die anderen, beide schlanker und jünger, zielten mit Pistolen auf sie. Einen von ihnen erkannte Nick sofort. Es war der Kerl, den er gemeinsam mit einer Frau im Freizeitpark gesehen hatte.

»Weg da!«, schrie der Dicke sie mit hochrotem Kopf an, und als sie nicht gleich reagierten, fügte er hinzu: »Na los!«

Nick und Carol wichen langsam vom Tisch zurück. Als sie mit den Rücken gegen ein Regal stießen, deutete der Kerl mit dem Kopf zu Carol. »Nehmt ihr sofort das Ding ab. Es ist manipuliert.«

Nick ahnte, was damit gemeint war, und versteckte instinktiv die Hand mit Bruno hinter seinem Rücken. Gleichzeitig fragte er sich, woher diese Typen wussten, dass Carol ihr Interface modifiziert hatte.

Einer der beiden schlanken Männer verließ den Raum, während der, den Nick vom Freizeitpark her kannte, sie weiter beobachtete. Kurze Zeit später kehrte der andere mit einem ringförmigen Gerät zurück, das einen Innendurchmesser von vielleicht fünfzehn Zentimetern hatte. Ausreichend, um das Ding über eine Hand zu schieben. Sie hatten ein Gerät griffbereit, mit dem man augenscheinlich die CBPIs abnehmen konnte, also wussten sie schon vorher, dass sie es brauchen würden, um Carols CBPI zu zerstören. Dazu mussten die Kerle aber auch von irgendwem erfahren haben, dass sie kommen würden. Ebenso wie die Typen in dem Haus außerhalb der Stadt.

Es konnte nur der kongolesische Botschafter dahinterstecken. Wahrscheinlich hatte Djuma Bangala schon von Nicks erstem Besuch in der Aspen Music Factory gewusst, als er mit Martin bei dem Empfang in der Botschaft aufgetaucht war.

Ohne Zögern ging der Mann zu Carol und befahl: »Deine Hand.«

Eine hässliche Narbe zog sich wie eine Sichel von der linken Augenbraue über den Wangenknochen bis fast zum Mund.

»Da ist nichts manipuliert. Ich weiß überhaupt nicht …«

Der Dicke verzog säuerlich das Gesicht. »Hör auf mit den Märchen. Wir wissen alles, klar? Also, hoch mit dem Arm.«

»Nein!«, entgegnete Carol mit fester Stimme und sah ihrem Gegenüber trotzig in die Augen, woraufhin der unbeeindruckt die Pistole hob und auf Carols Stirn richtete. »Ich sage es nicht noch einmal.«

»Mach es«, zischte Nick ihr zu.

»Nein!«, stieß Bruno aus.

So unendlich langsam, dass Nick für einen kurzen Moment schon dachte, er wäre wieder *gesprungen*, hob sie den Arm mit dem CBPI und hielt ihn waagerecht ausgestreckt dem Mann entgegen. Die Qual, die ihr das Wissen um das, was nun kommen würde, bereitete, stand ihr ins Gesicht geschrieben.

Als der Kerl das Gerät über ihre Hand schob und auf dem

flachen Band an ihrem Gelenk ablegte, murmelte Bruno: »Er wird es zerstören. Mir wird schon vom Hinscannen ganz schlecht.«

»Bitte, tun Sie das nicht.« Carols Stimme klang plötzlich ganz klein, was das Narbengesicht jedoch nicht im Geringsten beeindruckte. Er steckte die Pistole in den hinteren Hosenbund und hielt mit der linken Hand Carols Unterarm fest, während er mit der rechten einen Knopf auf dem seltsamen Gerät drückte.

Ein hoher Piepton war zu hören, dann zog das Gerät sich mit einem Ruck zusammen und bedeckte so Carols CBPI komplett. Es lag nun wie ein monströses Armband fest um ihr Handgelenk. »Nein, bitte«, flehte Carol, doch es war zu spät. Das knirschende Geräusch berstenden Metalls, gefolgt von einem Aufschrei Carols, jagte Nick einen Schauer über den Rücken und veranlasste Bruno zu einem Ton, der einem menschlichen Ächzen sehr nahekam.

In der nächsten Sekunde schnappte der Ring wieder auseinander und das zerstörte CBPI fiel zu Boden, wo es wie ein weggeworfenes Armband liegen blieb.

»Ihr Menschen seid so gewalttätig …« Brunos Stimme klang jämmerlich. Obwohl Nick sich bewusst war, dass das, was da neben Carols Füßen auf dem Betonboden lag, nichts weiter als eine Anhäufung elektronischer Mikrobauteile war, empfand er ähnlich.

»Bitte verhindere, dass sie das auch mit mir tun«, flehte Bruno, doch nachdem der Mann den Ring von Carols Handgelenk abgezogen hatte, machte er Anstalten, die Prozedur bei Nick zu wiederholen. Er wandte sich ihm zu und deutete mit dem Kinn auf sein Handgelenk. »Deinen Arm.«

»Warte«, befahl der Dicke. »Kann sein, dass wir das Ding

noch auslesen sollen, bevor wir es zerstören. Und seins ist nicht manipuliert, so wie ihres.«

Der Kerl zuckte mit den Achseln, wandte sich um und brachte das Gerät aus dem Raum. Carols zerstörtes CBPI ließ er achtlos liegen.

»So, ihr Früchtchen«, knurrte der Dicke. »Nachdem ihr jetzt also keine Möglichkeit mehr habt, irgendwelchen Unsinn mit dem Spielzeug der Kleinen anzustellen, möchte ich von euch wissen, was ihr hier zu suchen habt.«

»Ach, das wissen Sie nicht?«, entgegnete Nick angriffslustig. »Ich dachte, Sie wissen *alles*?«

»Wir wissen eine ganze Menge. Zum Beispiel, dass du der Sohn von Ben Nader bist. Und dass du dich bei deiner Zwischenprüfung aus dem Staub gemacht hast und dir jemand dabei geholfen hat. Wir wissen von dem Schließfach und seinem Inhalt.«

Nick gab sich alle Mühe, sich nicht anmerken zu lassen, wie sehr ihn schockierte, was er da hörte, doch es schien ihm nicht zu gelingen, wie das fiese Grinsen seines Gegenübers ihm zeigte.

»Alles klar? Also: Wonach habt ihr hier gesucht?«

»Ich wollte Nick das Studio zeigen«, erklärte Carol so ruhig, als würde keine Waffe auf sie gerichtet und ihr CBPI befände sich noch an ihrem Handgelenk. »Wir haben uns verlaufen. Mein Vater ist Mick Connor und Sie können sich auf was gefasst machen, wenn Sie uns nicht sofort gehen lassen.«

»Es interessiert mich einen Scheiß, wer dein Vater ist, Kleine. Ihr seid hier eingebrochen und wir haben euch überrascht.« Er riss theatralisch die Augen auf. »Und wir haben uns sehr erschrocken. Da kann schon mal schnell was passieren.« Was er damit meinte, machte er deutlich, indem er mit dem Lauf seiner Maschinenpistole vor ihnen herumruderte.

»Dieser Mensch benutzt Ausdrücke aus der untersten Schublade und hat keinerlei Marnieren«, stellte Bruno fest, während der Dicke abwinkte.

»Wie auch immer ... ihr kommt jetzt mit. Es gibt jemanden, der sich mit euch unterhalten möchte.«

»Mr. Drago, hab ich recht?«, platzte es aus Nick heraus, woraufhin der Dicke ein humorloses Lachen ausstieß und den Kopf schüttelte.

»Hört euch das an. Mister Drago. Als ob der nichts anderes zu tun hätte, als sich um einen kleinen Furz zu kümmern, der so einfältig ist zu glauben, er könne einfach so ungestraft in sein Eigentum einbrechen. Los jetzt, raus hier.«

Nick bemerkte den wehmütigen Blick, mit dem Carol das zerstörte CBPI auf dem Boden betrachtete, bevor sie sich abwendete und vor Nick den Raum verließ.

»Nach rechts«, befahl der Dicke und bohrte Nick den Lauf der MP in den Rücken. Auch der Gang war mittlerweile hell erleuchtet, sodass Nick an Carols Rücken vorbei die Treppe sah, die sie heruntergekommen waren.

»Du lässt es nicht zu, dass man mir das Gleiche antut, nicht wahr?« Brunos Stimme klang so, als sei er nicht davon überzeugt. »Oder?«

»Nein«, murmelte Nick leise zwischen zusammengebissenen Zähnen.

Einer der beiden jüngeren Männer, es war das Narbengesicht, drückte sich an Nick und Carol vorbei und übernahm die Führung.

Sie stiegen die Treppe hoch ins Erdgeschoss und dann gleich weiter in die erste Etage.

Dort wurden sie in einen Raum dirigiert, der nur mit zwei leeren Schreibtischen mit zwei Stühlen davor und einem weiteren seitlich an der Wand ausgestattet war und offensichtlich nicht genutzt wurde.

»Setzen!«, ordnete die Stimme hinter Nick an. Carol und Nick ließen sich auf die Stühle fallen und sahen den beiden Männern entgegen, die sich mit versteinerten Mienen vor ihnen aufgebaut hatten, während der Dicke sich den dritten Stuhl griff, ihn vor ihnen abstellte und sich breitbeinig umgekehrt darauf niederließ, sodass er sie über die Rückenlehne hinweg ansah.

»Ich frage euch jetzt ein letztes Mal, wonach ihr gesucht habt, und ich gebe euch den guten Rat, mir zu sagen, was ich wissen will. Wenn ich dem, der gleich hier sein wird, keine befriedigende Antwort geben kann, wird *er* euch befragen, und ich verspreche euch, dass das weitaus unangenehmer für euch wird. Also?«

»Wir haben uns verlaufen, als ich Nick das Studio zeigen wollte, in dem mein Vater, Mick Connor, mit seiner Band seine Alben aufnimmt«, blieb Carol stur bei ihrer Version. »Und wenn der große Unbekannte, der gleich kommt, nur ein bisschen mehr Verstand hat als Sie, wird er erkennen, in welche Schwierigkeiten Sie sich gerade bringen, und uns ganz schnell gehen lassen.«

»Ihr kapiert es nicht, oder? Ihr habt eure Nasen da in eine ganz große Sache gesteckt. Zu groß für vermeintliche Superagenten und tausendmal zu groß für Früchtchen wie euch.«

Nicks Magen zog sich zusammen. »Wen meinen Sie mit Superagenten? Meinen Vater?«

»Ja, ich meine deinen Vater. Er hätte vor drei Jahren die Finger von Dingen lassen sollen, die seine Vorstellungskraft sprengen. Na ja …« Er senkte den Kopf, betrachtete seine Schuhe und sagte im Plauderton: »Das musste er teuer bezahlen.«

Nick fuhr hoch. »Was? Was soll das heißen?«

»Setzen!«, herrschte das Narbengesicht Nick an und richtete den Lauf der Pistole auf seine Stirn. Nick ließ sich wieder zurücksinken, woraufhin der Mund in dem schwammigen Gesicht des Dicken sich zu einem bösartigen Grinsen verzog. »Denk mal darüber nach.«

Nicks Herz, das ihm gerade noch aus dem Hals springen wollte, schien mit einem Mal mit dem Schlagen aufzuhören. Eine eisige Kälte breitete sich mit rasender Geschwindigkeit in ihm aus und brachte eine schmerzhafte Leere mit sich. »Ist er … tot?«

»Ich schätze, das ist genau das, was er damit sagen möchte«, erklärte Bruno. »Aber darauf würde ich nicht allzu viel geben. Die Wahrscheinlichkeit, dass ein Mensch mit dem Benehmen dieses Mannes bedenkenlos lügt, ist recht hoch.«

»Wie ich schon sagte: Denk mal darüber nach. Was meinst du wohl?«

Nick kam nicht mehr dazu, sich weitere Gedanken zu machen, denn Geräusche von außen zogen seine Aufmerksamkeit auf sich und ließen darauf schließen, dass jemand über den Flur in ihre Richtung kam. Der große Unbekannte.

»Oh!«, machte Bruno.

Erwartungsvoll blickte Nick ebenso wie Carol zu der geöffneten Tür, und noch ehe Nick darüber nachsinnen konnte, was Brunos Ausruf bedeuten konnte, tauchte eine Gestalt im Eingang auf und betrat ohne Zögern den Raum, kam geradewegs auf sie zu und blieb breitbeinig vor ihnen stehen.

In der rechten Hand hielt der Mann ein Messer, in dessen

langer Schneide sich das Licht der Neonröhren unheilvoll spiegelte.

»So, und jetzt möchte ich von euch beiden alles erfahren, was ihr wisst.«

Nicks Unterkiefer klappte nach unten, er hörte auf zu atmen, seine Glieder wurden taub. Er fühlte nichts mehr und dachte nichts mehr. Mechanisch schloss er den Mund wieder, dann formten seine Lippen ein Wort, fast tonlos, weil seine Stimme ihm den Dienst versagte.

»Martin?«

30

Für einen kurzen Moment schien es, als husche ein trauriger Schatten über die Züge des Mannes, der fast Nicks ganzes Leben begleitet hatte, der der Vertraute seines Vaters und wie ein Familienmitglied für Nick gewesen war. Doch schon einen Atemzug später verhärtete sich das so vertraute Gesicht wieder.

»Es wird Zeit, Nick, dass du lernst, dass die Welt kein Abenteuerspielplatz ist. Ich frage euch jetzt nur …«

»Bruno! Code 3466.«

Nick hörte Carols Stimme, doch die Worte klangen für ihn, als seien sie in einer fremden, unverständlichen Sprache gesprochen worden. In seinem Kopf herrschte ein eigenartiges Vakuum, das jeden Gedanken in die Verständnislosigkeit absaugte, noch bevor er zu Ende gedacht war.

»Was soll das dämliche Geschwafel?«, meckerte der Dicke hinter Martin. »Halt gefälligst deinen …«

Die Dunkelheit senkte sich so plötzlich über den Raum, dass sie die Worte des Mannes wie ein Fallbeil abschnitt.

Gleichzeitig ging, wie schon in dem Haus vor der Stadt, die Alarmanlage mit ohrenbetäubendem Lärm los. Nick spürte einen hastig ausgestoßenen Atem direkt neben seinem Ohr, dann Carols überlaute Stimme: »Los, raus hier. Lauf!«

Er sprang auf, hechtete auf die Tür zu und rannte. Durch

den Gang, der nun wieder vom rötlichen Schein der Notbeleuchtung in dämmriges Licht getaucht wurde, weiter zur Treppe. Alle Geräusche um ihn herum waren schlagartig verstummt. Er lief den Flur im Erdgeschoss entlang zum rückwärtigen Ausgang und hinaus ins Freie. Er lief und lief und lief, so schnell ihn seine Füße trugen.

Statt aus Worten bestanden seine Gedanken nur noch aus Bildern, die wie Plakate vor seinem inneren Auge aufblitzten, gerade lange genug, dass er erkennen konnte, was darauf zu sehen war, bevor schon das nächste auftauchte. Sie alle zeigten Szenen mit seinem Vater und ihm. Und mit Martin, der stets in ihrer Nähe gewesen war und darauf geachtet hatte, dass niemand ihnen zu nahe kam. Der mit ihm auf einem Sumpfboot durch die Mangrovenwälder der Everglades in Florida gedüst war, als sein Vater mal für einen halben Tag wegmusste. Der ihm das Gefühl gegeben hatte, immer für ihn da zu sein.

Für ihn da zu sein … Carol …

Nicks Verstand schob die Bilder der Vergangenheit zur Seite und kehrte in die Gegenwart zurück. Er hatte kein Gefühl dafür, wie lange er wie ein Besessener gerannt war, seit er das Gebäude der Music Factory verlassen hatte. Er wusste nicht einmal, ob Carol zwischenzeitlich etwas gesagt hatte. Er wollte ihren Namen rufen, doch das war ihm nicht möglich, weil er vor Erschöpfung die Luft gierig in seine Lungen saugen musste.

Langsam und mit pumpenden Lungenflügeln wandte er sich um und sah … nichts, außer der tristen, menschenleeren Dunkelheit eines verlassenen Fabrikgeländes. Doch, da war noch etwas. Schräg neben ihm, etwa zehn Meter entfernt, entdeckte er einen Hund. Und dieser Hund schwebte gerade unglaublich langsam durch die Luft. So langsam, dass … Nick klar wurde, dass er gerade gesprungen war. Carol! Unter diesen Umständen konnte sie ihm unmöglich hinterhergekommen sein. Ohne sein Wissen war er ihr davongelaufen.

»Carol?«, rief er dennoch, erst zaghaft, dann noch einmal, lauter. Er versuchte, im Mondschein Einzelheiten der weiteren Umgebung zu erkennen. Schließlich schrie er ihren Namen und es war ihm egal, ob vielleicht jemand anderes ihn hörte. Hastig huschte sein Blick immer wieder über das weitläufige Gelände, den riesigen Bau der alten Fabrikhalle, der sich als monströser Schatten vor dem nicht vollkommen schwarzen Himmel abzeichnete.

Carol hatte ihm schon zum zweiten Mal die Flucht ermöglicht. Und er war losgerannt, blind vor … Schmerz? Ohne sich noch einmal nach ihr umzusehen. Er hatte in seiner Enttäuschung und in Selbstmitleid gebadet und hatte seine Gabe aktiviert, sodass diejenige, die viel riskiert hatte, um ihm zu helfen, ihm nicht folgen konnte. Vielleicht hatte sie sich verletzt? War umgeknickt und hatte nach ihm gerufen? Vergebens, weil er unter einer Glocke aus Adrenalin losgerannt war, schneller, als irgendein Mensch ihm hätte folgen können. Wie musste sie sich gefühlt haben, als sie zusehen musste, wie er plötzlich vor ihr verschwunden war?

Martin versuchte sich wieder in seinen Kopf zu drängen, doch er wischte die Gedanken an ihn beiseite. Er musste jetzt funktionieren. Carol suchen. Er musste zurück.

Gerade als er in die Richtung loslaufen wollte, aus der er gekommen war, hörte er schnell näher kommende Stimmen. Er hörte Stimmen … also war er wieder in den normalen Zeitfluss zurückgefallen. Hastig sah er sich um, entdeckte wenige Meter entfernt eine Aufhäufung aus Bruchsteinen und kauerte sich geduckt dahinter.

»Bist du sicher, dass er in diese Richtung gelaufen ist?«

»Ja, verdammt.« Das hörte sich nach dem Dicken an.

»Und wo ist er dann? So schnell kann er nicht sein, dass wir ihn verloren haben. Er ist noch ein Kind.«

»Was weiß denn ich? Er hat eine verdammt gute Ausbildung gehabt, dass hat Martin doch gesagt. Lass uns zurückgehen. Die Kleine weiß bestimmt, wohin Nader laufen wird. Die werde ich schon zum Reden bringen.«

Die Kleine ... Carol! Sie hatte sich also gar nicht verletzt. Die Kerle hatten sie gefasst. Und er war so sehr mit sich selbst beschäftigt gewesen, dass er es nicht bemerkt hatte.

»Vielleicht hat Martin sie auch schon in der Mangel.« Die Stimmen entfernten sich. »Dann kann sie einem leidtun. Der Kerl ist mir unheimlich.«

Nick richtete sich vorsichtig auf und versuchte, die Männer zu entdecken, aber sie waren wohl schon wieder so weit entfernt, dass die Dunkelheit sie verschluckte.

Martin ... Der Kerl ist mir unheimlich ...

Nick fühlte sich, als würden seine Beine ihm jeden Moment den Dienst versagen. Er brauchte einen Platz, wo er sich hinsetzen konnte. Ein Versteck für den Rest der Nacht, wo er über die Ereignisse dieses Abends nachdenken und sich überlegen konnte, was jetzt zu tun war.

Sein Blick fiel auf die bedrohlich wirkende Ruine der alten Fabrikhalle. Dort würde er etwas finden. Dort *musste* er etwas finden. Weiter als bis in das halb verfallene Gebäude würde er es nicht mehr schaffen.

Türen gab es fast keine mehr in dem Gemäuer, die meisten der Eingänge gähnten ihm als schwarze Löcher entgegen. Nick entschied sich für einen schmalen Eingang auf der linken Seite, der einmal eine Nebentür gewesen sein konnte.

Er machte ein paar Schritte in den Bau hinein und warf einen Blick nach oben, wo es in diesem Bereich keine Zwischendecke gab und in etwa zehn Metern Höhe das Dach die Halle überspannte. Auf mächtigen, leicht gebogenen Querbalken, die wie die Wirbelsäule eines platten Monsterfisches aussahen, ruhte ein enges Lattengerüst, das nur an einigen Stellen noch Dachziegel trug, sich größtenteils aber schwarz gegen den etwas helleren Himmel abzeichnete. Reste der fehlenden Ziegel und abgebrochene Lattenstücke lagen auf dem schuttübersäten Hallenboden herum. Alles machte einen recht baufälligen Eindruck, aber das war Nick ziemlich egal.

Er kletterte über Steinhaufen und Müll, bis er in einen Bereich gelangte, dessen Deckenhöhe maximal drei Meter betrug und in dem eine steile Stahltreppe nach oben führte.

Dort sah es schon etwas besser aus. Zumindest der Boden war größtenteils frei von Steinen und Müll.

Nick ging bis zur Mitte des Raumes und blieb dann einfach stehen, als hätte jemand ihn ausgeschaltet. Wie lange er so dastand und vor sich hinstarrte, ohne auch nur das Geringste von dem zu sehen, worauf seine Augen gerichtet waren, wusste er nicht. Vielleicht waren es Sekunden, vielleicht aber auch Minuten gewesen, in denen abwechselnd Martin und Carol seine Gedanken beherrschten.

Martin! Alles in Nick wehrte sich dagegen zu glauben, dass er tatsächlich zu *denen* gehörte, und doch: Es war nicht nur die logischste Begründung für sein plötzliches Verschwinden und das Auftauchen in der Music Factory, es erklärte auch, woher man sowohl in dem Haus vor der Stadt als auch im Gebäude der Musikfirma gewusst hatte, dass sie kommen würden und wer er war. Nicht der Botschafter hatte den Verbrechern gesteckt, dass sie ihnen auf der Spur waren, sondern Martin. Und dass Carol ihr CBPI modifiziert hatte, konnte auch niemand anderes wissen als Martin. Und jetzt wurde ihm auch klar, was ihn schon bei seinem Telefonat gestört hatte, das er mit Martin vom Hotel Miracle aus geführt hatte. Als Nick ihm gesagt hatte, dass er zu wissen glaubte, wo sein Vater sich aufhalte, war Martin überhaupt nicht darauf eingegangen. Kein Wunder, er hatte es wahrscheinlich besser gewusst. Dumm, dass Nick die Idee nicht gleich gekommen war. Das hätte ihm und vor allem Carol einiges erspart. Andererseits hätte Martin wahrscheinlich auch dafür eine plausible Erklärung gehabt, die Nick natürlich geglaubt hätte. Schließlich dachte er ja zu diesem Zeitpunkt noch, Martin wäre sein engster Freund und Beschützer.

Zeit, dass du lernst, dass die Welt kein Abenteuerspielplatz ist, hatte er gesagt. Das hatte Nick auch schon vorher gewusst. Neu war für ihn, dass die Welt ein Ort war, an dem man offensichtlich auch Freunden nicht vertrauen durfte. Ein Ort, der Enttäuschungen bereithielt, die so schmerzhaft waren, dass sie lähmen konnten.

So, wie sie ihn und seine Gedanken gelähmt hatten.

Er hatte Carol im Stich gelassen, als sie ihm zur Flucht verhalf. Und schuld daran war Martin.

»Wenn ich eine Bemerkung …«

»Nein!«, unterbrach Nick Bruno harsch, worauf der tatsächlich verstummte.

Ein weiterer Gedanke ließ Nick aufstöhnen. Als sein Vater drei Jahre zuvor verschwand … war es Martin gewesen, der ihn verraten hatte? In Anbetracht dessen, was Nick nun wusste, zweifelte er nicht daran.

Wenn sein Vater nun tot war, so, wie der kleine, dicke Mann es angedeutet hatte, dann war Martin sein Mörder. Weil er ihn verraten hatte.

Martin, der Verräter! Martin, der Verräter! Nick setzte sich in Bewegung, ging auf eine Stelle zu, an der ein Eisenrohr lag, und hob es auf.

Verräter!

Er wog es in der Hand. Es hatte genau das richtige Gewicht, um damit auf etwas einzuschlagen.

»Verräter! Martin, du Verräter!«

Wie ein Mantra sagte er es sich vor, immer und immer wieder. Er ging auf die Außenmauer des Raumes zu und blieb vor dem vierteiligen Fenster stehen, von dem nur noch das Holzkreuz in der Mitte stand. Hoch schwang er das Rohr über den Kopf und ließ es mit solcher Wucht gegen das Holz donnern, dass es krachend zersplitterte.

»Verräter!«, schrie er, wandte sich um und drosch das Rohr gegen die Außenwand. »Elender Verräter!«

Die Vibration des Aufpralls schmerzte in seinen Händen, aber das war ihm egal. Wie ein Besessener schwang er das Rohr und ließ es wieder und wieder niedersausen, gegen eine Betonsäule, auf einen dreibeinigen Holztisch, gegen alles, was er erreichen konnte. Er spürte nur am Rande, dass ihm Tränen über die Wangen liefen.

»Martin!«, schrie er. »Du Schwein!«

Das Holz des Tisches stob krachend in alle Richtungen davon und schon wieder fuhr das Rohr zischend durch die Luft. »Verräter!«

Nick keuchte, musste so sehr husten, dass er sich fast übergeben hätte, und konnte dennoch nicht aufhören, zuzuschlagen und seine ganze Verzweiflung, seine Wut in jeden einzelnen Schwung zu legen. Beim nächsten Schlag rutschte das Rohr von einem Betonklotz ab und knallte gegen sein Schienbein. Nick spürte einen Schmerz von solcher Intensität, dass ihm davon übel wurde, doch er war dermaßen wütend, dass er ihn im nächsten Moment schon nicht mehr vernahm und erneut auf den Klotz eindrosch. Und wieder und wieder …

Plötzlich hielt er inne. Etwas hatte sich verändert, und trotz der Wut, die noch immer so groß war, dass sie normale Denkprozesse ausschaltete, ahnte er, *was* sich verändert hatte, noch bevor er einen Beweis dafür hatte.

Er sah sich um, doch alles sah aus wie zuvor. Das zerborstene Fenster, der Schutthaufen in der Ecke, die Säule … Logisch, er war alleine, woran sollte er eine Veränderung bemerken? Erneut hob er das Rohr, langsam dieses Mal, ließ es locker auf den Klotz fallen, lauschte. Nichts. Kein Geräusch. Das war der Beweis für seine Vermutung: Er war *gesprungen*.

Mit der Erkenntnis kam die Erinnerung an die Situation im Wald, nur wenige Stunden zuvor. Nun wusste er definitiv, was dort, genauso wie gerade, dazu geführt hatte, dass sein Körper mit Adrenalin vollgepumpt wurde und ihn in diesen besonderen Zustand versetzte, und dieses Wissen ließ sogar Martin für einen Moment aus seinem Kopf verschwinden.

Ja, es war tatsächlich der Schmerz, der dazu beitrug, dass er *aus der Zeit sprang*. Aber es musste ein sehr starker Schmerz sein, wie er gleich darauf erfuhr, als er wieder in den normalen Zeitfluss fiel und sein verletztes Schienbein ein Feuerwerk in seinen ganzen Körper aussandte, das ihm fast die Besinnung raubte.

31

Nick ließ das Rohr achtlos fallen und hörte das metallene Geräusch, mit dem es auf dem Boden aufschlug. Er war also wieder zurück im normalen Zeitverlauf.

Es war bedeutungslos. Mit hängenden Schultern schlurfte er in eine Ecke des Raumes, die halbwegs sauber erschien, lehnte sich mit dem Rücken gegen die Wand und ließ sich langsam daran herunterrutschen, bis er auf dem kalten Boden saß. Er zog die Beine an, legte die Unterarme auf die Knie und bettete seinen Kopf darauf.

»Geht es dir jetzt besser?«, fragte Bruno.

»Nein.« Nick erkannte seine eigene Stimme nicht. Er fühlte sich so leer und einsam wie nie zuvor in seinem Leben. Sein Vater war vielleicht tot, Martin ein Verräter. Nicks Magen krampfte sich so schmerzhaft zusammen, dass er aufstöhnte.

Carol war in der Hand dieser Verbrecher. Und von Martin. Was würde der ihr antun, wenn sie ihm nicht sagte, wo er, Nick, sich aufhielt. Was sie allein schon deshalb nicht konnte, weil sie es nicht wusste. Und selbst wenn sie es gewusst hätte … Nick war sicher, Carol würde ihn nie verraten.

Und er? War davongerannt, ohne nach ihr zu sehen, und hatte sie diesen Verbrechern überlassen.

War das das Resultat seiner tollen Ausbildung? Seiner Freundschaft zu ihr?

»Was hast du jetzt vor?« Nick wusste, es war verrückt, aber er war sicher, Mitgefühl in Brunos Stimme gehört zu haben. Tatsächlich war er alles, was ihm im Moment geblieben war, und obwohl er genau wusste, was Bruno war, spürte Nick ein Gefühl von Zuneigung für ihn.

»Ich weiß es nicht«, entgegnete er leise.

»Gibst du auf?«

»Wäre das nicht das Vernünftigste? Zur Polizei gehen und denen alles erzählen? Die können Carol befreien und Martin, diesen miesen Verräter, festnehmen. Dieses …«

»Darf ich dir einen Vorschlag machen, ohne dass du böse wirst?«

»Klar.«

»Auch wenn ich dir widerspreche?«

»Nun red schon.«

Nick spürte, dass die Unterhaltung mit Bruno ihm gerade guttat. Wie ein wärmendes Licht in kalter Dunkelheit.

»Die Polizei wird nichts tun können. Falls sie tatsächlich zur Aspen Music Factory oder zu dem Haus fahren sollten, werden sie dort nichts Außergewöhnliches feststellen. Dafür haben die doch längst gesorgt, jetzt, wo du entkommen bist. Selbst was Martin betrifft, werden sie nichts unternehmen können, weil sie ihm nichts beweisen können.«

Nick wartete eine Weile, bevor er matt antwortete. »Ja, ich weiß.«

»Und was leitest du als angehender Superagent daraus ab?«

»Ich bin kein angehender Superagent. Ich bin eine Niete auf ganzer Linie.«

»Ach ja? Dann denk doch mal über die letzten beiden Tage nach. Ich finde, dass du alles andere als eine Niete bist. Du bist deinem Vater schon ein gutes Stück näher gekommen.«

»Und habe alles vermasselt und Carol im Stich gelassen.«

»Das hast du nicht. Aber du tust es, wenn du jetzt aufgibst.«

Nick spürte, dass Bruno recht hatte.

»Und was soll ich deiner Meinung nach unternehmen?«

»Von wem hast du den Hinweis auf Victor Drago?«

»Von dem Buchhändler, Bob.«

»Wen hat dein Vater statt Martin angerufen, als er in Schwierigkeiten war?«

»Bob.«

»Und?«

»Ich gehe zu der Buchhandlung.«

»Genau. Aber erst solltest du ein wenig schlafen. Deine Vitalwerte sind völlig im Keller. So schaffst du es nicht mal von dem Gelände runter.«

Auch in diesem Punkt hatte Bruno recht, das wusste Nick.

»Vor der gegenüberliegenden Wand liegen ein paar Stoffteile. Von der Struktur her tippe ich auf Jute. Die schützen dich vor der Kälte.«

Nick stand auf und durchquerte den Raum. In einer Ecke lagen tatsächlich einige leere Jutesäcke, die zwar ziemlich muffig rochen, aber besser waren als nichts. Zudem war es hier weniger zugig als an der Stelle, wo er zuvor gesessen hatte.

Nick nutzte drei der Säcke als Matratze, deckte sich mit zwei weiteren zu und rollte sich in Embryostellung zusammen.

Er hatte Bob also zu unrecht verdächtigt. Nicht er war es, dem man nicht trauen konnte, sondern Martin. Und sein Vater hatte das gewusst, als er in Schwierigkeiten war. Deshalb hatte er Bob angerufen und nicht diesen Mistkerl. Nick zwang sich, diese Gedanken wegzuwischen. Martin war es nicht wert, dass er sich den Kopf über ihn zerbrach.

Er dachte an Carol, wollte einen Plan schmieden, wie er sie aus den Händen dieser Verbrecher befreien konnte.

Keine Minute später war er eingeschlafen.

»Nick!«

Sein Name drang wie durch einen Nebel in sein Bewusstsein. Er öffnete die Augen und betrachtete verwirrt das Durcheinander vor sich auf dem Boden. Als er den moderigen Geruch der Säcke wahrnahm, fiel ihm wieder ein, wo er sich befand und was geschehen war.

Er richtete sich auf und streckte sich. Erstaunlicherweise fühlte er sich verhältnismäßig fit.

»Wie spät ist es?«

»Acht Uhr und dreiundzwanzig Minuten.«

»Warum hast du mich nicht schon früher geweckt?«

»Ich habe die Werte zu deinem Erschöpfungszustand kontrolliert und gewartet, bis sie im grünen Bereich waren. Das war vor genau zwei Minuten und zwölf Sekunden.«

Nick befreite sich vollends von den Säcken und drückte sich hoch.

»Was bedeutete dieser Code, den Carol gestern zu dir gesagt hat?« Er wusste nicht, wie er ausgerechnet jetzt darauf kam, aber er war gespannt auf Brunos Antwort.

»Sie hat damit eines der Programme in Gang gesetzt, die sie auf meinen Speicher kopiert hat.«

»Was für ein Programm?«

»Aktivierung der Alarmsysteme bei gleichzeitiger Deaktivierung aller primären Lichtquellen.«

Den Effekt hatte Nick ja erlebt.

»Wie viele Programme hat sie noch auf deinen Speicher kopiert?«

»Einhundertsechsundfünfzig. Ich denke, das waren alle, die sie auf ihrem CBPI hatte.«

»Das heißt, sie hat vorgesorgt für den Fall …«

»… dass jemand meinen Artgenossen zerstört. Genau.«

Nick bewunderte Carol für ihre Weitsicht. Und nicht nur dafür. Aber da blieb noch eine Frage. »Wie ist es möglich, dass sie dir Befehle erteilt? Ich dachte, das kann nur ich?«

»Das macht das Masterprogramm, das sie zuerst kopiert hat und das alle anderen steuert.«

»Das heißt, sie hat dich …«

»Gehackt.«

Nick dachte darüber nach, wie er das finden sollte, aber angesichts dessen, was Carol mithilfe genau dieses Programmes für ihn getan hatte, gab es da wohl nicht viel zu überlegen. Er rieb sich mehrmals fest mit den Handflächen über das Gesicht, was seine Lebensgeister weiter aktivierte.

»Also dann, los geht's.«

Auf dem Weg nach unten blitzten kurz wieder die Bilder vom Vorabend auf, doch Nick schaffte es, sie zu unterdrücken. Er musste sich jetzt auf seine Aufgaben konzentrieren: Carol befreien, herausfinden, was es mit diesem seltsamen Satelliten auf sich hatte, in Erfahrung bringen, was mit seinem Vater geschehen war, und im besten Fall: seinen Vater finden.

Die seltsamen Blicke, mit denen die Menschen ihn musterten, als er das Fabrikgelände verließ und auf eine belebte Straße kam, erinnerten ihn daran, dass er eine schmutzige Anzughose und ein völlig verdrecktes, ehemals weißes Hemd trug, dessen rechter Ärmel bis zum Oberarm aufgerissen war und wie ein trauriger, gebrochener Flügel herabhing.

»Ich werde mir neue Klamotten besorgen müssen«, dachte er laut nach.

»Du solltest vielleicht weniger belebte Straßen benutzen«, riet Bruno. »Ich werde dich leiten. Hinter dem übernächsten Haus zweigt ein schmaler Durchgang ab. Nimm ihn.«

Nick tat es und stellte dabei fest, dass Bruno zwar nach wie vor seine Macken hatte, ihm aber trotzdem seit der letzten Nacht ein Stück weiter ans Herz gewachsen war. Sie hatten sich unterhalten wie Freunde. Woran das wohl liegen mochte? An der Modifikation, die Carol an Bruno vorgenommen hatte? Daran, dass er keine Verbindung mehr zum Schulserver hatte und somit auch nicht mehr von dort beeinflusst werden konnte? Oder schlicht und ergreifend daran, dass Nick zum ersten Mal in einer ernsthaften, bedrohlichen Situation auf ihn zählen musste und auch konnte? Ja, Nick war sicher, dass genau das der Grund war. Bisher war Bruno für ihn so etwas wie ein hoch entwickeltes Spielzeug gewesen, das wirklich tolle Dinge konnte und mit dem er manchmal echt nervige Dialoge hatte. Nun war er in einer richtig gefährlichen Situation zu seinem Partner geworden. Einem Partner, der ihn nicht im Stich lassen würde, so wie es Menschen taten. Und der ihm jetzt den Weg zur Portobello Road wies.

Nick brauchte etwas über eine Dreiviertelstunde bis zu Bobs Buchladen und konnte es kaum erwarten, dem ehemaligen Agenten seine Fragen zu stellen. Er hoffte sehr, Bob würde ihm helfen können.

Das Schild an der Ladentür zeigte CLOSED, was Nick angesichts der Uhrzeit sehr wunderte. Ein Versuch, die Tür zu öffnen, bestätigte allerdings den Hinweis.

»Bruno, scanne den Laden. Ist jemand da drin?«

»Das kann ich nicht. Er hat ein Störsignal installiert, erinnerst du dich? Das setzt alle meine Funktionen außer Betrieb.«

»Mist.« Nick sah sich um und stellte erleichtert fest, dass die Lähmung seines Verstandes weitestgehend nachgelassen hatte. Seine Gedanken rasten und spielten alle Möglichkeiten durch. Die erfolgversprechendste war die Hintertür. Und etwas in ihm sagte ihm, dass er auf jeden Fall in den Laden hineinmusste.

Also ging er durch den schmalen Weg zwischen dem Laden und dem Nachbargebäude und stand wenig später vor der Hintertür. Natürlich war auch sie verschlossen.

»Glück gehabt«, stellte Bruno fest.

»Warum denn das? Die Tür ist abgeschlossen.«

»Ja, aber sie ist anders als die Vordertür elektronisch gesichert.«

Logisch. Ein ehemaliger SIS-Agent, der sogar seinen Laden mit Störsendern ausgestattet hatte, würde sich nicht mit einem einfachen Schloss begnügen.

»Verstehe. Aber warum ist ... na klar! Du hast ja jetzt diesen Hack gespeichert. Kannst du was tun?«

Er erhielt keine Antwort. Stattdessen war ein Summen und dann ein Klickgeräusch zu hören. Nick legte die Hand auf den Knauf und drückte dagegen. Die Tür öffnete sich.

»Wow!« Mit vorsichtigen Schritten betrat Nick den Laden und schloss die Tür hinter sich. Sofort hüllte ihn der Geruch nach Büchern ein, den er schon als Kind so sehr geliebt hatte.

Seine Pflegeeltern hatten einen Raum ihres Hauses als Bibliothek eingerichtet, mit Regalen, die bis zur Decke reichten und die vollgestopft waren mit den verschiedensten Büchern. Nick hatte es genossen, es sich in einem der tiefen Ledersessel bequem zu machen, die Augen zu schließen und sich von diesem einzigartigen Geruch auf den Flügeln seiner Fantasie in fremde Länder und Abenteuer treiben zu lassen.

Er sah sich um. Der Raum, in dem er sich befand, schien eine Art Abstellkammer zu sein. Überall standen Kisten herum und stapelten sich Bücher. Die Tür gegenüber stand offen. Nick erkannte gleich, dass sie in Bobs chaotisches Büro führte, von wo aus man in den Laden gelangte. Als er den Durchgang erreicht hatte und das ganze Büro überblicken konnte, blieb er abrupt stehen und riss die Augen auf.

32

Bob saß in seinem Bürostuhl. Die Arme hingen seitlich schlaff herunter, der Kopf war weit in den Nacken gelegt, der Mund wie im Schlaf geöffnet. Nicks Blick klebte jedoch an einer anderen Stelle. Genau in der Mitte von Bobs Stirn klaffte ein von einem Rand aus schwarz verkrustetem Blut umgebenes Loch.

Nick musste nicht näher herangehen, um sicher zu sein, dass der Ex-Agent nicht mehr lebte. Bob war mindestens seit vier bis fünf Stunden tot, wahrscheinlich schon länger. Das erkannte er an der Farbe und dem Verkrustungsgrad des Blutes.

Dragos Männer waren schneller gewesen. Aber das war auch kein Wunder. Er selbst hatte Martin von Bob erzählt. Wahrscheinlich hatte Martin nur Minuten später schon ein Telefonat geführt und irgendeinem Killer den Auftrag erteilt, Bob umzubringen.

Nick wunderte sich selbst, dass er so sachlich nachdenken konnte. Bob war nun schon der zweite Mann innerhalb weniger Tage, den er tot auffand. Offenbar gewöhnte er sich daran. Auf diese Seite seiner Arbeit als Agent konnte er verzichten.

»Bruno, kannst du …« Nick besann sich, dass Bruno ihn in diesen Räumen weder hören noch ihm antworten konnte.

»Denk nach«, sagte er zu sich selbst. »Was ist in einer solchen Situation zu tun?«

Das lange Pferdegesicht von Herrn Kaiser tauchte vor seinem inneren Auge auf. Er unterrichtete sie im Fach *Tatort- und Spurensicherung*.

Unser Verhalten an einem Tatort unterscheidet sich etwas von dem der Polizei, hatte Herr Kaiser ihnen erklärt. *Das Erste, was wir an einem frischen Tatort tun, ist das Sicherstellen von Hinweisen und Beweismitteln, und zwar* bevor *die Polizei eintrifft. Wir können damit in der Regel mehr anfangen als die an strenge Vorschriften gebundenen Polizisten.*

Hinweise und Beweismittel … Er musste nachsehen, ob es irgendetwas gab, das ihm weiterhelfen konnte. »Also los, Nader«, feuerte er sich selbst an und machte den ersten Schritt in Bobs Büro. Er bemühte sich, nicht zu der Leiche zu schauen, als er nur zwei Meter an ihr vorbei den Raum durchquerte, um in das Ladenlokal zu gelangen.

Erst als er den Fuß in den Geschäftsraum setzte, entspannte er sich etwas. Nach einem Rundumblick setzte er sich in Bewegung und schritt die Bücherregale ab, ohne etwas Auffälliges wie ungewöhnliche Lücken zwischen den Büchern oder hastig herausgezogene Bände zu entdecken.

Danach beschäftigte er sich mit der kleinen Ladentheke, auf der die Kasse stand, doch auch hier fand er nur unverdächtige Dinge. Nichts deutete darauf hin, dass jemand die Sachen durchwühlt hatte. Anscheinend war es den Verbrechern nur darum gegangen, Bob zu töten.

Nicks Blick fiel auf die Kasse, ein wunderschönes, antiquiertes Teil mit Perlmuttknöpfen, um den Betrag einzugeben, und einer Kurbel an der Seite.

Obwohl es ihm widerstrebte, er musste praktisch denken. Er

brauchte Geld. Also drehte er an der Kurbel, woraufhin die Geldschublade mit einem *Bling* aufsprang und ihren Inhalt freigab.

Neben einigen Münzen lagen rund einhundertsiebzig Pfund in Scheinen auf drei Fächer verteilt. Nick stopfte sich die Scheine in die Tasche und machte sich daran, den Tisch zu durchsuchen. Nachdem er jedes Stück Papier in der Hand gehabt und jeden kleinsten Stauraum inspiziert hatte, wollte er sich schon wieder dem Büro zuwenden, als er unter der Theke den Rand eines Buches entdeckte. Er bückte sich und zog es vorsichtig heraus.

Es handelte sich um ein geografisches Buch über … die Demokratische Republick Kongo. Klar, dachte Nick, was auch sonst. Er drehte das Buch um und schüttelte es, in der Hoffnung, dass ein darin verborgener Zettel herausfallen würde, doch das war nicht der Fall. Also schlug er es auf und blätterte Seite für Seite durch. So erfuhr er nebenbei, dass die Demokratische Republik Kongo der zweitgrößte Staat Afrikas und über sechsmal so groß wie Deutschland ist. Er fand eine Grafik des Flussverlaufs des Kongo und jede Menge Fotos des Bergregen- und des Nebelwaldes und viele Dinge mehr, aber nichts, was für ihn von Interesse gewesen wäre. Keine Notizen, keine Markierungen, nichts. Aber es konnte kein Zufall sein, dass ausgerechnet ein Buch über den Kongo unter Bobs Theke lag. Nick entschloss sich, das Buch mitzunehmen, und wandte sich ab.

Blieb nur noch eine Sache zu tun. Er musste Bobs Schreibtisch und danach … seine Kleidung durchsuchen.

Am Eingang zum Büro blieb er kurz stehen und betrachtete den reglosen Körper des Ex-Agenten. »Los jetzt, es geht um Carol und um Papa!«, feuerte er sich selbst an. »Ich kann das.«

Als würde er durch eine zähe Masse laufen, zwang Nick sich Schritt für Schritt vorwärts, bis er schließlich den Schreibtisch erreicht hatte.

Ohne Zögern griff er nach der obersten Schublade und zog sie auf. Er wusste, mit jeder Sekunde, die er wartete und den Toten anstarrte, würde es ihm schwerer fallen. Die Schublade war vollgestopft mit Büromaterial und Notizblöcken mit dem Aufdruck verschiedener Verlage. Nick schob sie wieder zu, nachdem er sie durchwühlt hatte.

Die nächste enthielt nichts als einen Locher und einen Tacker, in der untersten lag eine Packung Druckerpapier.

Mit einem Seufzer schob Nick auch diese Schublade wieder zu und richtete sich auf. Sein Blick war auf das bleiche Gesicht gerichtet. »Tut mir leid«, sagte er leise. »Aber ich muss das tun.«

Ohne weiter darüber nachzugrübeln, tastete er Bobs Hemd ab. Als er dort nichts fand, rutschte seine Hand tiefer und schob sich in die Tasche der Jeans. In der rechten steckte nur ein unbenutztes Stofftaschentuch, in der linken jedoch fand er einen zusammengeknüllten Zettel. Nicks Puls beschleunigte sich, als er ihn herauszog und auseinanderfaltete. Er war von Hand beschriftet mit drei Worten und einem Pfeil:

Farbolit → Djuma Bangala

Farbolit! Schon wieder tauchte dieser Begriff auf. Dass er hier in Verbindung mit dem Namen des kongolesischen Botschafters stand, überraschte Nick nicht sonderlich, obwohl er nicht den Hauch einer Ahnung hatte, welcher Zusammenhang dabei bestand. Aber dass der Botschafter mit Martin und seinen Leuten unter einer Decke steckte, war klar.

Er knüllte den Zettel wieder zusammen und stopfte ihn in seine Hosentasche. Nach einem letzten Blick auf Bob griff er sich das Taschentuch und wandte sich wieder dem Ladenlokal zu. Seine Fingerabdrücke auf den Büchern und Regalen waren kein Problem. An allen anderen Stellen musste er sie abwischen. Danach schloss er die Ladentür auf und drehte das Schild auf OPEN.

Nach wenigen Minuten hatte er alles erledigt, und nachdem er auch den Türknauf gründlich abgewischt hatte, verließ er das Grundstück durch den seitlichen Durchgang.

»Was hast du da drin gefunden?«, wollte Bruno wissen, sobald er außer Reichweite des Störsenders war.

»Eine Leiche, einen Zettel, ein bisschen Geld und ein Buch.«

»Oh! Der Buchhändler?«

»Ja.«

»Und nun? Der rechtlich vorgeschriebene Weg wäre, jetzt zur Polizei zu gehen.«

»Nein.«

»Das habe ich geahnt. Mit welcher Begründung?«

»Wenn ich diese Organisation richtig einschätze, haben die ihre Leute überall, auch bei der Londoner Polizei. Wenn ich dort auftauche, müsste ich entweder lügen oder denen sagen, was ich weiß und vermute. Das könnte meinen Vater in Gefahr bringen. Die Leiche wird eh sicher von jemand anderem gefunden.«

»Das ist zwar illegal, birgt aber eine gewisse Logik, der ich mich nicht verschließen kann.«

»Kannst du mal aufhören, so geschwollen zu reden?«

»Ich werde es versuchen. Obwohl ich ja finde, dass eine gepflegte Sprache als Ausdruck meiner Intelligenz durchaus angemessen …«

»Bruno!«

»Schon gut.«

»Also, zurück zu Bob. Er hatte einen Zettel in der Tasche mit dem Namen von diesem Zeug, der auch auf der Zeichnung gestanden hat.«

»Farbolit?«

»Ja. Kannst du herausfinden, was genau es damit auf sich hat? Ich habe das Gefühl, es ist wichtig. Und außerdem spüre ich, dass ich mich damit beeilen sollte, Carol zu befreien.«

Es dauerte nur wenige Sekunden, bis Bruno sich wieder zu Wort meldete. Währenddessen lief Nick einfach weiter, ohne zu wissen, wohin. Er wollte einen gewissen Abstand zwischen den Buchladen und sich bringen.

»Laut Wikipedia ist Farbolit ein extrem seltenes Erz aus dem Kongo. Es gibt nur eine einzige Stelle, an der es zu finden ist, und die befindet sich im Nordwesten des Kongobeckens in der ehemaligen Provinz Équateur, mitten im Gebiet der Mongo. Das ist ein Bantuvolk, das außergewöhnlich menschenscheu ist. Das Farbolit gilt ihnen als Heiligtum. Anfang des 19. Jahrhunderts haben britische Archäologen da gegraben und winzige Mengen des Erzes entdeckt. Kurz darauf sind alle verstorben. Die Mine gilt seitdem als verflucht und wird von den Mongo und auch vom Militär weiträumig abgeriegelt und bewacht. Das Tagebuch eines der Forscher wird im Archiv des Britischen Museums aufbewahrt.«

»Wow! Das Buch, das ich gefunden habe, befasst sich ebenfalls mit der Demokratischen Republik Kongo. Dieses Tagebuch könnte interessant sein. Sonst noch was?«

»Ja. Seit dem Ende des 20. Jahrhunderts gehen Forscher davon aus, dass schon eine winzige Menge dieses Stoffes so viel Energie liefert wie hundert Atomkraftwerke, wenn man es mit entsprechenden Verfahren behandelt. Wie diese Verfahren aussehen könnten, hat aber keiner der Wissenschaftler erwähnt. Man hat bis heute keine Erklärung dafür. Ungefährlich ist das Zeug nur, wenn man ihm den Sauerstoff entzieht. In einer Vakuumkammer wird es zu einem harmlosen Steinchen. Einige renommierte Wissenschaftler sind davon überzeugt, dass das Erz vor Millionen von Jahren durch einen Meteoriten auf die Erde gelangt ist.«

»Irre. Wenn das Zeug so selten ist, wird bestimmt eine ganze Menge Geld dafür bezahlt. Vielleicht geht es Mister Drago darum?«

»Das bezweifle ich sehr«, erwiderte Bruno. »Wie es aussieht, ist Mister Drago einer der reichsten Menschen der Erde. Es wäre …«

»… Blödsinn, wegen des Geldes hinter dem Erz her zu sein«, ergänzte Nick. »Außerdem passt der Satellit da nicht rein. Nein, du hast recht, es muss einen anderen Grund geben, und ich denke, der hängt mit dieser Energiesache zusammen. Wenn eine kleine Menge wirklich die Energie von hundert Atomkraftwerken liefert … Unvorstellbar, was man damit alles machen könnte.«

»Und welche Macht man damit in Händen hätte. Die meisten Menschen streben doch stets nach Macht.«

»Hm … Aber warum ist noch niemand sonst auf die Idee gekommen, das Erz zur Energiegewinnung zu nutzen? Immerhin ist seine Besonderheit doch schon lange bekannt.«

»Das kann ich dir nicht sagen. Warte … Ah, hier. Ich habe das Tagebuch dieses Forschers gefunden. Es befindet sich tatsächlich im Britischen Museum. Allerdings ist es nicht digitalisiert, also auch nicht in der Datenbank. Dort finde ich nur einen Hinweis darauf.«

»Gut, damit beschäftige ich mich später. Zuerst muss ich zurück zu dieser Music Factory und zusehen, dass ich Carol irgendwie da raushole.«

»Keine gute Idee«, stellte Bruno fest.

»Was soll das heißen? Ich kann doch Carol nicht einfach ihrem Schicksal überlassen.«

»Was denkst du, was passiert, wenn du dort auftauchst?«

Nick brauchte nicht lange nachzudenken. »Ich schätze, die werden versuchen, mich auch wieder in ihre Gewalt zu bekommen.«

»Und was sollte sie daran hindern?«

Darauf wusste er keine Antwort. Es sei denn …

Nick erinnerte sich an Carols Worte, als sie Martin in der kongolesischen Botschaft begegnet war.

Ich bin hier in London zu Besuch bei meinem Vater, der zu dem Empfang eingeladen war, aber keine Lust hatte, herzukommen.

Das war zwar nicht der wahre Grund gewesen, dass sie sich getroffen hatten, aber sie war bei dem Empfang gewesen, musste also wirklich eine Einladung gehabt haben. Wahrscheinlich zumindest. Bei Carol wusste man ja nie. Immerhin war es eine Chance. Vielleicht war ihr Vater ja wirklich gerade in der Stadt.

»Bruno, finde heraus, wo Mick Connor wohnt.«

»Carols Vater? Moment … Ich habe hier eine Adresse am Chester Square in Belgravia, das ist eine der teuersten Wohngegenden Londons.«

»Dann nichts wie hin.«

Nick trat an den Straßenrand und sah sich um. Es dauerte keine Minute, bis er ein freies Taxi entdeckte und herbeiwinkte. Als er die Tür öffnete und dem Fahrer sagte, wo er hinwollte, blickte der ihm amüsiert entgegen.

»Lange Nacht gehabt?«

Eine der teuersten Wohngegenden Londons.

… Er trug eine übel zugerichtete Anzughose und ein zerrissenes, schmutziges Hemd … Nick hatte zwar keine Ahnung, wie sich ein reicher Fünfzehnjähriger aus dieser Wohngegend verhielt, aber ein bisschen Arroganz konnte sicher nichts schaden.

Mit betont angewidertem Gesichtsausdruck betrachtete er den Innenraum des Taxis. »Ja, aber wenn ich den Zustand dieses Fahrzeugs betrachte, warte ich wohl doch besser, bis unser Fahrer meinen Vater an seinem Firmenjet abgesetzt hat und vom Flughafen zurückkommt.«

»Nein, sorry, das war nicht so gemeint. Ich habe mich nur daran erinnert, wie gerne ich früher bis in die Morgenstunden gefeiert habe. Ich kann es gut verstehen. Steigen Sie schon ein, ich bringe Sie schnell und sicher nach Hause.«

»Nick?«, meldete sich Bruno, als er die Tür hinter sich geschlossen hatte und der Fahrer losfuhr.

»Was ist?«, antwortete er ganz leise.

»Ich bin froh, dass du nicht reich bist.«

33

Die Fahrt dauerte knappe fünfundzwanzig Minuten und führte sie etwa die Hälfte der Strecke am Hyde Park vorbei.

Das Haus, vor dem der Fahrer anhielt, erstrahlte in dem gleichen reinen Weiß wie die gesamte Reihe, in der es stand. Nick konnte nicht so recht einschätzen, bis wohin die Front reichte und wo die Nachbarhäuser anfingen. Auf jeden Fall hatte es eine beeindruckende Größe.

Er bezahlte den Fahrer und gab ihm ein großzügiges Trinkgeld, dann schritt er zur breiten Eingangstür aus dunklem Holz, in die in Augenhöhe eine Klappe eingelassen war, und läutete. Ein Namensschild gab es nicht.

Als hätte hinter der Tür jemand auf ihn gewartet, schwang die Klappe nach innen auf und gab den Blick auf das kantige Gesicht eines grimmig dreinblickenden, glatzköpfigen Mannes frei, der ihn eingehend musterte. »Was?«

»Ich möchte bitte zu Mick Connor.«

Der Mann stieß ein kurzes, humorloses Lachen aus. »Das wollen viele. Was willst du von ihm in diesem Aufzug?«

»Ich muss ihn dringend sprechen. Es geht um seine Tochter, Carol. Sie ist in Schwierigkeiten und braucht Hilfe.«

Die Brauen des Mannes zogen sich zusammen. »Was sagst du da?«

»Carol ist gekidnappt worden und braucht dringend Hilfe.«

Der Glatzkopf schüttelte den Kopf und machte dabei ein Gesicht, als hätte er in eine saure Gurke gebissen.

»Gekidnappt also. Ich rate dir zu verschwinden, bevor ich rauskomme und dir den Hintern versohle, Bürschchen. Wenn du ein Autogramm möchtest, dann schreib die Agentur an.«

»Kapieren Sie nicht, was ich sage? Mick Connors Tochter ist in der Gewalt von Verbrechern. Sie wird im Keller der Aspen Music Factory festgehalten, und wenn sie nicht bald Hilfe bekommt, weiß ich nicht, was passiert.«

Das Gesicht verschwand und die Klappe wurde geschlossen. Gleich darauf war ein Summton zu hören. Gott sei Dank, dachte Nick und wollte gerade die Hand auf die Tür legen, als sie nach innen aufschwang und ein beeindruckend breiter Brustkorb den Türrahmen ausfüllte. Ehe er sich's versah, hatten ihn zwei mächtige Pranken an den Schultern gepackt und ein Stück zurückgedrückt.

»So, Bürschchen, jetzt hörst du mir mal zu. Typen von deiner Sorte lungern hier den ganzen Tag rum. Ich höre die verrücktesten Storys, warum sie Mick sprechen müssen, und kann dir sagen, es hängt mir zum Hals raus. Carol ist zusammen mit ihrem Vater unterwegs. Sie kann also gar nicht entführt worden sein, sonst wüssten wir als Erste davon. Und dann auch noch in der Music Factory … Nicht zu fassen. Ich gebe dir jetzt noch eine Chance, hier zu verschwinden. Nimm sie wahr oder ich verspreche dir, es wird ungemütlich für dich. Hast du mich verstanden?«

»Und wenn Sie nicht …«

»Hau ab!«, brüllte der Glatzkopf mit hochrotem Kopf und schoss dabei eine ganze Salve Speicheltröpfchen in Nicks Gesicht.

»Du solltest jetzt wirklich gehen«, riet Bruno. »Ich nehme ein steigendes Aggressionspotenzial bei deinem Gegner wahr.

Nick sah ein, dass es wirklich keinen Zweck hatte, wandte sich ab und ging langsam davon.

»Ich verstehe nicht, dass er gar nicht darauf eingegangen ist«, murmelte er, während er die Häuserzeile entlangging. »Es geht schließlich um die Tochter seines Chefs.«

»Er sagte, Mick Connors Tochter sei mit ihm unterwegs. Mein Logik-Chip findet, du solltest in Betracht ziehen, das Carol gar nicht die Tochter von diesem Connor ist. Vielleicht hat sie das nur für Martin erfunden.«

»Das kann ich nicht glauben. Ich habe sie doch extra noch einmal danach gefragt und sie sagte, Mick Connor sei ihr Vater. Und zwar genau dieser Mick Connor.«

Bruno schwieg, was Nick sehr entgegenkam.

Aber der Stachel saß. Hatte Carol ihn vielleicht tatsächlich angelogen? Das konnte und wollte er nicht glauben. Warum auch? Sie hatte keinen Grund dazu. Es spielte für Nick keine Rolle, wer ihr Vater war.

Es sei denn ... Ein schrecklicher Gedanke flammte in Nick auf, so furchtbar, dass er ihm körperliche Schmerzen bereitete.

Was, wenn Carol bei der Flucht hinter ihm nicht gewaltsam zurückgehalten worden war, sondern gar nicht erst versucht hatte, mit ihm zu fliehen? Wenn sie ebenso wie Martin in Wahrheit zu denen gehörte? Alles, was er bisher mit ihr erlebt hatte, konnte ein Fake gewesen sein.

Klar, die Kerle hatten ihr CBPI zerstört, aber war das nicht ein plausibler Grund für sie gewesen, Software auf Bruno zu kopieren, mit der sie die Kontrolle über ihn übernehmen konnte. Ohne dass er deswegen argwöhnisch wurde.

Andererseits hatte sie ihm zur Flucht verholfen. Warum sollte sie das tun? Damit sie jeden seiner Schritte überwachen konnten, gab er sich selbst die Antwort. Wer konnte schon wissen, was Bruno nach Carols Modifikation alles an sie sendete? Wahrscheinlich sogar, ohne es selbst zu bemerken.

»Carol hat dich nicht hintergangen.«

Nick blieb stehen. »Was? Woher weißt du, was ich gerade gedacht habe? Ist das etwa auch eines der neuen Programme von ihr? Kann man jetzt auch schon meine Gedanken kontrollieren?«

»Nein, aber dein Puls hat sich gerade extrem beschleunigt, und da es keine äußeren Einflüsse dafür gibt, war die Wahrscheinlichkeit hoch, dass du dich damit beschäftigst.«

Das war eine mögliche Erklärung, überzeugte Nick aber noch nicht völlig. »Sie könnte dir das eingepflanzt haben, als sie …«

»Entschuldige bitte, wenn ich dich nun einmal unterbreche – ein Verhalten, dessen normalerweise ausschließlich du dich bedienst, aber ich denke, ich muss dir den Kopf etwas zurechtrücken. Carol ist anders als Martin. Du solltest ihr vertrauen.«

»Ach ja? Und warum sollte ich das?«

»Zum einen – ein ganz pragmatischer Grund: Weil sie zumindest im Moment alles ist, was du noch hast. Aber auch weil du, wenn du sie jetzt ihrem Schicksal überlässt und sich später herausstellt, dass sie dir die Wahrheit gesagt hat, nie wieder richtig glücklich sein wirst.«

Nick hielt neben einem hüfthohen Mäuerchen an und ließ sich darauf nieder. Sein Verstand arbeitete fieberhaft, wägte dieses und jenes gegeneinander ab, ging die letzten beiden Tage Situation für Situation durch. Dazwischen blitzte immer wieder Martins Gesicht auf. Und jedes Mal, wenn das geschah, sagte eine Stimme, die tief aus seinem Innersten kam, dass es nichts gab, was Carol und Martin miteinander verband.

Irgendwann – er hatte keine Ahnung, wie viel Zeit vergangen war – schlug er sich auf die Schenkel und stand auf.

»Ok. Ich finde das Verhalten dieses Typen an der Tür immer noch merkwürdig, aber wer weiß, vielleicht gibt es ja eine plausible Erklärung dafür. Jedenfalls ist von dieser Seite keine Hilfe zu erwarten. Ich werde also alleine versuchen müssen, sie zu befreien.«

»Ehem …«, machte Bruno. »Ich bin ja auch noch da.«

»Stimmt, entschuldige. Also: *Wir* werden versuchen, Carol zu befreien. Dazu sollten wir uns um dieses Tagebuch im Museum kümmern. Ich habe da so ein Gefühl, dass es uns weiterbringen wird. Wenn ich beweisen kann, dass Mister Drago eine große Schweinerei vorhat, werde ich jemanden finden, der mir hilft, Carol zu befreien. Und vielleicht auch meinen Vater.« Nach einer Weile fügte er hinzu: »Wenn man ihn noch befreien kann.«

»Aber man wird dir das Tagebuch nicht geben. Es liegt in einem Bereich, der für die Öffentlichkeit nicht zugänglich ist.«

»Mist. Kannst du herausfinden, wo genau es liegt?«

»Du vergisst, dass ich ein hoch entwickelter …«

»Bruno!«

»Ich wollte sagen: Ich weiß es schon.«

»Bestens. Wer sagt, dass wir danach fragen müssen?«

»Wie möchtest du es sonst bekommen?«

»Ich werde es mir mit deiner Hilfe einfach holen.«

»Du möchtest dort einbrechen.« Es klang weder vorwurfsvoll noch verwundert, es war einfach eine Feststellung. »Ich werde sofort alle Möglichkeiten checken.«

Nick schüttelte den Kopf. »Nein, nicht einbrechen. Dazu müsste ich ja warten bis heute Abend oder sogar bis in die Nacht. Das dauert zu lange. Wer weiß, was die Carol bis dahin antun. Es muss uns irgendwie vorher gelingen.«

Das folgende Schweigen Brunos hätte man bei einem Menschen wohl als Ratlosigkeit gedeutet. So aber war Nick ziemlich sicher, dass er nach einer Möglichkeit suchte, an das Tagebuch heranzukommen. Die Suche dauerte nicht lange.

»Entschuldige bitte, dass es etwas gedauert hat. Ich habe mir in der Datenbank des Stadtarchivs die Baupläne des Museums angesehen. Durch die vielen Erweiterungen und Umbauten war es nicht ganz leicht, die richtige Version zu finden, aber jetzt weiß ich Bescheid.«

»Worauf warten wir noch?« Nick trat an den Straßenrand und hielt wieder Ausschau nach einem Taxi. »Und auf dem Weg dahin erklärst du mir, wie ich das Buch in die Hände bekomme.«

Brunos Plan stellte sich als ebenso einfach wie effektiv heraus. Es gab eine ganze Reihe von Leuten, die Zugang zu dem gesonderten Archiv hatten. Ihre Zugangsdaten inklusive der Codierung ihrer Ausweise waren in der Datenbank des Museums gespeichert, in die Bruno nach Carols Update mühelos eindringen konnte, wie er erklärte. »Dann musst du mich nur noch wie in der Schule vor das Panel der Zugangskontrolle halten, ich sende den Code eines berechtigten Mitarbeiters und du bist drin. Dann allerdings liegt es an dir, dich dort nicht erwischen zu lassen.«

»Das schaffe ich schon. Ich kann es kaum erwarten, mehr über dieses geheimnisvolle Farbolit zu erfahren. Mit etwas Glück weiß ich dann auch, was Drago mit dem Satelliten vorhat, für den er das Zeug ja wohl braucht. Vielleicht möchte er es ja als Antrieb benutzen.«

»Das würde mich wundern. Zumindest, wenn es sich bei dem Gerät wirklich um einen Satelliten handelt. Die werden mit einer Trägerrakete in den Orbit geschossen und brauchen danach Energie nur noch zur Kurskorrektur. Dazu dieses Erz zu benutzen wäre in etwa so, als würde man eine Atombombe zünden, um eine Fliege zu töten.«

»Wie auch immer, erst einmal muss ich mir dieses Tagebuch anschauen. Allerdings wäre es wohl keine schlechte Idee, mir vorher ein paar Klamotten zu besorgen.«

Dieses Mal dauerte es etwas länger, bis ein Taxi vorbeikam. Dafür kümmerte sich der Fahrer nicht um Nicks Aussehen und stellte auch keine Fragen, als er sich vor einem Kaufhaus absetzen ließ und ihn bat, auf ihn zu warten. Das konnte aber auch damit zusammenhängen, dass Nick zwei 20-Pfund-Noten zur Sicherheit im Taxi zurückließ.

Eine Jeans und ein Shirt waren recht schnell gefunden, dazu ein günstiges Paar Sneaker, und schon sah er wieder aus wie ein normaler, unauffälliger Teenager. Die Anzughose und das zerrissene Hemd ließ er gleich entsorgen. Als er zurückkam, beachtete der Fahrer ihn kaum und brachte ihn kommentarlos bis vor die Säulen des Britischen Museums.

Als er wenig später den modernen Kuppelbau der neuen Eingangshalle betrat, fühlte er sich angesichts der Dimensionen ein wenig an die unterirdischen Ebenen der Schule erinnert. Trotz des beeindruckenden Anblicks wandte Nick sich ab. Die Zeit drängte. »Wo muss ich lang?«

»Links durch das Säulentor, dann geradeaus und am Ende des Raumes in den Gang rechts. Dann kommt die Tür mit der Zugangskontrolle.«

Nick sah nicht nach links oder rechts. Seine gesamte Konzentration war auf seine Aufgabe gerichtet. An der besagten Tür angekommen, hob er den Arm mit Bruno, hielt ihn dicht vor die glänzende quadratische Fläche auf der linken Seite und wartete darauf, dass etwas geschah, als eine Stimme hinter ihm sagte:

»Was tust du denn hier?«

34

Nicks Puls schnellte nach oben, als er sich umdrehte und in das fragende Gesicht einer Frau um die vierzig blickte. Ruhig bleiben, sagte er sich in Gedanken. Und ganz natürlich.

»Ich öffne die Tür«, antwortete er und brachte dabei sogar ein Lächeln zustande.

»Aha. Und wie?« Sie musterte ihn von Kopf bis Fuß und er beglückwünschte sich dazu, sich neue Kleidung besorgt zu haben. »Ohne Zugangskarte? Du scheinst mir noch sehr jung zu sein.«

In diesem Moment summte das Schloss und die Tür sprang auf. »So.« Noch immer lächelnd, hob Nick den Arm mit Bruno und deutete auf das dünne Band. »Das ist der Prototyp der neuen Zugangskontrolle. Vollgestopft mit vielen neuen Funktionen. Ich gehöre zu der Schülergruppe, die es entwickelt hat. Sie haben bestimmt schon von dem Projekt gehört.«

Die Frau war sichtlich verwirrt. »Nein, davon höre ich zum ersten Mal, aber …« Sie deutete auf Bruno. »Es scheint ja zu funktionieren. Wie ist dein Name, junger Mann?«

»Marc. Marc Rücker. Meine Eltern stammen aus Deutschland.«

»Ok, Marc, ich gehe mal davon aus, dass deine Geschichte stimmt. Ist ja auch kein Hochsicherheitsbereich.«

Sie wollte an Nick vorbei den Raum betreten, doch der stellte sich ihr in den Weg. »Bitte verzeihen Sie, aber man hat uns eingetrichtert, niemanden mit reinzunehmen.« Er senkte den Blick. »Ich habe Angst, dass ich Ärger bekomme.«

Für einen kurzen Moment schwankte ihr Ausdruck zwischen Überraschung und Unmut, doch dann lächelte sie ihn an. »Na, dafür möchte ich keinesfalls verantwortlich sein. Und es stimmt ja, Zutritt ist nur mit einer gültigen Zugangskarte erlaubt. Oder mit einem Zugangs… Armband. Also, rein mit dir und Tür zu, dann komme ich mit meiner veralteten Karte nach.«

»Du solltest dein Glück nicht herausfordern«, mahnte Bruno, als die Tür sich hinter Nick schloss.

»Angriff ist die beste Verteidigung«, entgegnete Nick lächelnd. »Wie du siehst, hat es funktioniert.«

Nick stellte gerade fest, dass er alleine in dem großen Raum war, als sich hinter ihm das Türschloss wieder summend öffnete und die Frau hereinkam. Lächelnd nickte sie ihm zu und durchquerte dann den Raum, um durch eine schmale Tür auf der gegenüberliegenden Seite gleich wieder zu verschwinden.

Nick sah sich in dem großen, mindestens fünf oder sechs Meter hohen Raum um, dessen Wände mit deckenhohen Regalen zugestellt waren. An verschiedenen Stellen waren gelbe Schilder angebracht, auf denen Kombinationen aus Buchstaben und Ziffern standen.

Drei Computermonitore mit davor angebrachten Tastaturen standen auf der linken Seite des Raumes auf Stehpulten zur Recherche bereit, dahinter gab es mehrere Reihen kleiner Tische mit Stühlen.

»Du solltest dich beeilen, bevor sie doch noch auf die Idee

kommt, dich zu fragen, warum du als Entwickler einer Zugangskontrolle hier herumlungerst.«

Nick ging zu einem der Computer und ließ die Finger über die Tasten huschen. Es dauerte nicht lange, dann wusste er, wo das Tagebuch zu finden war.

Er musste eine der Leitern benutzen, die auf Rollen liefen und von denen an jeder Wand zwei schräg gegen die Regale gelehnt waren.

Das Buch stand in etwa drei Metern Höhe. Es war verhältnismäßig klein, der Umschlag aus braunem Leder war abgewetzt und an manchen Stellen eingerissen. Als Nick danach griff und es herauszog, fuhr ihm ein Schauer über den Rücken. Gut möglich, dass er mit diesem Buch dem Rätsel um seinen Vater ein Stück näher kam. Und der Befreiung von Carol.

Er stieg die Leiter hinab, steckte das Buch in den hinteren Hosenbund und zog sein Shirt darüber. Dann verließ er den gesicherten Bereich und stand kurz danach vor den gewaltigen Säulen, auf denen der Vorbau des Gebäudes ruhte.

»Bruno, das hast du gut gemacht. Das lief ja problemlos.«

»Die neue Software nutzt wenigstens einen Teil meines Potenzials. Wenn auch immer noch nur einen geringen Teil, was eine Schande ist. Mit den richtigen Algorithmen könnte ein hoch entwickeltes System wie ich …«

»Bruno! Es geht gerade nicht um dich, sondern darum, herauszufinden, was dieser Kerl vorhat, und Carol zu befreien.«

Nick verließ den Vorplatz und erreichte die an dieser Stelle von einigen Bäumen gesäumte Great Russel Street. Nach ein paar Metern wandte er sich kurzerhand zur Seite und setzte sich, gegen einen der mächtigen Stämme gelehnt, auf den Boden.

»Jetzt wird es spannend«, murmelte er und zog das Tagebuch aus dem Hosenbund.

Der ehemalige Besitzer des Tagebuches war ein Archäologe namens Dr. Ian Cunnings, wie Nick auf der ersten Seite in leicht verblichener, aber dennoch gut lesbarer Handschrift lesen konnte.

Die folgenden Seiten beschrieben die Vorbereitungen zur Expedition sowie die lange Reise und die ersten Tage im Camp in Afrika.

Nick blätterte die Seiten durch, von denen einige mit kunstvollen Zeichnungen und Skizzen von Einheimischen, ungewöhnlichen Landstrichen und Tieren verziert waren.

Etwa in der Mitte des Buches wurde es dann spannend. Nick las nur die Stellen, die ihm interessant erschienen, und überflog den Rest.

13. September
Nachdem gestern schon mein Assistent John plötzlich ungewöhnliche Symptome zeigte, hat es heute zwei weitere Mitglieder des Teams erwischt. Sie haben hohes Fieber und klagen über starke Schmerzen.

Die Ausgrabungen gehen dennoch zügig voran.

14. September
John ist heute Morgen um fünf Uhr zehn an einer uns vollkommen unbekannten Krankheit verstorben. Seine Haut zeigte großflächige, bläuliche Verfärbungen, er klagte kurz vor seinem Tod über extreme Gliederschmerzen und Atemnot. Die Expedition abzubrechen wäre zu diesem Zeitpunkt Wahnsinn. Wir sind ganz kurz vor dem Ziel.

16. September
Wir glauben, den Grund für den plötzlichen Tod von drei und die Neu-Erkrankung von zwei weiteren Teammitgliedern gefunden zu haben. Beides scheint durch den Kontakt mit winzigen grünen, stark schimmernden Körnern ausgelöst worden zu sein, die uns an einigen wenigen Stellen aufgefallen sind. Es ist fast nicht vorstellbar, dass allein die Berührung von solch winzigen Mengen eines Stoffs tödlich sein kann, aber es ist die einzig plausible Erklärung.

Wir sind jetzt aber in einer Tiefe von etwa sechs Metern und haben festgestellt, dass die Konzentration des Stoffes dichter wird.

19. September
Mein Kollege Lord Carpenter hat einen erbsengroßen Stein aus dem grünen Stoff gefunden und ist nicht davon abzubringen, ihn mit nach England zu nehmen. Obwohl er ihn mit äußerster Vorsicht in eine mit Blei ausgegossene Kiste geschlossen hat, ist mir nicht wohl bei dem Gedanken. Carpenter ist jedoch der Überzeugung, dass dieser Fund die Krönung seiner Laufbahn sein könnte.

Durch die Todes- und Krankheitsfälle laufen uns die einheimischen Helfer davon. Sie sind überzeugt, dass dieser Ort verflucht ist und die Ausgrabung böse Geister geweckt hat, die sich nun für die Störung ihrer Ruhe an allen rächen, die daran beteiligt sind. Wir müssen versuchen, sie davon zu überzeugen, dass die Teammitglieder an einer gewöhnlichen Krankheit gestorben sind.

Nick hob den Kopf und hielt unweigerlich den Atem an.

… dass dieser Fund die Krönung seiner Laufbahn sein könnte.

»Ich werd verrückt«, stieß er aus.

Die Krönung! DAS war es. Der Bericht über die Ausstellung der Kronjuwelen im Tower, den er im Fernsehen im Hotel gesehen hatte. Die Krone, die nur alle zehn Jahre aus dem Tresor genommen wurde. Einer der Steine an ihr, der in einem bruchsicheren Vakuumglas eingeschlossen war … Farbolit.

»Darf ich erfahren, welcher Teil des Tagebuches dich gerade so in Verzückung versetzt?«, erkundigte sich Bruno.

Nick sprang auf und erklärte es ihm aufgeregt. Am Ende fügte er hinzu: »Ist dir klar, was das bedeutet?«

»Du vergisst, mit wem du es zu tun hast. Ich bin … Lassen wir das. Aber bitte, lass mich wissen, welche Schlussfolgerungen du daraus ziehst.«

»Vollkommen logisch!« Nick konnte sich kaum bremsen. »Drago braucht dieses Zeug für seinen Satelliten. Er versucht, über den kongolesischen Botschafter daran heranzukommen, aber das scheint nicht zu funktionieren. Gerade wird eine Krone ausgestellt, in die der wahrscheinlich einzige Stein eingearbeitet ist, der sich außerhalb des Sperrgebietes befindet … sie werden versuchen, ihn zu stehlen.«

»Folgerichtig kombiniert. Ich bin stolz auf dich.«

»Danke! Auch, wenn du nicht stolz sein *kannst*.«

»Pöh!«

»Da fällt mir noch etwas ein. Die Krone wird nur für ein paar Stunden aus dem Tresor genommen. Und zwar … heute.«

»Dann sollten wir uns beeilen.«

Nick griff in seine Tasche und zog das restliche Geld heraus. Es waren noch etwas mehr als vierzig Pfund. Das musste reichen für ein Taxi und den Eintritt zur Ausstellung.

Zwanzig Minuten später stieg er unweit des Towers aus dem Taxi und betrachtete das eindrucksvolle quadratische

Gebäude mit den vier Türmen, drei davon rechteckig, einer rund. Er steuerte auf den Eingang zu und hatte ihn fast erreicht, als Bruno rief: »Stopp!«

Erschrocken blieb Nick stehen. » Was ist denn?«

»Ich orte die Signale von mehreren CBPIs. Und eins ist ganz in der Nähe, etwa fünfzig Meter vor dir.«

Mehrere CBPIs? Das konnte ja nur bedeuten, dass … »So ein Mist«, entfuhr es Nick, als er die Gestalt erkannte, die gleich neben dem Eingang stand und die Menschen beobachtete, die den Tower betraten. Es war … Jan.

»Verdammt«, stieß er aus und sah sich hastig nach einer Deckung um. Er fand sie hinter einem Baum, keine fünf Meter neben ihm. Er drückte sich so hinter den Stamm, dass er den Eingang im Auge behalten konnte. »Was macht der denn hier?«

»Ich weiß es nicht, aber er ist nicht allein. Ich erkenne in dem Gebäude die Signaturen von Petra und Paula. Es gibt noch ein paar andere Signale, aber die werden durch irgendetwas verzerrt. Die Struktur der Störung lässt mich vermuten, dass sie bewusst eingesetzt wird, um die Erkennung unmöglich zu machen.«

»Was zum Teufel tun die alle hier? Bei Jan wundert es mich ja nicht sonderlich, dass er hier auftaucht. Dem habe ich von Anfang an nicht getraut. Aber Petra und Paula? Ich fasse es nicht. Offenbar stecken sie alle mit denen unter einer Decke.«

Nick unterdrückte die aufkeimende Enttäuschung. Dafür hatte er jetzt keine Zeit.

»Dann wirst du besonders aufpassen müssen«, mahnte Bruno. »Vor allem wegen der anderen Signale. Ich befürchte, sie gehören zu Mister Dragos Leuten.«

Nick warf wieder einen Blick zu Jan hinüber. »Wie komme ich jetzt da rein? Ich muss irgendwie an Jan vorbei.«

Das Problem löste sich in diesem Moment allerdings von selbst, als Jan sich abwandte und gleich darauf im Inneren des Gebäudes verschwand.

Nick wartete noch eine Minute, um sicherzugehen, dass Jan nicht gleich wieder auftauchte, dann verließ er sein Versteck und ging mit schnellen Schritten zum Eingang.

Mit einem prüfenden Blick stellte er fest, dass sein abtrünniger Mitschüler sich nirgendwo im Eingangsbereich aufhielt, dann ging er zur Kasse und zahlte das Eintrittsgeld von fünfundzwanzig Pfund von dem Rest des Geldes, das er bei Bob gefunden hatte.

»Entschuldigen Sie«, sprach er die junge Kassiererin an. »Können Sie mir sagen, wie lange diese besondere Krone noch gezeigt wird?«

Sie blickte auf ihre Armbanduhr. »Noch zwanzig Minuten. Bis sechzehn Uhr.«

»Sie werden versuchen, sie zu stehlen, wenn sie wieder auf dem Weg in den Tresor ist«, sprach Bruno aus, was Nick gerade dachte.

»Ich frage mich nur, wie sie das anstellen wollen. Die Krone wird sicher extrem gut bewacht.«

»Das weiß ich zugegebenermaßen auch nicht.«

Nick machte sich auf den Weg. »Ach …«

In den Räumen, in denen die Kronjuwelen ausgestellt waren, patrouillierten mehrere Security-Leute. Den meisten Menschen fielen die Männer sicher nicht auf, die wie Touristen durch die Räume schlenderten und mal hier und mal dort stehen blieben, um die wertvollen Schmuckstücke und Exponate zu betrachten. Nicks geschultem Auge entgingen allerdings die hautfarbenen Stöpsel nicht, die in ihren Ohren steckten und mit denen sie untereinander in Verbindung standen. Irgendwo, unsichtbar an ihren Jackets oder Pullovern versteckt, trugen sie mit Sicherheit stecknadelkopfgroße Mikrofone.

Nicks Augen waren ständig in Bewegung und suchten fieberhaft nach bekannten Gesichtern.

»Kannst du die Signale der anderen orten?«, flüsterte er.

»Hier drinnen leider nicht mehr. Es ist ähnlich wie in Bobs Buchladen. Ich bin zwar nicht völlig isoliert wie dort, aber meine Ortungssysteme funktionieren hier drinnen nicht.«

Nick gelangte in einen Raum, in dem die Menschen sich im Pulk dicht aneinanderdrängten, um einen Blick auf die hell erleuchtete Glasvitrine zu erhaschen, die in der Mitte stand. In ihr ruhte auf einem blauen Samtkissen eine gewaltige Krone, in deren Mitte eine Glaskapsel eingelassen war. Ihr Inhalt strahlte in einem derart intensiven Grün, dass Nick nach kurzer Zeit den Blick abwenden musste, weil seine Augen zu brennen begannen. Als er nach einigem Drängeln und Schieben endlich an der Vitrine angekommen war, sah er auch den Warnhinweis, den Stein nicht länger als ein bis zwei Sekunden direkt anzuschauen.

Die Krone selbst sah zwar massig aus und war bestimmt höllisch schwer, abgesehen von dem grünen Stein aber eher unspektakulär. Weitaus interessanter fand Nick den Bereich über der Vitrine.

»Noch acht Minuten«, verkündete Bruno. »Die Zeit läuft dir davon. Du solltest versuchen herauszufinden, auf welchem Weg die Krone gleich zurück in den Tresor gebracht wird, und dir einen Plan zurechtlegen.«

Nick legte den Kopf in den Nacken und entdeckte gleich,

was er gesucht hatte. Massive Stahlstäbe ragten im Abstand von höchstens drei Zentimetern in einem Quadrat aus der Decke, dessen Abmessungen so waren, dass es die Vitrine komplett einschließen würde, wenn es herabsauste. Ein zusätzliches Sicherungssystem.

Er hatte einen Plan und der war so simpel wie effektiv. Er würde einfach das Alarmsystem auslösen. Daraufhin würden die Stahlstäbe herunterfahren und die Vitrine einschließen, die Security-Leute würden den Tower sofort räumen und die Krone könnte in Ruhe zurück in den Tresor gebracht werden.

Nick wandte sich von der Vitrine ab, um Bruno in einer ruhigen Ecke die entsprechenden Anweisungen zu geben, und … blickte direkt in das Narbengesicht des Kerls, der Carols CBPI zerstört hatte.

35

Der Mann verzog den Mund zu einem hässlichen Grinsen. »Hallo, Kleiner.«

Nick hätte schreien können. Vor Enttäuschung. Vor Wut. Das konnte, das durfte doch nicht wahr sein. Hastig blickte er sich nach allen Seiten um und suchte nach einer Fluchtmöglichkeit, doch Narbengesicht machte auch die letzte Hoffnung zunichte, als er zischte: »Wenn du Schwierigkeiten machst, machen wir deine kleine Freundin augenblicklich kalt, kapiert? Das kostet mich nur einen kurzen Anruf. Denk nicht, dass ich nur bluffe. Das ist der einzige Grund, warum sie noch lebt. Los jetzt, da lang.«

Carol lebte. Trotz der Situation, in der er sich befand, fühlte Nick sich ein wenig erleichtert. Er quetschte sich neben dem Kerl durch die Menschenmenge. Vielleicht hätte er sogar die Chance gehabt, in diesem Moment zu fliehen, aber die Drohung, Carol etwas anzutun, wenn er sich zur Wehr setzte, verfehlte ihre Wirkung nicht.

Als sie den Menschenpulk hinter sich gelassen hatten, kam der Mann dicht an ihn heran und zeigte ihm die Pistole, die in seiner Jackentasche steckte, aber er wäre auch ohne die Waffe nicht geflohen. Er würde keinesfalls Carols Leben riskieren.

Sie verließen den Raum, durchquerten zwei weitere und erreichten eine schmale Treppe, die mit einer dicken Kordel abgesperrt war, an der ein Schild mit der Aufschrift *Zutritt verboten* hing.

Narbengesicht wartete, bis Nick über die Absperrung gestiegen war, und folgte ihm dann.

Während sie die Stufen hinabstiegen, meldete sich Bruno. »Hier ist irgend… mich außer Gefecht … nicht mehr …« Stille. Die Kerle hatten also dafür gesorgt, dass Bruno ihm nicht mehr helfen konnte. Das machte es nicht leichter.

Am Fuß der Treppe wurde Nick nach links gedrückt, wo weitere Stufen nach unten führten. Diese Treppe mündete in einen kurzen Flur und eine Tür, vor der ein bulliger Kerl mit vor der Brust verschränkten Armen stand und Nick finster anstarrte, bevor er wortlos einen Schritt zur Seite machte und sie eintreten ließ.

Der große Raum hatte eine niedrige, bogenförmige Decke und glich einem ehemaligen Lager, in dem noch ein paar Dinge vergessen worden waren. Er war größtenteils leer, nur hier und da standen einzelne Kisten aus Holz herum. Styroporchips, wie man sie zur Polsterung wertvoller Gegenstände für den Versand benutzte, wurden vom Luftzug der Tür über den Boden getrieben.

»Seht mal, wen ich hier habe«, rief Narbengesicht in den Raum, woraufhin sich ihnen die Köpfe der sechs Männer, die sich in dem Gewölbe aufhielten, zuwandten.

Nick erkannte den Dicken aus der Music Factory und … Martin. Der sah ihm mit regloser Miene entgegen. »Da bist du ja. So ganz umsonst ist deine Ausbildung also nicht gewesen. Ich habe fest damit gerechnet, dass du hier auftauchen würdest. Gerade rechtzeitig, um einen wichtigen Schritt in eine neue Zukunft der Menschheit mitzuerleben. Ich freue mich, dich wiederzusehen.«

»Spar dir deine verlogenen Sprüche«, entgenete Nick wütend.

»Na, na …« Martin kam auf ihn zu und blieb kurz vor ihm stehen. »Ich habe nun mal im Gegensatz zu deinem Vater erkannt, wann es klüger ist, die Seiten zu wechseln.«

»Im Gegensatz zu meinem Vater bist du ein Verräter!«

»Nenn mich, wie du willst. Wir werden jetzt das letzte Element besorgen, das wir noch benötigen, dann geht die Welt einer neuen Zeitrechnung entgegen.«

»Die ganze Welt gleich?« Der spöttische Ton tat Nick gut. »Größer geht es nicht?«

Martin machte noch einen weiteren Schritt auf Nick zu, sodass ihre Gesichter nur noch Zentimeter voneinander entfernt waren. »Du hast ja keine Ahnung, wo du da reingeraten bist.« Seine Stimme war jetzt schneidend. »Hier geschehen gerade Dinge, die die Vorstellungskraft eines Bürschchens wie du es bist bei Weitem übersteigen. In wenigen Tagen schon wird es eine neue Weltordnung geben. Keine Ländergrenzen mehr, keine korrupten Regierungen, nur noch eine zentrale Führung, die den Neuaufbau der Erde …«

»Martin!«

Nick hatte den Mann noch nie gesehen, der Martin in scharfem Ton das Wort abschnitt, aber er schien sehr einflussreich zu sein, denn Martin verstummte sofort. Das kurz geschnittene, schwarze Haar war von silbernen Strähnen durchsetzt, der sehnige Körper sportgestählt. Nick schätzte ihn auf Mitte fünfzig. Sollte das vielleicht …

»Hallo, Mr. Drago«, versuchte Nick einen Schuss ins Blaue, woraufhin der Mann kurz auflachte.

»Zu viel der Ehre, aber ich werde deine Grüße ausrichten.«

Als wäre ein Schalter umgelegt worden, versteinerten seine

Züge. »Aber dann wirst du schon längst zusammen mit deiner Freundin auf dem Grund der Themse liegen.«

Auf dem Grund der Themse … Übelkeit zog in Nick auf und wollte sich in ihm ausbreiten, doch er schaffte es, sich dagegen zu wehren.

Der Kerl, den er für Mister Drago gehalten hatte und der offensichtlich der Anführer des Trupps war, sah auf seine Armbanduhr. »Los jetzt, fertig machen. Wir haben noch vier Minuten.«

Nun erst bemerkte Nick die Waffen, die in einer Ecke des Raumes lagen und die die Männer jetzt aufnahmen. Maschinenpistolen, Stielhandgranaten und … Gasmasken. Nicks Verstand raste. Gasmasken. Was hatten sie damit vor? Und Stielhandgranaten … Nein, das waren keine Handgranaten. Das waren Gasgranaten. Wahrscheinlich enthielten sie ein schnell wirkendes Betäubungsgas, das alle im größeren Umkreis außer Gefecht setzen würde. So konnten die Verbrecher sich mit ihren Masken geschützt seelenruhig die Krone schnappen und verschwinden, bevor jemand etwas unternehmen konnte. Die Krone lag zwar hinter Panzerglas, aber Nick zweifelte keine Sekunde daran, dass sie auch daran gedacht hatten und wussten, wie sie die Vitrine aufbrechen konnten.

Martin kam zu ihm zurück, nachdem er sich ausgerüstet hatte, und blinzelte ihm verschwörerisch zu. »Trag's wie ein Mann. Ich werde deinem Vater berichten, wie tapfer du gestorben bist.«

Nick wäre ihm am liebsten an die Gurgel gesprungen, auch, wenn er recht chancenlos gegen Martin gewesen wäre. Nur die Waffe, die Narbengesicht noch immer auf ihn gerichtet hatte, und der Gedanke, dass er der Einzige war, der noch verhindern konnte, dass dieser gefährliche grüne Stein in die Hände von Mister Drago geriet, hielten ihn davon ab.

»Du bleibst hier und hältst ihn in Schach, bis wir zurück sind«, befahl der Anführer und verließ gemeinsam mit den anderen den Raum. Zurück blieben nur ein vor Wut schäumender Nick und sein Bewacher.

Nicks Puls raste. Sie würden es schaffen, wenn ihm nicht sofort etwas einfiel. Und noch etwas wurde nach Martins Andeutungen mehr und mehr zur Gewissheit: Was immer Mister Drago mit dem Farbolit vorhatte, es würde Auswirkungen auf die ganze Menschheit haben. Er *musste* etwas tun.

Mit schnellem Blick sah er sich in dem Raum um, suchte fieberhaft nach einer Möglichkeit zu fliehen oder nach irgendetwas, das ihm helfen konnte. Das blieb seinem Gegenüber natürlich nicht verborgen. »Vergiss es«, riet er. »Du hast keine Chance.«

Ja, verdammt, wollte Nick dem Kerl seine ganze Wut entgegenschreien. Wenn er doch nur *springen* könnte. Dass er es noch immer nicht schaffte, es zu steuern, steigerte seine Wut so sehr, das es ihm fast körperliche Schmerzen bereitete.

Schmerzen? *Springen?*

Er erinnerte sich an seine Erfahrung im Wald und später mit dem Metallrohr. Beide Male war er *gesprungen*, weil er plötzlich starke Schmerzen gespürt hatte. Sehr starke Schmerzen. Aber sie waren überraschend gekommen. Es war also nicht gesagt, dass das auch funktionierte, wenn er sich selbst verletzte. Nein, das war zu riskant. Es musste auch einen anderen Weg geben.

Es nutzte nichts, er musste es auf die konventionelle Art versuchen.

Ohne erkennbaren Ansatz stürzte er sich auf das Narbengesicht, nutzte den Überraschungseffekt, um mit einem Schlag die Waffe zur Seite zu schleudern, und hämmerte dem überraschten Mann dann die Faust ins Gesicht. Der stieß Nick mit einem gewaltigen Ruck zurück, schüttelte sich einmal kurz und verzog das vernarbte Gesicht zu einer Fratze. »Das war ein Fehler.«

Wie ein unheilvoller Schatten sauste der Schaft der Waffe plötzlich auf Nicks Kopf zu. Nick konnte gerade noch so weit ausweichen, dass er nur noch gestreift wurde, was aber ausreichte, einen schmerzhaften Blitz durch sein Gesicht zu jagen. Alles aus, dachte er. Ich hab's vergeigt.

Den Bruchteil einer Sekunde später *sprang* er aus der Zeit.

36

Nick hätte vor Begeisterung aufschreien können, aber ihm rannte die Zeit davon. Er kümmerte sich nicht mehr um Narbengesicht, der in seltsam verrenkter Stellung vor ihm zu verharren schien, sondern griff nach der letzten Gasmaske, die wohl für seinen Bewacher gedacht gewesen war, und versuchte dann, dem Mann die Waffe zu entreißen, was allerdings scheiterte. Den Effekt kannte er schon. Die Hände des Kerls umklammerten sie wie ein Schraubstock. Nick hingegen bewegte sich derart schnell, dass die Muskeln der Finger nicht nachgeben konnten, es sei denn, er würde viel Geduld beweisen. Das wiederum konnte er nicht riskieren. Er musste jede Sekunde nutzen, die er sich außerhalb der normalen Zeit bewegte.

Die Tür in ihren geölten Scharnieren konnte die wahnsinnige Geschwindigkeit, mit der sie von Nick aufgerissen wurde, zum Glück verkraften.

Er hechtete die erste Treppe nach oben, dann die zweite. Die beiden Räume, die er durchqueren musste, waren gut besucht, sodass er langsamer machen musste, um sich an den Körpern vorbeizudrücken, die wie Schaufensterpuppen herumstanden. Vor dem Eingang zum Raum mit der Krone lagen schon einige Menschen auf dem Boden, andere fielen gerade in sich zusammen. Ihre Körper hingen teilweise schräg verkrümmt in der Luft, was sehr skurril aussah.

Gleich vor der Vitrine konnte Nick Martin erkennen, obwohl er die Gasmaske trug. Gerade als er den nächsten Schritt auf den Verräter zumachte, fiel er wieder in den normalen Zeitfluss zurück.

Nun kam der schwierige Teil, aber er durfte keine Sekunde verlieren. Der Geruch von Gas stieg ihm in die Nase. Noch während Martins Kopf zu ihm herumflog, stülpte Nick sich die Gasmaske über. Ein intensiver Geruch nach Gummi erzeugte augenblicklich Übelkeit in ihm, aber er ignorierte ihn und konzentrierte sich auf Martin. Gerade rechtzeitig, um sich vor dem Verräter wegzuducken, der wie ein D-Zug auf ihn zurannte und in der nächsten Sekunde schmerzhaft gegen ihn prallte. Nick wurde zurückgeschleudert und *sprang* erneut, bevor er wieder richtig stand. Wieder hatte ein Angriff auf ihn dafür gesorgt. Ihm blieb keine Zeit, sich darüber zu freuen, dass seine Überlegungen richtig waren. Das konnte er später tun, jetzt musste er handeln.

Fünf Männer galt es zu überwältigen. Er brauchte etwas, womit er die Verbrecher fesseln konnte.

Auf der gegenüberliegenden Seite führte eine schmale Tür mit einem großen Durchgang-verboten-Schild aus dem Vitrinenraum in einen beleuchteten, fensterlosen Gang. Zum Glück war sie nicht verschlossen. Der Gang endete nach wenigen Metern vor einer weiteren, massiven Tür. In dem Raum dahinter standen mehrere Männer in der Uniform eines Security-Dienstes bereit. An ihren Gürtelhalftern hingen schwere Waffen. Offenbar die Eskorte für die Krone.

Nick lief um den Mann herum, der ihm am nächsten stand, und stieß ein befreiendes »Ja!« aus.

Am Gürtel des Mannes baumelten Handschellen. Und seine Kollegen würden auch welche haben. Die metallenen Armbänder ließen sich mühelos aus den Gürteln ziehen, und nachdem Nick sieben Stück eingesammelt hatte – zwei zur Reserve für alle Fälle –, machte er sich auf den Rückweg.

Im Vitrinenraum angekommen, lief er zuerst zu Martin, der die Arme jedoch gerade zu weit auseinanderhielt, als dass er ihm die Handschellen hätte anlegen können.

Daran hatte er nicht gedacht. Martins Arme bewegen konnte er nicht, zumindest nicht in seiner Geschwindigkeit. Das würde für sein Zeitgefühl ewig dauern. Nick sah sich um. Martins Kumpane standen alle im Umkreis von wenigen Metern um die Vitrine herum. Ihm blieb nur eine Möglichkeit.

Er packte Martins Arm und zog mit aller Kraft. Tatsächlich rutschte der starre Körper ein Stück über den glatten Boden. In Nick blitzte kurz der Gedanke auf, dass es für Martin so sein musste, als hätte ihn jemand an einen anderen Ort gebeamt. In diesem Fall zwei Meter zur Seite, wo der nächste Gangster stand. Nick schaffte es, Martin so zu platzieren, dass seine rechte Hand gleich neben der linken des anderen verharrte. Nun konnte er die beiden mit dem ersten Paar Handschellen aneinanderketten. Als das erledigt war, wandte er sich den Waffen zu. Er versuchte, sie aus der Umklammerung der Hände zu befreien, doch das gestaltete sich auch hier sehr schwierig. Die Finger gaben nur ganz langsam nach, das würde zu lange dauern. Was allerdings problemlos gelang, war, die Magazine aus den Waffen zu entfernen. Nachdem er den Entriegelungsbügel gedrückt hatte, konnte er sie mühelos herausziehen und beiseitewerfen.

Dann wandte er sich dem Nächsten zu.

Er schaffte es bis zum Vierten, als er erneut zurückfiel.

»Was soll das, verdammt?«, schrie einer der gefesselten Männer, während um Nick herum ansonsten gespenstische

Stille herrschte. Alle Besucher lagen bewusstlos auf dem Boden herum.

»Nick! Ich werde dich …«, schrie Martin. »Verdammter Mist, mach mich sofort los, oder ich schwöre dir, ich bringe dich eigenhändig um.«

Nick ignorierte Martin, sein Blick suchte den einzigen noch nicht gefesselten Mann. Der stand am anderen Ende des Raumes und wandte sich ihm gerade zu. Es handelte sich um den Anführer. Der Kerl brauchte nur kurz, um die Situation zu überblicken, dann kam er auf Nick zu. Nun wurde es eng.

»Nick! Ich töte dich und deinen Vater«, schrie Martin mit dunkelrotem Gesicht und versuchte, mit den anderen Dreien im Schlepptau, auf Martin zuzustürmen.

»Lass meinen Vater aus dem Spiel!«, schrie Nick ihm entgegen und bemerkte gleichzeitig aus den Augenwinkeln einen Schatten, der auf sein Gesicht zuflog. Mit einer instinktiven Bewegung lehnte er den Oberkörper zurück und wich so dem Schlag des Anführers aus. Der wurde vom eigenen Schwung nach vorne gerissen, was Nick geistesgegenwärtig ausnutzte. Während er den Kerl mit der einen Hand am Handgelenk packte und es nach hinten bog, drückte er mit der anderen gegen die Schulter. Deutlich konnte er das trockene Knacken hören, mit dem die Schulter sich ausrenkte. Der Mann stieß einen schmerzerfüllten Schrei aus und fiel zu Boden. Sofort war Nick über ihm, zog auch den zweiten Arm nach hinten und fesselte die Hände seines Gegners mit Handschellen hinter seinem Rücken. Doch damit war er noch nicht fertig, noch konnte er nicht durchatmen. Er packte den fluchenden und offensichtlich benommenen Mann an den Schultern, zog ihn über den Boden zu den anderen und kettete ihn mit einer weiteren Handschelle an den beiden fest.

Drei Jahre Nahkampfausbildung waren nicht umsonst, dachte er, als er das Knäuel aus Leibern, Armen und Beinen betrachtete.

»Ich werde dich umbringen«, zischte Martin ihm zu und versuchte erneut, sich mit seinen Kumpanen im Schlepptau auf Nick zuzubewegen, was allerdings ein hoffnungsloses Unterfangen war.

Nick ignorierte es, griff nach Martins Gasmaske und zog sie ihm mit einem Ruck vom Kopf. Der begann, lautstark zu protestieren, brach allerdings nach den ersten Worten ab und sank bewusstlos in sich zusammen, während Nick schon nach der Maske des Nächsten griff.

Als er alle Gummimasken entfernt und zur Seite geworfen hatte, machte er sich bereit für den letzten Akt, der hoffentlich auch so funktionierte, wie er es sich dachte. Er stellte sich neben der Vitrine auf, konzentrierte sich und versetzte ihr dann einen blitzschnellen, festen Stoß. Er schaffte es gerade noch rechtzeitig, die Hände zurückzuziehen, um den herabsausenden Stahlstäben zu entgehen, die gleich darauf die Krone als undurchdringbarer Käfig umgaben.

Geschafft! Nick wandte sich um und beobachtete die angeketteten Männer, von denen gerade der letzte versuchte, sich mit schnell erlahmenden Bewegungen zu befreien. Immer langsamer wurden seine Bemühungen, immer kraftloser, bis er schließlich über die anderen fiel und bewusstlos liegen blieb.

Nick lehnte sich ermattet gegen die Gitterstäbe. Was immer Mister Drago vorhatte, fürs Erste hatte er es verhindert.

Er ließ sich an den Stäben entlang zu Boden sinken, saß dann da und starrte auf den bewusstlosen Martin.

Er war müde, aber zumindest für den Moment glücklich.

Noch musste er Carol befreien, aber nach dem, was er gerade zustande gebracht hatte, traute er sich auch das zu. Er musste nur ein bisschen ausruhen, dann würde er …

»Aufstehen!« Die Stimme, die ihn zusammenfahren ließ, klang sehr dumpf, und doch war Nick sicher, sie zu kennen.

Langsam wandte er sich um und glaubte, seinen Augen nicht zu trauen. Vor ihm, ebenfalls mit einer Gasmaske über dem Gesicht und einer Pistole in der Hand, stand ein Mann, den er erkannte, obwohl sein Gesicht verdeckt war. Die Statur, die Art, wie er sich bewegte, wie er dastand. Und nicht zuletzt die Stimme, die trotz der Maske unverkennbar war. Vor ihm stand Direktor Bauer.

37

Das konnte doch nicht sein. Direktor Bauer, einer von denen? Das würde ja bedeuten, die ganze Schule …

Nick hatte das Gefühl, nicht aufstehen zu können, weil seine Beine ihm den Dienst versagten. Er würde sich wahrscheinlich nicht einmal bewegen können. Die ganze Anstrengung, sein Einsatz … alles umsonst.

»Na los, hoch mit dir. Und dann machst du die Handschellen los. Jetzt!«

Unter größter Anstrengung schaffte Nick es schließlich, auf die Füße zu kommen, und stand dann schwankend vor Bauer.

»Warum? Warum tun Sie das?«

Bauer warf einen Blick auf ein Gerät, das er um den Arm trug, und zog sich dann die Maske vom Gesicht. Offenbar hatte sich das Gas mittlerweile verflüchtigt.

»Das geht dich nichts an.« Er stieß ein bellendes Lachen aus. »Ich hatte viel mit dir vor. Du hättest ein nützliches Mitglied der neuen Weltordnung werden und viel erreichen können, aber … egal. Los jetzt, mach die Männer …«

Weiter kam er nicht, denn in diesem Moment geschahen mehrere Dinge gleichzeitig.

Zwei Gestalten schossen links und rechts an Bauer vorbei, gleich darauf wurden die Umrisse des Direktors undeutlich, wie mit einem milchigen Schleier belegt. Und nicht nur Bauer, auch seine Umgebung erschien wie durch einen flimmernden Nebel. Nick benötigte eine Weile, bis er verstand, was gerade geschehen war, und das war noch verrückter als Bauers Auftauchen. Petra und Paula hatten sich links und rechts vor ihm aufgebaut und ihre Energiewand erzeugt. Gerade rechtzeitig, denn Bauer hatte sich schnell von seiner Überraschung erholt und feuerte ohne Zögern einen Schuss auf Nick ab. Nick konnte sehen, wie die Kugel in die Energiewand einschlug und wirkungslos zu Boden fiel. Als er seinen Blick wieder auf den Direktor richtete, sah er gerade noch, wie dieser wie ein Sack nach vorne kippte und reglos liegen blieb. Von dort, wo er gerade noch gestanden hatte, grinste ihm jemand anderes entgegen.

Jan!

Die Energiewand verschwand, gleich darauf fielen ihm die Zwillinge mit einer Heftigkeit um den Hals, die ihn fast von den Beinen holte. Schon im nächsten Moment war der Spuk jedoch wieder vorbei und die Mädchen ließen von ihm ab.

»Er kann es noch nicht alleine«, bemerkte Paula mit dem Muttermal mit ausdruckslosem Gesicht.

»Nein, er kann es noch nicht«, bestätigte Petra.

Noch immer fassungslos, sah Nick hinüber zu Jan, der nun langsam auf ihn zukam.

»Jan. Ich … Wie kommt ihr … ich meine, ich dachte, du …« Mehr bekam er nicht heraus, was Jan lachen ließ. Er blieb vor Nick stehen und streckte die Hand aus.

»Jan Hancke, Junior-Agent des BND, Interne Revision, Untersektion Top Secret.«

»BND?« Nick wurde schwindlig. »Aber ich verstehe nicht …«

»Nein, das denke ich mir. Ich bin etwas älter, als du glaubst. Ich sehe nur recht jung aus. Man hat schon seit einiger Zeit den Verdacht, dass die Schule von Dragos Männern unterwandert wurde. Deshalb wurde ich vor dreieinhalb Jahren dort eingeschleust.«

»Aber du warst immer so …«

»Ein Stinkstiefel? Das war mein Schutz. Ich wusste ja nicht, wem ich vertrauen kann. Auch bei dir war ich mir lange unsicher. Als dann die Zwischenprüfung von uns beiden anstand und ich deine Reaktion sah, war klar, du bist einer von den Guten. Ich bin nach deiner Flucht zurück in die Schule und habe weiter meine Rolle gespielt.«

»Herr Bernstein …«

»Hat auch mich überrascht. Seine Rolle kenne ich nicht.«

»Und das Schließfach am Bahnhof?«

»Welches Schließfach?«

»Am Bahnhof in Berlin gab es ein Schließfach mit einer Waffe, Geld, falschen Papieren und einem Flugticket nach London, ausgestellt auf mich.«

»Deshalb also konntest du dich so schnell absetzen?«

»Das heißt, du weißt nicht, warum man mich zu dem Buchladen in London geschickt hat? Zu Bob Barnes?«

»Nein, aber ich bin sicher, das werden wir irgendwann herausfinden.«

Nick schob die Enttäuschung beiseite und sah zu den Zwillingen hinüber. »Aber woher wusstet ihr, wo ich bin?«

»Ganz einfach. Wir sind Bauer gefolgt. Wie man aus der Schule kommt, wissen wir schon länger von Carol.«

»Du wusstest also schon vor der Sache mit der Wäscherei von dem anderen Aufzug?«

»Na klar.«

Plötzlich schlug Nick sich die Hand vor die Stirn. »Carol! Wir müssen …«

»Alles gut, ich bin da«, kam eine Stimme vom Eingang des Raumes und sie gehörte …

»Carol!« Es war ein befreiender Aufschrei. Noch während er auf sie zulief, registrierte er die vielen Gestalten, die um sie herum- und hinter ihr standen, manche in Zivil, die meisten aber in Kampfanzügen. Nick flog regelrecht auf Carol zu, schloss sie fest in die Arme und drückte sie mit geschlossenen Augen an sich.

Irgendwann schob sie ihn mit sanftem Druck zurück und sah ihn an. »Nimm es Jake nicht übel, dass er dich weggeschickt hat.« Jetzt erst erkannte Nick den Kerl, der ihn nicht zu Mick Connor vorgelassen hatte.

»Er wird ja dafür bezahlt, dass er die Fans abwimmelt, die an unsere Tür kommen. Er wusste überhaupt nicht, wo ich bin. Aber als du weg warst, hat er dann doch bei meinem Vater angerufen. Tja …« Sie deutete hinter sich. »Dad hat ein paar Freunde beim MI6. Die haben dann der Music Factory einen Besuch abgestattet und mich befreit.«

»Aber woher wusstet ihr, dass ich hier bin?«

Sie deutete auf sein Handgelenk. »Bruno. Sein letztes Signal kam vom Eingang zum Tower. Ich habe ihn sofort mit meinem Handy geortet, nachdem ich wieder frei war.« Sie hakte sich bei Nick ein. »Wollen wir?«

»Moment noch.« Er wandte sich um und ging auf die Gruppe neben der Vitrine zu. Ein paar Dinge musste er noch an Martin loswerden.

Schon nach dem zweiten Schritt wurde ihm mulmig, gleich darauf hatte er Gewissheit. Es waren nur vier Männer, die vom MI6 gerade von den Handschellen befreit wurden, um sie ihnen dann einzeln anzulegen. Martin fehlte.

»Verdammt!«, stieß Nick aus. »Martin … er ist weg.«

»Was?« Carol machte große Augen. »Wie kann das sein? Bei den ganzen Leuten hier? Er war doch sicher auch gefesselt.«

Er nickte. »Ja. Aber vermutlich hatte er im dritten Ausbildungsjahr Frau Meier-Krause in *Entfesselung* und *Eigensicherung*. Vergesst nicht, er hat die gleiche Schule besucht wie wir.«

Die sofort eingeleitete Suche nach Martin verlief erfolglos.

Er war und blieb verschwunden.

38

»Ich beglückwünsche dich zu deinem ersten erfolgreichen Außeneinsatz.« Direktor Faber, ein schlanker Mann Mitte vierzig, beugte sich nach vorne und legte die Unterarme auf der Schreibtischplatte ab, hinter der bis vor Kurzem noch Bauer gesessen hatte.

»Du hast – ganz im Gegensatz zu einigen anderen – dem Namen dieser Schule alle Ehre gemacht und weit über die Anforderungen hinaus deinen ersten Auslandseinsatz mit Bravour gemeistert. Ich sehe eine große Karriere für dich voraus, junger Mann.«

»Danke«, antwortete Nick. »Aber so richtig erfolgreich war das alles ja leider nicht. Martin ist entkommen.«

»Das stimmt zwar, aber immerhin ist es dir gelungen zu verhindern, dass ihm das Farbolit in die Hände fällt. Was immer er auch damit vorhatte.«

»Und wo mein Vater ist, weiß ich auch noch immer nicht.«

Der Direktor nickte ernst. »Ja, leider. Aber ich bin überzeugt davon, dass er lebt.«

»Das sagen mir alle immer wieder. Aber ich verstehe nicht, wie Sie sich da so sicher sein können.«

»Wir sind der Überzeugung, dass Drago ihn braucht.«

»Aber warum? Was hat er mit meinem Vater vor?«

Nick dachte an Martin und versuchte, die logische Schlussfolgerung zu verdrängen, aber es gelang ihm nicht. »Denken Sie, Drago wird versuchen, meinen Vater … umzudrehen?«

Faber nickte. »Die Wahrscheinlichkeit ist recht hoch, aber ich zweifle keine Sekunde daran, dass das bei Ben scheitern wird.«

Nicks Blick richtete sich an dem Direktor vorbei gegen die Wand. »Ja, vielleicht.«

»Ganz sicher.«

»Es sind noch so viele Fragen offen. Dieses Schließfach am Berliner Bahnhof … Wenn der BND es nicht eingerichtet hat, wer war es dann? Wer wollte, dass ich nach London fliege? Wer hat Bernstein beauftragt, mich nach Berlin zu schicken? Und wer hat ihn getötet?«

Faber hob die Schultern. »Wer die Sachen ins Schließfach gelegt hat, weiß ich noch nicht, aber ich bin ziemlich sicher, dass es Dragos Männer waren, die Bernstein getötet haben.«

»Ja, das denke ich auch. Trotzdem wüsste ich gerne, wer hinter dieser Schließfachsache steckt.«

»Anscheinend gibt es jemanden, der dich bewusst auf Dragos Spur geschickt hat.«

»Ja, sieht so aus.«

»Darum werden wir uns noch kümmern. Aber jetzt kommen wir zu etwas anderem. Agent in Ausbildung Nick Nader.« Die Stimme des Direktors hatte sich verändert, sie klang nun dienstlich, fast schon feierlich. »Alle unsere Agenten tragen Decknamen, mit denen sie in den Akten und Datenbanken geführt werden. Auch in allen Einsatzberichten werden sie ausschließlich mit diesen Namen genannt. Unsere Lehrkräfte bekommen ihre Namen von uns, aber als Agent hast du das Recht, dir deinen Decknamen selbst auszusuchen. Hast du das getan?«

Nick dachte an die Namen der Lehrer wie *Schmitt, Fischer und Müller* und hoffte, dass der Name, den er sich ausgesucht hatte, nicht zu extravagant war.

»Ja, das habe ich. Aber vorher habe ich noch eine Frage: Wie ist der Deckname meines Vaters?«

Eine Weile sahen sie sich in die Augen. »Den wird er dir irgendwann selbst sagen. Also, wie soll dein Deckname lauten?«

Ohne weiteres Zögern sagte Nick: *»SPY!«*

Eine Stunde später saß Nick mit Carol, Jan, Petra und Paula zusammen auf einer Bank in der Nähe.

»Wahnsinn.« Carol schüttelte den Kopf. »Kaum zu glauben, wie sehr die Schule von Dragos Männern unterwandert war. Bauer, Fischer, Blum … und sogar einige Schüler.«

»Ja, aber zum Glück ist Bauer umgefallen und hat einen Deal mit dem Staatsanwalt gemacht und alle verraten. Diese Pfeife.«

»Was hatten die jetzt eigentlich genau mit diesem Farbolit vor?«, fragte Paula.

Nick hob die Schultern. »Ich weiß es nicht genau, aber irgendwie hat es etwas mit dem Satelliten zu tun. Leider sind ja sowohl der Satellit als auch alle Pläne davon verschwunden.« Und nach einer Pause fügte er bitter hinzu: »Und Martin.«

Carol legte ihm die Hand auf den Arm. »Da ist das letzte Wort noch nicht gesprochen.«

»Allerdings. Wir sehen uns wieder und dann kann der Verräter sich auf was gefasst machen. Und sein Boss, dieser Drago, ebenso.«

Jan nickte. »Ich bin dabei.«

»Er ist dabei«, stellte Paula fest.

»Ja, sieht so aus«, bestätigte Petra. »Sind wir auch dabei?«

»Wir sind auch dabei.«

»Sind wir.«

»Und ich erst recht.« Carol legte ihre Hand auf die Oberkante der Bank. »Hand drauf.«

Nick zögerte nicht und legte seine Hand auf Carols. »Hand drauf.« Jan, Petra und Paula taten es ihnen gleich.

»Auf uns«, sagte Jan.

»AUF UNS!«, wiederholten alle im Chor.

An diesem Abend konnte Nick lange nicht einschlafen. Er lag auf seinem Bett und starrte gegen die abgedunkelte Glaskuppel. Die Hände hatte er über dem Medaillon mit dem Foto seiner Mutter auf der Brust verschränkt.

Seine Gedanken kreisten um seinen Vater und die Frage, ob er ihn jemals finden würde. Als er das Medaillon aufklappte und das Foto anschaute, glaubte er, eine sanfte, weibliche Stimme zu hören, die ihm zuflüsterte: »Du schaffst das.«

DAS WILL ICH LESEN!

ISBN 978-3-7432-0550-5

Gerade noch war Ollies Leben vollkommen normal und plötzlich ist er Teil der geheimen Untergrundorganisation Haven. Innerhalb von 24 Stunden muss er gemeinsam mit dem Ermittlungsteam den Sohn des berüchtigten Gangchefs Danny Hunter finden – oder einer von ihnen wird sterben. Ein turbulentes Rennen gegen Zeit beginnt, doch je näher Ollie und seine Freunde ihrem Ziel kommen, desto klarer wird ihnen, dass noch eine weitaus größere Bedrohung auf sie wartet.

Loewe
Das will ich lesen!